U0932163

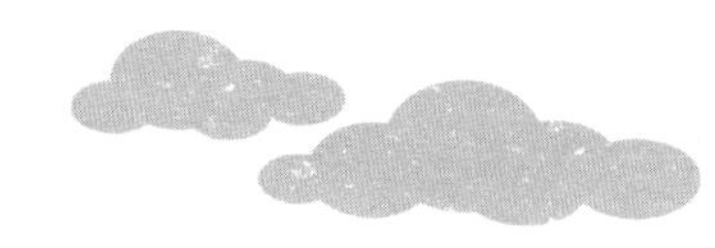

威廉姆斯之墓

笛安 著

海峡出版发行集团 | 鹭江出版社
THE STRAITS PUBLISHING & DISTRIBUTING GROUP | LUJIANG PUBLISHING HOUSE
2018年·厦门

“走向世界的中国作家”文库
编辑委员会

不仅是为了纪念

——“走向世界的中国作家”文库总序

野莽

在一切都趋于商业化的今天，真正的文学已经不再具有二十世纪八十年代的神话般的魅力，所有以经济利益为目标的文化团队与个体，像日光灯下的脱衣舞者表演到了最后，无须让好看的羽衣霓裳做任何的掩饰，因为再好看的东西也莫过于货币的图案。所谓的文学书籍虽然仍在零星地出版着，却多半只是在文学的旗帜下，以新奇重大的事件，冠以惊心动魄的书名，摆在书店的入口处，引诱对文学一知半解的人。

这套文库的出版者则能打破业内对于经济利益的最高追求，尝试着出版一套既是典藏也是桥梁的书，为此做好了经受些许经济风险的准备。我告诉他们，风险不止于此，还得准备接受来自作者的误会，此项计划在实施的过程中不免会遭遇意外。

受邀担任这套文库的主编对我而言，简单得就好比将多年前已备好的课复诵一遍，依照出版者的原始设计，一是把新时期以来中国作家被翻译到国外的，重要和发生影响的长篇以下的小说，以母语的形式再次集中出版，作为中国当代文学的经典收藏；二是精选这些作家尚未出境的新作，出版之后推荐给国外的翻译家和出版家。入选作家的年龄不限，年代不限，在国内文学圈中的排名不限，作品的风格和流派不限，陆续而分期分批地进入文库，每位作者的每本容量为十五万字左右。就我过去的阅读积累，我可以闭上眼睛念出一大片在国内外已被认知的作品和它们的作者的名字，以及这些作者还未被翻译的本世纪的新作。

有了这个文库，除去为国内的文学读者提供怀旧、收藏和跟踪阅读的机会，的确还能为世界文学的交流起到一定的媒介作用，尤其是国外的翻译出版者，可以省去很多在汪洋大海中盲目打捞的精力和时间。为此我向这个大型文库的编委会提议，在编辑出版家外增加国内的著名作家、著名翻译家，以及国外的汉学家、翻译家和出版家，希望大家共同关心和参与文库的遴选工作，荟萃各方专家的智慧，尽可能少地遗漏一些重要的作家和作品。这方法自然比所谓的慧眼独具要科学和公正得多。

遗漏总会有的，但或许是因为其他障碍所致，譬如出版社的版权专有、作家的版税标准，等等。为了实现文库的预期目的，那些障碍在全书的编辑出版过程中，出版者会力所能及地逐步解决，在此我对他们的倾情付出表示敬意。

目录

怀念小龙女

“算命的说，我会死于阴历九月中。”

我一边切西芹，一边说出上面那句话。没错，我是说给这些西芹听的。她们在我的手上慢慢变成一个又一个匀称而且精妙的菱形，淡淡的绿色，隔着灯光看，通体透明。我那把终年沉默寡言的菜刀闷闷地对我说：“你的刀法越来越好了。”我回答说：“谢谢。”我有些受宠若惊。得到一句他的夸奖，可不是一件容易的事情。

“我们刚刚说到什么地方了？”我问西芹们。

“你说你会死于阴历九月中。”她们嫩声嫩气地说。

“对。”我微笑，我喜欢跟她们聊天，我是说跟那些肉类相比，蔬菜们的声音总是水灵灵的，对任何事情都充溢着新鲜的好奇。

“疼不疼？”我问。

“不。不疼。”她们七嘴八舌地说，“一点感觉都没有，就像是在剪头发。”

炒锅在一旁冷笑，他说：“待一会儿你们就知道什么叫疼了。”我瞪了他一眼，示意他闭嘴。他于是很听话地保持沉默了。

“阴历九月中。”西芹们说，“那时候天气已经要转凉了啊。”

“你们怎么连这个都懂。”我惊讶。但是我马上就想到了她们都来自田野，这个古老的历法记录的其实是她们的生辰跟死期。

“你现在已经活了多久啊？”她们天真地问。

“我今年二十五岁。我是说，我已经活了二十五年。”

“那么老啊——”她们欢天喜地地惊呼着，“你们人真是奇怪，我们才活一年，已经觉得很漫长了。可是你们要活这么久，你们该多寂寞呀。”

“二十五年很短。”我说，“还有很多人活得比二十五年长得多。一般来说，一个人会活上三个二十五年，甚至更久。”

“真是怪物。”她们嘻嘻哈哈地娇笑，“怪物。”我想我是不可能和她们解释清楚这个事情的。这是文化差异，没有办法。

我叹了一口气，缓缓地放下菜刀，把切好的西芹放在白色的瓷盘里。她们娇嫩碧绿的身体接触到盘子的时候，都惊呼着说冷。她们真像十几岁的那些小姑娘，嘈杂、好奇、天真，觉得什么都很好笑。

电话响了，我在围裙上擦一擦手，去拿放在微波炉上面的分机。孟森严的声音就静静地传过来，充满了这个小小的厨房。厨房虽然小，却是这个世界上唯一一个能够让我忘却时光在流逝的地方。孟森严说：“宝贝，我今天加班。”我说我知道了。然后他吞吞吐吐地说：“还有就是……加几个菜好不好？”他说他今天约了某某和某某某到家里来吃饭，没有提前告诉我是因为情况的确特殊。某某于三个小时前被已经订婚的女友甩掉。孟森严认为他应该在这个时候陪某某喝上几杯。至于那个某某某，是个唯恐天下不乱的单身汉，不放过任何一个可以凑热闹的机会。

这就是我的生活。这个打电话回来的男人，孟森严，是我的丈夫。我叫海凝，二十五岁，全职家庭主妇。

我觉得西芹们似乎已经从这个盘子的冰凉触觉里感觉到了末日将至。她们变得沉默了，甚至有些烦躁。她们开始齐心协力地排斥我放在她们身边，也就是盘子边缘处的那几枚蒜瓣：“滚。滚出去呀。丑八怪，又扁又胖的凭什么来占我们的地方！”

几枚我精心切好的、小小的蒜瓣沉默不语，但是委屈地看着我，像只受了欺负的眼泪汪汪的小狗。他们还是婴儿，不怎么会讲话。于是我阻止这些西芹：“你们在干什么？他们是你们的小弟弟，你们该好好相处。过不了多久，是他们陪着你们下油锅。”西芹小姑娘们短暂地沉默了一会儿，突然微笑了。我在她们此时说话的语气里面听见了一种刚才还没有的沧桑。西芹说："你们人真好啊。你们能活那么久。"

"放心吧。"我说，"等会儿我会把油烧得热热的，能有多热就有多热，这样你们一下锅就什么都过去了，一点都感觉不到疼。"

"你真的已经活了二十五年？"这个声音从水池里传出。那是几颗刚从冰箱里面拿出来的西红柿在问我。她们的声音不像西芹那么俏皮，因为胖胖的，有股敦厚的味道。

"是的。二十五年。很长吗？"我笑着说。

"你们人类，所有的人，都能活到二十五年这么久吗？"

我想了想，告诉她们说："不。不是那么回事。有的人活不了这么久。"比如小龙女就没有活二十五年。小龙女是我的朋友，她是我在这个世界上唯一的朋友。"朋友"这个词，不足以准确地概括出我和小龙女之间的联系。如果仅仅是朋友的话，我想我会偶尔乃至常常想起她，把她当成一个往昔美好岁月的象征来怀念，但是仅此而已，不能让这种怀念打扰我目前的生活；可是我和小龙女之间，似乎不是这么简单的一回事。

小龙女死于两年前的一场空难。她坐的飞机调皮地一个俯冲，以一种灵魂出窍的速度冲进了南中国海。这滚烫的飞机像只燃烧弹，几乎煮开了方圆几百平方米的海域。人们没能打捞上来小龙女的尸体。事实上，那架飞机上任何一个旅客的尸体都没有打捞上来。准确地讲，人们无法正确地拼凑起打捞上来的那些身体的零件。

小龙女死后的两个月，我嫁给了孟森严。父母替我付了这套公寓的首期，由孟森严来负担每月的按揭。于是，我心安理得地变成了我曾经最为不齿的那种女人。如果小龙女还活着，她一定会嘲笑我的。可是她死了。

结婚的时候，我发现我自己大学毕业以来的那点可怜的存款，刚好够我置办起这个完美无缺的厨房。煤气灶、抽油烟机、冰箱、锅碗瓢盆、咖啡壶、微波炉、烤箱、多士炉、榨汁机、刀子、盘子、调味瓶、碗筷……只有它们是真正属于我的。站在这个厨房里，我才会觉得自己是一个嫁妆丰厚的新娘。曾经，我计划过很多次，这笔钱要用来去欧洲旅行，可是最终它们变成了我的厨房。在这个天真无邪的厨房里，我是一个拥有吓人的年纪的老人——你听说过有什么长了二十五年的蔬菜吗？或者，只有在酱油、醋、绍兴黄酒这些调味品的眼里，我才是年轻的。果然，酱油瓶在这个沉默的瞬间关心地开口说："你今天还没有吃药。"

我站起身去拿药片的时候，发现葱花们在小小的透明的玻璃碗里犹疑地看着我。他们鲜嫩得不得了，是我今天早晨才从市场带回来的。我对他们微笑的时候，他们终于鼓足了勇气，怯生生地问我："请问，你是神吗？"

“不，我不是。”我笑了。

“妈妈说，我们死了以后就会见到神。不是你啊？”我的好态度似乎让他们放松了一点。

“可是你们现在还没死。”我对这群小家伙解释着。

我当然不是神。我只是一个像我妈妈那样的家庭主妇，扮演着一个我三年前打死都不要扮演的角色。可能，你最终只能变成你当初最不想成为的那种人。因为当你对自己说“我绝对不能过那样的生活”的时候，你并不是在反抗，你只是恐惧。你知道那种生活对你来说是最为顺理成章的选择。只有极少数人能挣脱这个强大如地心引力一般的规则，变成自己真正想变成的人。可是那是非常卓越的人才能办到的事情，他们有比别人更强的意志，更强的力量，甚至是更强的情感。我曾经以为小龙女是一个这样例外的人，但是我忽略了一条，就是在卓越之外，你还必须拥有运气。

或者我并没有忽略这个。曾经，我只不过是心安理得地认为，我会是那个拥有很多运气的人。那一年我二十二岁，刚刚大学毕业，过着吃喝玩乐呼朋引伴热热闹闹的日子。我就是在那个时候认识了小龙女。然后，我脱胎换骨。

那时，我最好的朋友的名字叫路陶。她很漂亮，是大家的公主。我鞍前马后地替她留意新款化妆品上市的信息，帮她参谋哪一种发型或者哪双鞋更好看，为她用我的火眼金睛鉴别闻香而至的各路男人们究竟是些什么货色，甚至给她找过枪手考托福。她总是撒娇地对我说：“亲爱的海凝，没有你我该怎么办？”我回答她：“亲爱的陶陶，你当然少不了我，因为你没有大脑。”果不其然，路陶最终爱上了一个和她一样没有大脑的男人——我并不觉得我说话刻薄，我只不过是陈述了一个客观的事实而已。这个没有大脑的男人叫作彭端。天知道我是多么不耐烦地把路陶跟彭端放到我的叙述中来，他们真的只是过场跟龙套而已。可是，为了引出小龙女来，我必须要讲述他们。

两年前一个夏天的晚上，彭端在我们这个城市的一个KTV里召集大家聚会，为了跟大家隆重介绍他的新女友。这个新女友当然不是我们可怜的陶陶，而是小龙女。路陶被这个聚会折磨了很久，因为她不知道她到底是该盛装出现在另有新欢的前男友面前以示风度，还是该用缺席来表示轻蔑。去，还是不去，这是个问题。我和路陶小姐十六岁那年相识，她最大的烦恼就从来没有离开过这些蜻蜓点水的男人。曾经我还以为她终究会进步，但是后来我终于明白了，她就像我妈妈热爱麻将一样热爱着他们。这是她生活的乐趣甚至是意义之所在。

后来，路陶终究没有去KTV，没去的原因在于——她的粉底用完了，而且最心爱的裙子被她妈送去干洗，然而她第二心爱的裙子配不上她新买的那双鞋。“主要是，”她在电话里强调，“你知道，我就没有心情去了。”这就是我们的陶陶。

那天，我最后是一个人去的。其实到场的那些人都不是陌生人，七弯八绕地总是能扯上一点关系。那时候我们的这些酒肉朋友大都刚刚大学毕业，有的继续躲在学校里苟全性命，有的准备出国，有的心不甘情不愿地去工作单位报到，并没有多少人是春风得意的。外面的生存压力一天大过一天，可是不幸的是，我们偏偏是在这个时候发现原来人和人之间的不平等是生来注定的，我们所有的努力所有的辛苦不过是用来维系这种不平等，使它更为坚固更为灵活和更有说服力。发现这个的时候你会做什么呢？反正，我们当初选择了醉生梦死。我至今都认为这是个不坏的选择。

小龙女安静地站在昏暗的KTV包房里，对迟到的我微微一笑。她个子并不矮，甚至算得上是高挑的，可是她的骨架异常的小，而且瘦得过分。看着她裸露在小小的背心外面的锁骨、脖颈还有肩膀，我简直担心她的骨头马上就要刺破皮肤然后血淋淋地伸出来。可是她却那么怡然自得。短发下面的小耳垂上坠着一对明显是过于大也过于重的耳环。明明是细长的丹凤眼，却无辜得不像话，毫不避讳地就可以跟任何人来上长达一分钟的对视。她一定没有一个像我和路陶这样的好姐妹，否则那个姐妹一定会告诉她，她不适合涂这种应该属于烫着鬈发表情慵懒的女人的玫瑰紫唇膏。她不仅涂了，还涂得如此明目张胆。她冲着我走过来，对我伸出了右手。她只有在走路的时候才有一点长大了的女人的味道。可是这味道又太过分了些，我不得不惊叹怎么一个人可以拥有如此迎风摆柳或者说柔弱无骨的腰。

“你是海凝。”她开心地说，“彭端经常跟我说起你，说你是他见过的人里面，最有文化的。”她凝视着我，媚惑的紫色嘴唇里传出孩子一样的声音。

“不敢当。绝对不敢当。”我说，“我只不过是告诉过他，中俄《尼布楚条约》并不是韦小宝签的。除此之外，什么文化也没有。”

小龙女沉默了一下，然后不顾一切地大笑了起来。这个时候正好有个服务生端着托盘进来，不幸地一头撞上了她的笑声。他的手于是果不其然地重重一颤，好几个杯子里面满满的液体不约而同地向着小龙女站立的方向倾斜着。小龙女重重地在我的肩膀上拍了一下：“海凝，你这个人真有意思。”

后来的日子里我慢慢地发现，在她非常高兴或者非常不高兴的时候，她做出反应之前，都会这样短暂地沉寂一下。那个瞬间里她脸上的表情极其精彩，就像是所有流动的神情在某种突如其来的外力下面凝结成了柔软的果冻。只是当时，我并没有发现这个。我只是在这个光线暧昧、人人心怀鬼胎的密闭空间里出神地注视着小龙女。她深陷在沙发里，极其享受地吐出一口香烟，发现我在看她，不好意思地笑了，“好的烟草吸进去的时候，”她眯起了眼睛，“六腑通透。”

“听听这话。”彭端在一边说，“哪像是一个医生该说的？”

“你是医生？”我很意外。

旁边有人接上了茬：“失敬了。还以为你是个非法出入娱乐场所的未成年人。”

一片哄笑声中，我知道今晚的气氛有些异常。起因当然是小龙女。其实她已经在很努力地扮演女主人的角色，招呼大家，不冷落任何一个人，但是，她恐怕自己都不知道，她很容易地，让别人不知道该怎样对待她。

“他们为什么要叫你小龙女？”一群人拥挤在点歌机前面的时候，我问她。

“因为我的名字叫龙晓愉，破晓的晓，愉快的愉。”她用力地跟我解释着。

“噢。愉快的愉。”我觉得她认真的样子很好玩，“就是竖心旁过来一个小偷的偷的右半边。”

“没错呀。”她再一次旁若无人地笑了，“海凝，我真喜欢你。”

十点钟，我如往常一样准时告退。在一片司空见惯的道别埋怨和挽留声中，只记住小龙女孩子般的声音：“海凝你才唱了一首歌。”

“别留她。”彭端伸了个懒腰，“海凝晚回去半个小时，她妈就得报警。不开玩笑，好多人都知道这回事儿。”

我走到电梯边的时候，小龙女突然冲出来，站在包房门口，用力地跟我挥手：“海凝，我一定会去书店买你的书。”她的音量委实夸张了一点，就好像她不是在一座建筑物里而是在一片烟波浩渺的大海上。

我揭开灰白色的砂锅，排骨汤已经恰到好处。这些带着骨头的肉类很无聊，仗着自己曾经拥有过跟我们一样的生命，通常都无比骄横，但遗憾的是，我离不开他们。既然孟森严会晚回来，那么现在不必急着炒菜。我把碾成碎末的葱和姜慢慢地糅进切好的鸡肉里面。砂锅的表情此时已经非常愉快，因为她知道大半的工作都已完成。现在我们可以聊天了。我的砂锅是女人中的女人。她一生最为擅长的事情，就是用温暖的水尽力地平息所有肉类的傲气，简单点说就是以柔克刚了，所以砂锅的智慧根本不是我能赶得上的。很多时候我怀疑，她简直拥有比我的老妈更沉静更正确的经验。

“汤已经好了。”她说，“你要不要先喝一点？”见我摇头，她又补充了一句：“喝一点不要紧。炒鸡丝只需要一点点的汤来做料就够了。剩下的还有很多，再添两个人也足够的。”这就是我可爱的砂锅，她以为我会像我奶奶那样，不肯喝汤是因为害怕量不够怠慢了客人，完全想象不到我只不过是因为不喜欢。

“干吗要把那些汤浇在我身上，我不要。”鸡肉抗议着，“那些猪都那么脏。我讨厌他们。”我一直都觉得，所有的肉类里面，鸡肉是最娇滴滴的大小姐。

“你有一回说过。”砂锅完全不理会鸡肉，不紧不慢地重新找了一个话题，“你原来写过书？”

“被你打败了。”我笑，“你连什么是书都知道。”

“那后来为什么不写了？”她问。

“没什么为什么，也许以后还会写，只是现在暂时不写了而已。”我想了想，“比方说做菜，真正的好厨师懂得创造菜谱，可是我不行，我只是一个照着菜谱做菜的人。写书也是一样的道理。我做不到真正创造什么，只能费尽心思地学别人的创造，千方百计地在这里面加上我个人的一点东西。后来有一天我发现，不会创造菜谱没有关系，如果你能把别人的菜谱做好，照样可以满足吃饭的人。但是写书不一样，如果你不能真正创造一点什么，就毫无意义。”

“那是因为你的奢望太多。”砂锅宽容地说。

“也许吧。”我沮丧地叹口气，“你总是这么一针见血。”

我在一只美丽的青花瓷碗的边缘磕开一个鸡蛋。蛋黄懵懂地随着蛋清的羊水滑落到了我的眼前，它怯生生地叫我:“妈妈。”

“亲爱的你搞错了。”我说，“我不是你妈妈。”

“妈妈。”这真是个固执的小家伙。

“宝贝。”我拿筷子指了指待在一边混合着葱姜水的鸡肉，“她说不定是你妈妈。我绝对不是的。”

小家伙疑惑地看了看鸡肉，不大相信。

“喂，”我问鸡肉，“你以前到底是公鸡还是母鸡？”

“我怎么知道！”鸡肉恶狠狠地说。

我开始打蛋。小家伙慢慢地被搅散，均匀地向着一个方向旋转。打蛋的时候那个旋涡美妙绝伦，似乎和龙卷风一样形成于某种威慑的自然力。

“妈妈。”小家伙惶恐地说，“我疼。我为什么看不清你的脸了？”

“那是因为你困了，宝贝。”我缓慢地，把打好的蛋浇到鸡肉上边。

它的声音渐渐微弱，它说:“我为什么会困？”

“因为你要睡觉。好孩子。”我告诉它，然后抬起头跟砂锅相视一笑。

“可怜的小家伙。”砂锅说。

“没错，”我叹口气，“都不知道它是男是女。”

“我更想知道你肚子里的那个孩子是男是女。”她继续一针见血。

“可是我不怎么想知道。”我淡淡地回答。

一直以来，小龙女总是令我联想起某种自然界里强大而懵懂的东西，比如冰川，比如沙漠，比如雪山。我总是怀疑她穿上白大褂的样子究竟能不能让她面前的患者们——那些受苦受难受折磨的人心里生出一点安慰。她比我大两岁，刚刚通过实习期，年轻的麻醉科住院医生，就是我们大家通常说的麻醉师。在我看来，医生这个职业代表一种冷静、掌控、与秩序有关的力量，以及公正的仁慈和宽大。这恰好跟小龙女这个人完全相反。她是个凭借本能做事乃至活着的人，随时随地都会莫名其妙地从大家的观念甚至是她自己的观念里面溢出来。有时候你必须庆幸还好她心地善良，不然的话，后果绝对不堪设想。可是她总是嘲笑我这种把所有的事情都复杂化的说话方式，在她看来，这就是我写不出来真正动人的小说的一个重要原因。现在想想，她是对的。只不过在当时，三年前，当我们缩在我的小房间里面彻夜聊天的时候，我还没有看到这一点。我只记得，外面的夜黏稠地把时间粘在了一起，天和地之间被我们通常称为是空间的东西变成了一个坚固而具体的黑色的正方体。我把咖啡壶从厨房里拿到我的房间，小龙女在我的床上欢呼雀跃着说还缺少一点零食。她身上穿着我的睡衣，粉嫩的 Hello Kitty 的领口黑色的蕾丝文胸托着她小小的少女的胸部。客厅里，妈妈她们哗啦啦的麻将声如潮水一般，把我们俩变成了海上的漂流者。我总是不明白一个人怎么可能这样没日没夜、无休无止地打麻将，任由自己在没有尽头、烟波浩渺的时光中这样无所谓地沉坠下去。但是此时此刻，这哗啦啦的麻将声让我觉得温暖，让我觉得前面还有很长的岁月，无论怎样挥霍，上帝都在温馨地保佑我。

KTV 聚会之后的三个月，发生了一件比较戏剧性的事情。那就是，彭端闪电般地跟小龙女分手了，然后又闪电般地跟路陶走回到了一起。这件事带来的副作用就是，小龙女暂时远离了彭端以及我们那些酒肉朋友的圈子，然后，我和小龙女就这样自然而然地接近了。接近得不像话，在短时间内，小龙女不只是跟我，甚至跟我妈都熟到了一个不可思议的程度。曾经发生过这样的事情：有一次小龙女住的医院宿舍因为某种古怪的原因宣布停电一周，那时候我正好去北京见一个出版人，于是她就非常大方地在没有通知我的情况下跑到我们家来跟我妈一起住了四天，用她的好手气替我妈摸出了一张张好牌。第五天清早我回到家的时候，客厅里一切照旧，我妈在收拾牌桌，看都不看我一眼，我的床上躺着一个跟我年龄身材都相仿的女孩，穿着我的睡衣，紧紧抱着我的维尼熊，那一瞬间我还以为我自己一定是灵魂出窍了所以才飘到半空中俯瞰自己的家以及自己平时的生活。这时候小龙女醒来了，对我嫣然一笑："海凝你回来啦。坐了一夜的火车一定累了，先去洗澡吧。浴室里那条粉色的浴巾是你妈新拿出来给我用的，你不要搞错了。我不喜欢别人用我的浴巾。"

时至今日，我仍旧不会忘记小龙女那个睡眼惺忪的、反客为主的、脸皮超厚的嫣然一笑。就算所有的往事已经随着死亡而变得苍老，或者说，因为死亡而自动笼罩上一副肃穆的表情。

小龙女是安徽人。从她家所在的那个安逸的小城再开上不到半个小时的车，就可以抵达这两年声名大噪的棠樾牌坊群。她的家乡的女人，在明朝的时候以忠贞出名。那么多的牌坊记录着逝去的女子们用狂热的方式坚守着的贞节。她高中毕业以后，来到了我们这个临海的北方城市，顺理成章地错认他乡是故乡，在遥远而性感的海风的呼啸声中过着幸福的生活。北方不够精致的饭菜，烈性酒一样的气候，医院糟糕的宿舍，以及刚刚开始工作的住院医生的永远也不够用的薪水，这一切都不足以让小龙女沮丧。她第一次来我们家吃饭的时候，我妈妈问她想不想家，她斩钉截铁地说不想。我妈笑得手直抖，说这个小丫头简直太有福气了。

在大多数人身上，你都能或多或少地看到时间的烙印。

比方说，对现实的顺从以及因着顺从而生出的深深的怨气；比方说，对成人社会制度的一些并不高明但是来自切身经验的理解能力；比方说，用成王败寇或者弱肉强食的法则来简单地解释一切；还比方说，对于弱者，无论是因为什么原因而被世界遗弃的弱者的不同情。年龄越大，就会发现身边有越来越多的这样的人，然后自己也一步一步地被他们同化。可是奇迹般地，在小龙女的身上，我看不到一丝一毫这样的痕迹。她不抱怨生活，并不是因为她乐观，而是因为她坦然地接受一切生活的缺陷，不知道有什么可抱怨的。她尊敬所有的卑微是因为这些生生不息的卑微维持着我们生活的世界的运转，却不是因为想要自欺欺人地为自己生存的方式找到一个合理的借口。她总是真心实意地赞美一切孩子们会赞美的东西，而且，她懂得很多时候人们伤害另外一些人是出于恐惧或者是愚蠢，但并不是出于邪恶。

“喂。”我对她说，“昨天彭端给我发了个短信。”她似乎完全没有听见我在说什么，只是抓了一大把开心果陶醉地说：“海凝你们家真好啊，我真想死在你们家。”门外，我妈的嗓门穿透了麻将声：“海凝，你们俩赶紧睡吧，别聊了。人家小龙女明天还要上班，你以为谁都像你一样想几点起就几点起？”

我们俩互相做了个鬼脸。“你看。”我跟小龙女说，“对我妈来说，写作根本就不是个正经的职业，所以她总是用这么鄙夷的口气谈论我的工作，顺便肯定一下按照固定时间上下班的人们才是真正的社会栋梁。”

“才没有。你去北京的时候，阿姨把你的书拿给她的麻将搭子们看，嘴上说你写的东西都叫人看不懂，可是表情骄傲得不得了。”

我笑着：“嗯。对于她的那些麻将搭子来说，作家和妓女一样，都不是良家妇女该干的职业。”

小龙女又开始不管不顾地大笑了：“天哪海凝，你说话怎么老是这么有趣呢。”

“你看你多好。”我出神地凝视着她，“你的工作走到世界上任何一个地方都是响当当的。大多数人都对你的行业没有任何的发言权，只有听你说话的份儿。你哪能体会我们这些卖艺的人的辛苦？哪怕面对的是一群猪，只要他们给你叫好了，就算喝的是倒彩，你也得卑躬屈膝地说感谢所有读者给我的支持。”

“那倒是。”她点点头，“虽然说我们特别辛苦，患者家属越来越难缠，动不动就去投诉你，可是，在手术室里面的时候，你不会知道，好多人在接受手术之前，都会担心自己不会再醒过来，哪怕他只不过是切阑尾而已。其实我只是个小医生，大手术的麻醉又轮不上我，我手上的都是些绝对死不了的病人。可是尽管这样，他们看着我的眼神，也是一种别无选择只能完全信任你的感觉。那真的是太好了，海凝。”小龙女长长地叹着气，“好多人在这种时候都会冠冕堂皇地说他感受到了自己的责任重大，其实海凝我告诉你，我首先感觉到的是我的权力，那个时候我知道我其实握着很大很大的权力。正因为这权力太大了，所以才不能滥用。海凝你是不会明白的，你操纵的都是小说里面的人，我操纵的都是活人呀。”

说完这句话，她转身关上了床头灯。我们并排躺在一片黑暗之中，门缝里客厅的灯光隐隐约约地渗透了进来，就像一个沉睡的人缓慢而悠长的呼吸。她头发上的香味弥漫在我们俩的枕头之间那块狭小的空当里。在这种时候，不知不觉地，就会谈起一些微妙一点的话题。

“刚才我想跟你说。”我继续刚才被我妈打断的话题，“彭端跟路陶他们组织大家周末去海边玩，彭端的一个哥们儿借了一辆面包车，大家摊一下油钱什么的话没有多少，你愿意去吗？”

“去。”我听见枕巾摩擦的声音，知道她是用力地、像个小孩子那样地点着头，“为什么不去？其实我觉得你应该能看出来的，我并没有多喜欢彭端。分手了其实也没什么的，那段时间我不愿意跟他们来往是因为他们老是那么同情地看着我，可是我不愿意照他们的意思扮出一副可怜相，或者是一副看似不可怜其实还是很可怜的样子，所以喽……”她笑了。

“你做得对。彭端配不上你，他和路陶才是真正的天造地设。”

“我愿意去。我刚刚发了工资。我现在有很多很多钱可以让我拿去玩。”小龙女总是在每个月刚刚发薪水的时候认为自己有很多很多钱。然后到了月底，她就大大方方地拎着她十五块钱的香奈尔手袋到我们家来蹭上几顿饭以及各种零食，告诉我说：“再过两天我就回请你吃饭看电影，到时候我就有很多很多钱啦。”所以有一天，当她知道我这些年的存款数是人民币一万五千元整的时候，由衷地说：“海凝你真是了不起，真坚强。一点一点地存起来这么多钱的时候，该有多少次想要把它们全体花光啊，可是你都管住自己了。你将来一定是个能成大事的人，我就不行。我什么诱惑都抗拒不了。”这就是她的结论。

“海凝，”她问我，“我听医院里的同事说我们可以在海边的渔民家里吃海鲜，我还从来没有去过呢。是不是真的很好吃？”

“我不知道。我也没有去过。”

“怎么会？”她惊讶，“你是这里的人啊。”

“不是的。我家其实是我上高二的时候才迁过来的。其实我和你一样，来这个城市没有多少年。路陶他们才是真正的土生土长。”

“噢。”她恍然大悟。

我来自更北的北方。那座城市更寒冷、更内陆，充斥着钢铁、工厂的冰冷气息。那里的美女都是荒凉戏台上的张扬花旦，不是小龙女那样来自气候宜人、安静富足的地方的孩子能够熟悉的气质。其实我很不愿意跟小龙女说起这个，我更害怕她会问我我们家为什么要搬过来。我不是没有碰到过这样的问题的，通常情况下我会说搬家是因为我父亲的工作。这当然不是真话，可是足够应付了。问题就在于：面对小龙女的时候，我不愿意撒谎，但是，我也没有做好说真话的准备。还好她没有追根究底。估计是在憧憬周末的渔家海鲜。

“小龙女。”我对她说，“要是路陶到时候说话不大好听的话，我是说要是，你千万别在意。她只不过是想跟你炫耀一下她赢了。其实她这个人心地很好的，绝对没有什么坏心眼。”

“我知道。”她懒洋洋地扭了扭身子，“其实海凝，我一直都纳闷你为什么会跟路陶那么好，你们根本就不是一种人。”

“你还不是一样。”我说，“你为什么要跟彭端上床，你们也根本就不是一种人。”

“可是彭端在床上挺棒的。”她诚恳地说。

一片嬉笑声中，小龙女转过了身，顺手把床头的维尼抱在怀里，背对着我。我想她是困了。我决定不打扰她，让她就此睡着。虽然这个家伙的精力旺盛得可怕，曾经有过通宵泡吧再轻松地洗把脸去上班的纪录。我独自一人在黑夜里静默着，看着她窄窄的小肩膀在我的眼前悠然地起伏。我为什么会跟路陶那么好，那是因为我当初根本没有什么选择。

那时候我十六岁，是一个瘦削、笨拙、面部表情僵硬的女孩子，浑身上下看不到一点少女的甜蜜的气息。老师给大家介绍我这个刚刚搬家的转学生，底下响起来的礼节性的掌声都能让我胆寒，只知道死死地攥着我的书包带子，用尽了所有的力气。我不敢主动和人说话，特别害怕人家看着我的眼睛，甚至过马路都会让我觉得心惊胆战。我战战兢兢地捧着自己的灵魂，就像捧着一块易碎的玻璃。虽然它很廉价，可是它是我的全部。似乎只要有一个人在空旷无人的寂静中大声地叫一下我的名字，我就听得见自己内部分崩离析四分五裂的声音。我清晰地记得，刚刚搬来这个城市的时候，我总是记不得房间的位置，对方位的记忆还停留在原先的家，半夜起来的时候一次又一次地撞到墙。妈妈就会在这个时候起来，打开房里的灯，帮我揉着撞出瘀青的部位，一边用小心翼翼、简直是害怕得罪我的口吻说："不要紧，不要紧，医生不是说过的嘛，换个环境一定就会好了。”我木然地任由她揉搓，听见自己的心脏灌了铅一般沉重地蠕动，没有表情地无声地哀求这个我生活的世界：求求你，求求你，我已经怕死你了，我尝过你的厉害了，你不要再折磨我。

路陶就是我那个时候的同桌。这个漂亮、新潮、活泼、喜欢大惊小怪的女孩子是当时唯一一个对我微笑的人。在那些艰难的日子里我试着写字，写出了一个又一个只有青春期的人们才认为是伤心的故事。路陶是我的第一个读者，她总是瞪圆了她美丽的眼睁惊呼着：“老天爷呀，我的好朋友居然是个作家。”我想若是没有路陶那些毫不吝惜的赞美，我不知道自己会不会开始写字，至少我肯定不会把写字当成是生活的指望。所以，我有什么理由不对路陶肝胆相照？她对我有恩，就连她自己都不知道。

想到这里的时候我轻轻地坐起来，在黑暗中摸索着，点燃了一支烟。我得承认，这些悄然而至的往事让我有点不舒服。不过我知道很快就会过去的。我特别喜欢听打火机那一声轻微的、伴随着火苗的声响，总是令我感觉到一种螳臂当车的悲凉。外面麻将的声音不知为什么暂停了，我听见妈妈的脚步声。虽然她总是用一种不屑的语气谈论我的书、我的工作、我的朋友们、我的日夜颠倒的生活，可是我心里最明白不过，她是多么高兴地看到我今天这副令她不屑的样子。十九岁那年，我出了这辈子第一本书。

虽然只有百分之五的版税和八千册的起印数，可是我总算有了一个机会可以在扉页上郑重其事地印上一句话：献给我的妈妈。那一天，她一面把书页翻得哗哗响，一面数落着："看看你都写了点什么乱七八糟的东西：第五页的时候这个女孩子就随便跟男人上床，第二十五页的时候两个大男人出来卿卿我我地乱搞，第四十八页一个不大的小孩子就懂得自杀，第一百零一页的时候又开始吸毒……你怎么就不能写点生活作风正派的人呢？要是让你过去的老师看到了不被你气死才怪，教出来了什么丢人现眼的学生……"然后她低下头去，装作在批判地研究我的书，其实她一下又一下地眨着眼睛，努力地忍着眼眶里的泪。

"海凝，"小龙女安静地叫我，"你是不是睡不着？"她的声音此时清冽得有些哀戚。

"吓我一大跳。"我说，"还以为你早就睡了。"

"海凝，你为什么不问我，如果我不喜欢彭端的话，那我喜欢的人是谁。"

"因为我知道总有一天你憋不住了就会告诉我。"我笑着说。

"我现在就憋不住想告诉你。"她依然静静地背对着我，不肯转过脸，"今天我也不知道怎么了，我特别想念他。所以要是你没有睡着的话，你愿不愿意听我讲讲这个人？"

"当然。"从她的语气里我感觉到了事态的严重性。我把烟按灭了，正襟危坐。

“说起来，”小龙女不好意思地笑了笑，记忆中那是她唯一一次露出一点点娇羞的样子，“根本算不上什么了不得的故事。我喜欢的那个人，他是我们医院的医生，肝胆外科的医生。我总是在手术室里碰上他。那天，我看见他从走廊里经过。”

小龙女下面的描述可以省略五百到一千字，因为如她所说，那的确不是什么了不得的相遇或者说邂逅，情节以及过程比所有的韩国肥皂剧都要庸俗，只不过主人公自己认为有纪念的必要。

“其实海凝，我也算不上是一见钟情。”她像个小女孩那样费力地解释着，“那个时候我只是觉得他的名字很特别，他叫孟森严。”小龙女转过了身，戏剧性地拧亮了灯。那个男人的名字就这样隆重地登场了，伴随着满室仓促降临的灯光，以及小龙女被点亮的、美丽得不可言喻的表情。

“海凝，你说说看，这是不是个很特别的名字？”

关于爱情，我其实已经没有什么发言权。或者，一个女人，一个二十五岁的家庭主妇，一个在黄昏的厨房里为自己的老公做大餐的女人，在很多人眼里，她的爱情已然修成正果。可是我自己不那么想。要是爱情仅仅是，或者只不过是饮食男女的平静生活的话，那人们为什么还爱看罗密欧与朱丽叶、梁山伯和祝英台这样的故事呢？或者我应该跟我的砂锅好好探讨一下这个问题，她懂的比我多。

半个刚刚切好的柠檬在一旁嘲笑我：“这么说，你从你最好的朋友手里抢走了她的男人？”没错。不过我对这个赤裸裸的说法依然有些不同意，因为那确实简化了事实。于是我吓唬柠檬：“我马上就要把你扔进榨汁机里面榨汁，你还有什么可神气的？”“我不怕。”柠檬的声音很淘气，也很甜美。跟西芹不同，柠檬虽然也是少女，可是她是洛丽塔，想要吓唬她是很难的。

水开了，切好的薄薄的牛肉片在里面无辜地翻转着，他们说：“我们又不是鱼，为什么要我们学游泳？”柠檬小姐在一旁夸张地叹着气：“没有办法呀，他们这么傻，可是你每次都要我们来跟他们配。”我一边把煮过的牛肉片捞出来浸在冰水里，一边对柠檬微笑着说：“这是桩好姻缘，相信我。你们那么俏皮，他们那么憨厚，会合适的。何况，你们还有这么多花花绿绿的嫁妆。”所谓嫁妆，指的是同样用冰水浸泡过的黄瓜、洋葱、胡萝卜的细丝。牛肉片和蔬菜丝凉拌在一起，浇上柠檬汁，是夏日里非常爽口的下酒菜。因为孟森严要把朋友带回来，而且还是刚刚失恋的朋友，所以自然是要喝酒的。

对于我和孟森严的生活，我没有任何不满意的地方。他总是鼓励我重新写作，是我自己认为没有这个必要的。

只不过，这个告诉我今天要晚一点回家的孟森严，已经不再是当初那个令我在负罪感里惶惶不可终日，然后在惶惶不可终日里疯狂地期盼着的孟森严了。曾经，他让小龙女在凌晨两点的黑夜里美丽得飞蛾扑火，他让我忍受了无穷无尽的关于背叛关于罪恶关于毁灭的折磨。人们常常犯的错，是把爱情和你爱的那个人混为一谈。当初，我和孟森严之间，那么多的争执与和解，那么多的煎熬跟眼泪，都只不过是因为我根本就不知道爱情本来就是一样存在于生活之外，不可能让我们得到的东西。如今，我们和平安静地讨论晚饭的菜单，孟森严曾经让我着迷的优点变成了生活里的资源，曾经让我心碎的缺点变成了理所当然无伤大雅的忍耐。上苍保佑我们，爱情死了，于是我们过上了幸福的生活。

可是为什么，上苍保佑了我们这两个罪人，却没有保佑小龙女？

砂锅说："我也不知道。"砂锅里面漂浮着红枣与莲藕鲜艳年轻的身体，令我联想起小龙女那场空难过后，海面上寂静无声的遗迹。

我对柠檬说："准备好了吗？"柠檬微笑着说："谢谢你。再见。"然后我按下了榨汁机的按钮。少女的体香顿时充斥了整个厨房。

"那个时候，我在我自己的一篇小说里这样写。"我有些不好意思地对砂锅说，“我要再爱一次，我说什么也得再爱一次。你抱紧我，抱紧我吧。我不是为了奉献，不是为了牺牲，我是为了我自己，为了我自己的绽放。再不爱一次的话我就真的老了，我就真的再浴火也不能涅槃了。”我在这里打住，突然发现我的周遭已经一片寂静，他们都在专注地看着我，听我用一种和说话时不尽相同的声调背诵我曾经的句子。他们虽然不会鼓掌，可是他们是最令人感动的观众。

一盘晶莹的豆芽好奇地说：“你那个时候，一定和我们现在一样年轻。”

我端着那杯已经变成柠檬汁的柠檬，回答说：“是的。”但是现在，我想收回这些话。这些话，是十六岁的海凝写给自己的。当时的海凝总是喜欢用“我想”或者“我要”来做句子的开头。

我所有的朋友，路陶、彭端，以及小龙女，他们都是在我搬来这个城市之后跟我认识的。他们眼里的海凝或多或少都有一些共同的地方，比如伶牙俐齿，或者说尖酸刻薄，比如晚上十点一定要回家，比如总是留着或直或卷的长发，从不穿暴露的衣服，比如靠写书写专栏写电视剧本来维持吃喝玩乐浑浑噩噩的生活，虽说完全没有可能大红大紫但总是可以自得其乐，比如很少谈论自己的事情尤其是男人，等等，等等。可是他们谁都不知道，当海凝生长在自己的家乡，还没有被移植到海边时候的样子。

那一年，在那座名叫龙城的北方工业城市里，有不少十几岁的少男少女都听说过海凝的名字。那自然不是什么好名声。十四五岁时候的海凝是个被专家们称为问题少女的孩子。其实无非是香港黑帮电影看多了并且比一般小孩子勇于模仿而已，并没有胆量做出什么真正伤天害理的事情。她逃课，跟着大孩子们去城边的高速公路上飙摩托车。她用一种不甚老练的姿势夹着香烟面带微笑地看着荷尔蒙旺盛的男生们互相往对方头上拍板砖。其实那个时候她只是把烟含在嘴里再吐出来，因为如果真正吸进肺里的话会呛得她不住地咳嗽，其实那个时候她身上的文身都是文身贴纸，因为她怕痛，当然这些都是当年的一级机密。她总是努力地在那些好好学习天天向上的孩子面前维持着一种不苟言笑冷若冰霜的早熟模样。所谓的叛逆，说穿了，不过是因为抱着一种百分之百的审美的眼光看待生活，而不愿意考虑道德、规范，以及一些不得不承担的责任。

如果时光可以在那个时候停顿，我觉得，海凝犯的错，仅在于此。她还太年轻，她认为她是在坚持自己对世界的理解却缺乏对世界起码的尊重。时光跟成长最终会纠正她。她本来可以在她长大以后把这段问题少女的经历当成个笑话那样讲给路陶和彭端他们听，而不是像现在这样羞于启齿绝口不提。但不幸的是，她遭遇了爱情。爱情绝对不能成为任何做坏事的借口，但是有时候，的确是真真切切的理由。

十五岁的小姑娘偷偷爱上了一个邻校的男生。虽然她并不认识他。她偷偷地从自己的学校里溜出来，别人都以为她是跟着她的那些不长进的同类去台球厅或者去看 A 片，但是其实她是去了街对面的那所学校，熟练地翻过后门的围墙，坐在很高很高的铁栏杆上面看着男孩子他们班上体育课。其实我现在已经不大记得那个男生的样子了，我只记得他们学校的那道又衰老又慈祥的围墙，还有那段铁栏杆在冬日的晨光中散发出的微微的腥气。

这道围墙和这段铁栏杆又沉静，又寒冷，不动声色地见证过这个名叫海凝的女孩子的很多事情。她的羞涩，她的初恋，她的痴迷，她的稚嫩，她的残忍，她的暴戾，她的恐惧，她所有所有的邪念。

她们几个人把那个女孩子带到这道铁栏杆下面。她们都是海凝的同党，受了海凝的指使，吃过了海凝请的火锅。她们揪着这个女孩的头发，逼这个女孩子抬起头，看着栏杆上面的海凝。这个眉清目秀的女孩子一脸的惶恐，她想不起来自己到底是在什么时候以及什么情况下得罪过海凝，因为她们根本素不相识。

“给我打。”那个声音清脆悦耳，就连我自己都不相信这真的是我的声音。

我请来帮忙的这些女孩子都还是蛮专业的。她们两个人按着这个女孩子，一个人使劲揪着她的头发把她的脖子往后边扯，然后把她的头往铁栏杆上撞。最后一个轻车熟路顺理成章地在她脸上左右开弓地扇耳光。十五岁的海凝端坐在冰冷的栏杆上，听着栏杆因为撞击发出的嗡嗡的震颤，看着这场大戏，看着那个女孩子屈辱的眼泪跟血一起一滴滴地流下来，像过节一样快乐。

海凝轻盈地跳了下来。那种施暴带来的妙不可言的优越感让她身轻如燕。那个时候她其实一点都没有低估自己的杀伤力。她走到那个可怜的女孩子跟前，拿出自己的打火机来，摁亮了，轻轻地在女孩子面前晃动着，轻如耳语地问："想不想知道为什么打你？因为你太骚了，让人很不爽。特别不爽。我倒想看看如果我把你的头发烧掉一半，你还怎么骚下去。"然后就趁着她在恐惧地听我说话，精神上毫无防备的时候对准她的肚子狠狠地踹了过去。一下、两下、三下，有节奏的，不知不觉间就有了平仄，还押上了韵。我似乎忘记了自己在干什么，似乎只是单纯地为了追求那种沉闷的鼓点一般的节奏才这样连续不断地踹下去。然后，那个女孩子的眼神突然凝固了。与此同时，我们每个人都听见一声轻微的"咔嚓"的声音，就像是某个人不小心踩碎了一块冰。

海凝是从那一天以后声名狼藉的。那个女孩子最终在医院里住了一个多月，断了两根肋骨，下颌骨骨裂，全身多处软组织挫伤，轻微的脑震荡。医生说，她也许需要接受一段时间的心理辅导，不过问题还不算太大。

可以想象所有人的愤怒。海凝从一个叛逆期的问题少女，变成了众人口中十恶不赦的小妖怪。冬季的龙城向来沉闷而且漫不经心，但是那一年是个例外。同龄的孩子们绘声绘色地夸张着打人的细节，大家众口一词地肯定着那个叫海凝的小婊子的残忍。派出所的两鬓斑白的警察用手铐铐住我的一只手，把另一端铐在暖气片上。他的同事们本来建议他把我铐在敞开的窗子旁边，让冷风好好让这个小魔头清醒清醒。但他最终没有那么做。他锁上手铐的时候弯下身子问我:“孩子，你为什么那么狠呢？”

是呵，我为什么那么狠。海凝你为什么那么狠。

后来，那个女孩子的家长最终从法院撤了诉。因为我爸爸在狠狠地给了我几个耳光之后——是六到八个吧，具体的数字我记不得了——去给她的父母赔礼、道歉，最终赔了钱。我不知道赔了多少，姑且就用小龙女的话说，赔了很多很多吧。总之我用不着上法庭了。可是这件事情当然不可能就此结束。学校把我锁在教导处旁边一间用来堆杂物的房间里，要我详细地写策划以及参与打人的经过，当然还有检讨书。我整日呆坐在这个狭小的房间里，很多同学在下课的时候好奇地围在窗子那里看室内的我，就像在参观动物园。我非常配合地像只刚刚睡醒的野兽那样一动不动、一言不发、眼神凶狠。隔壁的教导处里上演的热闹的戏码全都一字不落地传到我的耳朵里。那几个从犯团结一致地痛哭流涕，说她们根本就不愿意去打人，只不过都是被海凝逼的，是海凝胁迫她们的，而且关键性的导致那个女孩骨折的几脚都是海凝踹的。老师你们不知道海凝有多么坏我们不敢不去我们都怕她。我还听见晚报和电视台法制节目的记者在跟学校交涉，说他们一定会遵守未成年人保护法不透露我的真实姓名，会在镜头上把我的脸打上马赛克，但是恳请学校一定要准许他们来采访我。最后我听见了我可怜的妈妈的声音，我妈妈说我们海凝是个好孩子她一定是被人陷害的，她只不过是淘气不用功读书而已但是她绝对不会下那么狠的手，求求校长和老师们再好好调查一下不要开除她。教导主任冷笑了一声，说您这么黑白颠倒的家长教育出海凝那样的孩子来一点都不奇怪。

我被勒令退学的处分下来的那一天黄昏，我的语文老师走进了我这间狭小的笼子。他刚刚从师大毕业没有多久，言谈举止间还保存着某种青涩的学生气。他问我："海凝，他们没有告诉你，你现在可以回家了吗？"

我说："这几天我在这儿待惯了，挺舒服的。我不愿意回家，我不知道该跟我爸爸妈妈说什么。"

这其实是我那些天来，头一回开口说话。

“海凝，”他很真诚地看着我的眼睛，他说，“虽然你的班主任一直都很讨厌你，可是我得告诉你，你其实是我在你们班上，最喜欢的学生。我一直都想找个机会好好跟你聊聊你的作文。我想知道你为什么能写得那么精彩。可惜现在，好像不大合适。”

我愣愣地看着他，不知所措。

“海凝，那几个女同学说你叫她们去打人只是因为那个女孩子得罪过你的一个朋友。究竟是不是这么回事，我想听你说。”

不知道为什么，我就是在这个毫无戒备的黄昏对一个仿佛是上天派来的人说了真话。我费力地开口，我说：“我喜欢上了一个人，一个男生。”

语文老师说：“可是那个男生拒绝了你，因为他喜欢的人是那个被你打的女孩子？”

“不是。”我没有表情地说，“那个男生根本就不认识我。我们从来都没有说过话。每个礼拜，我都翻墙去对面的学校，坐在栏杆上面看他。看他跑步，还有踢球。后来有一天我听人家说，这个女孩子正在追他。每天都给他带早餐来，他过生日的时候还送他球鞋。大家都说，他们俩马上就要在一起了，就差那么一点点了。要是，要是，在我看见这个男生之前，她就已经是他的女朋友的话，我也不会这么做的。可是现在，明明她还不是他的女朋友，但是我已经完全没有机会了。我受不了。”

语文老师难以置信地笑了笑，说：“就因为这个，你就要去打断人家两根肋骨？”

“我……”一种深深的无助是在那个时候涌上来的。我突然想起了那个被我打的女孩子，当她被我们几个人抓着头发一下一下地往铁栏杆上撞的时候，是不是也是这么恐惧、这么不知所措的？是不是也在某个瞬间刻骨铭心地怀念着几分钟之前还属于自己的平静的正常的没有受过屈辱的生活？可是这一切，我都不知道了。

“那好。海凝，我问你。”语文老师点上了一支烟，“在这件事情发生之前，你觉得你自己能不能算得上是一个好人？”

我想了想，诚实地说：“我不知道。”

“那我得告诉你。”语文老师认真地看着我，他知道他下面将要说的那句话的分量，“海凝，从今天起，你如果再想证明你自己是一个好人的话，会很难，非常难。你不要以为人家的家长撤了诉，学校决定了要你走，这件事情就会结束。相反的，真正艰难的日子还没有开始。不过马上就要开始了。海凝，可能你还需要再过几年，才能真正明白自己究竟是个什么样的人。准确点说，究竟是不是个好人。虽然说一个人的善良程度和羞耻心的多少是天生注定了的，但是如果你愿意努力，总是能做到尽可能地控制自己那些坏的念头。所以说，愿意做好人还是做坏人，在于你自己的选择。你得够坚强。明白吗？”

后来，在很长一段时间里，每一次我从噩梦中惊醒，耳边就回响着那句谶语一样的“你得够坚强”。很多次我都在问自己究竟坚强到什么程度才能算得上是够坚强，尤其是当我咬紧牙关确信我已经没有可能更坚强的时候。

第二年的夏天，那个心狠手辣的小魔头海凝变成了一起强奸案的受害者。然后她就销声匿迹，龙城再也没有人知道她的消息。每个人都认为她罪有应得。每个人都认为这件事情充分向我们证明了世间的确存在报应这回事。每个人都说，那个小婊子，她活该。

小龙女安静地看着我，在这个橙色灯光的温暖的夜里。

“可怜的海凝，”她温柔地摸了摸我的脸，“你 定是很辛苦才熬过来的对不对？”看她眼睛里又在荡漾一种没安好心的神情，我就知道她一定是吐不出来象牙的，果然，她坏笑着，“喂，海凝，咱们姐妹之间没有什么不好意思的。你告诉我，初夜给了强奸犯，这到底对你后来的性生活有没有影响？”

我简明扼要地回答她：“滚。”

她翻了个身，无限神往地说：“我第一次跟男生睡觉是大二那年。说出来不怕你笑话，我当时只是想我马上就要二十岁了。如果到了二十岁还是处女，我觉得那很丢脸。”然后她奇怪地问我：“海凝，你怎么不笑？”

小龙女实在是个天赋异禀的人。任何难堪、尴尬，甚至是羞耻的话题到了她那里都变得水到渠成，都在不知不觉间被她光明磊落地包容了进来。让人自然而然地认为，没有什么是不可以理解的，没有什么是不可能存在的。

“那个强奸犯后来怎么样了，海凝？”

“在监狱里。他还犯过别的事儿，我也不清楚究竟判了多少年。”我平淡地说，“那个时候，有人在我们学校的 BBS 上留言说，强奸海凝是替天行道，凭什么要判刑？”

“天哪。”小龙女长叹一声，“这个世界上什么都缺，缺石油，缺饮用水，缺新鲜空气，缺森林，缺和平，可就是不缺蠢货。你说这到底是为什么？”

“那你又为什么不觉得我是个坏人，小龙女？”我问，“不觉得我是恶有恶报？”

“因为，”她迟疑了一下，然后斩钉截铁地说，“因为你对我好，所以你就是好人。”

“乖孩子。”我照着她奶油一样的小鼻头上使劲捏了一把。

“你从来没有跟任何人讲过这些事情吗？”她把手臂枕在脑袋下面，孩子一样细小的手腕上有一个妖冶的玫瑰文身。

“没有。你是第一个。就连路陶，我都没有跟她讲过。”

“那两年，你一定受了不少苦吧？”

“还好。”我笑着说，“平心而论，我觉得，对我来说，碰上强奸犯未必是件坏事。”看着她目瞪口呆的样子，我开始非常耐心地解释：“你看，简单点说，那个时候就连我自己都认为我会遭报应，于是这个报应就来了。不管怎么说，这件事情或多或少减轻了一点我心里，对那个被打的女孩子的歉意。这是第一条。第二，其实在那之前的几年，我爸爸一直都在犹豫要不要搬到这里来，这件事情之后才终于下定了决心，把龙城的公司卖掉，跟现在的合伙人合作。在龙城的时候他的生意一直都是时好时坏的，来了这边以后却一直都很顺利。坦白说，应该庆幸，我毕竟不是生活在过去那些把女孩子的贞操看得比什么都重要的年代，碰上一个强奸犯，却给我爸爸带来了更多的钱。这笔买卖其实还算不坏。”

小龙女已经开始捂着肚子在床上打滚儿了：“哎哟，哎哟我不行了。我肚子疼。你可真够绝的，成本核算，是吧？也就是你这样的女人才想得出来。”

“还有第三条。”我继续说，“我是在这件事情之后才开始写字的。虽然我从来都不认为我自己真的写得有多好，有什么了不得的才华。可是毕竟，我过去从来没有想过这真的变成了我的工作。写字是件好事，小龙女。”我认真地看着她的眼睛，“因为对于这个工作而言，任何的苦难都是财富。然后慢慢地，你写得久了，就发现自己对于苦难有了比一般人更强的理解和总结的能力。在生活里你经历的每一种失败到头来都能让你的文字更美更动人。所以对我来说，可能没有比写作更合适的工作了。最后一条，”我长长地叹了口气，“最后一条就是，这件事情让我明白了，世界上真的有否极泰来这回事。很多人都觉得海凝是个非常自信的人——那是因为，我早就经历过最坏的事情了。不会有什么更坏的事情了，所以我现在很少害怕什么，我反而能活得更加心安理得。你懂了吗？”

“懂了。”她说，“我老早就觉得，你特别坚强。”

“我？”我惊讶，“我一直都觉得你比我坚强得多。”

“不一样的。”她非常肯定，“我承认我这个人从小就总是很清楚自己想要的东西是什么。面临重要的事的时候，我总是不喜欢听别人的，我喜欢自己做决定。我天生就是这样的，从小如此，可是我从来没有像你那样被打碎过。你是一个被打碎过的人。你一点一点地把自己拼成今天的样子。你现在被人熟悉的每一种性格实际上都是你自己苦心经营的结果。你自己说，咱们俩谁更坚强？”

这个该死的家伙。她总是轻轻松松地说出来一些重若千钧的话，丝毫不考虑别人的承受能力。“你是一个被打碎过的人。”就是这么简单的几个字，击中了我心里最柔软的地方。这个时候我突然想起了那个女孩子，那个被我们打的女孩子。这些年，我总是想起她。尤其是当我的生活日趋正常，当我交了越来越多的朋友，当我写了一个又一个的故事并且渐渐地能够以此为生的时候，我总是会在某个意想不到的时刻，毫无预兆地想起她。我不知道我的所作所为是否也打碎过她，我不知道她在夜深人静的时刻是否也曾经无助地追问为什么世界上永远会存在这样弱肉强食的暴力，我不知道她最终是怎样让自己平静的，是依靠刻骨铭心的仇恨，是依靠一遍又一遍地在想象中报复，还是依靠遗忘。我不知道多年以后的现在她有没有对别人说起过这件事情，对她的闺蜜们，对她的男朋友，或者是对一个陌生人。如果说起过，又是以一种什么样的语气。

我并不希望她能够原谅我，我要不起这样的原谅。我只是希望她能够释怀，然后好好地生活下去。

我坐在直径大概十厘米的栏杆上，那个铁栅栏布满了锈迹，那么冰凉，就像是我的荆棘冠冕。我看着你清秀惨白的小脸在我面前一起一伏，一起一伏。你怕死吗？你怕死吗？是我让你怕死了吗？其实我也怕死，你千万不要以为我比你强大，虽然我看上去心狠手辣，冷若冰霜。对不起，对不起，对不起，我没有能够好好地看管我的邪恶。

“海凝，你睡着了？”恍惚之间，小龙女那清澈的声音把我从半睡半醒的状态里叫了回来。

“没有，怎么了？”

“国庆节长假的时候，你带我去一次你们龙城，好不好？”

“去干吗？”

“去旅游啊。十一黄金周，公民有责任出去旅游，拉动国家内需。”

“有什么好去的？”

“带我去一次嘛，我是小龙女，怎么能不去龙城？”她像拉风箱一样摇晃着我的胳膊。

“去了住哪里？”我恶狠狠地问。

“当然是住你家原来的旧房子啦。”她似乎奇怪我怎么会问这么蠢的问题。

“小姐，我家的旧房子已经租出去了。我们没有权力把人家房客赶走。”

“别想蒙我，海凝。”小龙女坏笑着，“你妈昨天还跟我说呢，你家的房客马上就要搬走了。九月底房子刚好空出来。”

我非常惨烈地呻吟了一声。我妈真是不像话，这么重要的情报居然在没有告诉我的情况下透露给了她。

“海凝，求你了。”她甜美地哀求我，“国庆节的时候，医院里把孟森严派到龙城去开会了，所以我也一定要去龙城。这个理由已经够充分的了吧。”

“我可以把旧房子的钥匙给你。我跟着你去算什么，一百瓦电灯泡？”

“他开三天的会，这三天里我只能在晚上见到他。三天以后会开完了，是别人旅游的时间。可是他不行，他得马上赶回来。你知道为什么。”小龙女的神情有点忧伤，“就算你可怜我行吗？晚上我去见他，那白天呢？我不想一个人待着。你带着我去吃点好吃的东西，好不好？”

“你根本就是个花痴。”我得出了结论。

她猛烈地点头对我的诊断表示赞同，自动加上了一句：“不仅是花痴，而且还是个偷情狂。”

“你是个坏孩子，小龙女。”

“对对对，我当然是。”

“你这样不值得。”我故作痛心疾首状。

“海凝，你说爱情是什么？无非就是心甘情愿地犯贱，对不对？”她望着我的眼睛，动人地一笑，“所以，你别拦着我。我又要犯贱了。”

记忆中，那是我和小龙女最最相亲相爱的时候。所以，当她决定了要做一艘撞冰山的泰坦尼克号，她才选择我来做这场大戏的观众。这当然是我的荣幸。她自己都已经说过了，她是那种最清楚自己想要干什么的人。如果她拿定了主意要沉沦，你也只能让她沉沦。不要做出一副旁观者清的样子来预言她会经历什么，她根本不相信任何人有关人生的经验。在她眼里，所谓经验，不过是一个概率问题而已。她笃定地相信她自己就是那个百分之零点零几的例外。我至今都没能想明白，她的这种自信究竟是从哪里来的。

在把我吵醒之后，她自己心安理得地睡着了。我一点一滴地凝视着她熟睡的侧脸。我妈妈说，她的脸形是典型的桃花重的女人的标志，但是她长了一对尖尖的、小精灵的耳朵。我慢慢地帮她把被子拉上来，细心地掖好每一个被角。亲爱的，在即将降临的灾难面前，这是我唯一能为你做的事情。

几天后，我终于见到了传说中的孟森严。

九月的海滨城市的天气非常暧昧。有的时候像初秋，带着夏日末尾的倦怠；有的时候像深秋，风粗糙得很，粗鲁地撕扯着海岸线附近的浪。小龙女就是在这样的一个夜晚带着我去见孟森严的。十一点半，我们坐在没有什么人的公车上，穿越这个城市，到小龙女的医院里去。带着一点腥气的海风吹着我们的头发，像是某种北方的粗犷方言，充满了生动的表情丰富的骂人话。那是孟森严上夜班的时间。他们俩只有在上夜班的时候，才能在那间医院空荡荡的走廊里旁若无人地拥抱——说是旁若无人也不大合适，因为周围的确是没有什么人。平日里，当他们两个人都穿着白大褂在嘈杂的人声中相遇的时候，小龙女必须要煞有介事地称呼他“孟大夫”。

如果你有过偷情的经历，相信你会对上面的描述会心一笑。在我真正见过孟森严之前，我一直都觉得也许让小龙女迷恋的并不是这个男人，而是那种偷情的触犯禁忌的感觉。再进一步说，或者一开始的时候，孟森严之所以能够吸引小龙女，并非是因为他有什么了不得的优点，而是因为他身上背着一个只不过有那么一点点传奇色彩的传奇。

他们的第一次相逢，其实是在孟森严的妻子的病房外面。那个女人身染恶疾，几年来，平均每年都会在这家医院住上一个季节那么久，就像有些人度假一样。小龙女说，她第一次看见孟森严的时候，她觉得这个男人一副不动声色、沉着冷静、几乎闪着金属色泽的表情下面有一种特别柔软，甚至是忧伤的东西在慢慢地充溢着，她看得出来，她感觉得到，虽然这个男人整洁清晰、一丝不苟，自觉地跟人保持着一个足够维持自尊的距离，可是他一点都不傲慢，因为他很累。那种倦意在他跟人微笑的时候最为明显。那是一种尤其会让小龙女这样精力过剩的女人心疼的疲惫。

他的妻子的病，用小龙女的话说，叫作原发性胆汁性肝硬化。我要小龙女重复了好几遍也没能成功地记住这个冗长的名字。于是小龙女说，英文缩写叫作 PBC。这个好记一点，听上去就像某种手机的新型号。到现在为止，我们伟大的人类科学还做不到清楚地揭示这种病的成因。只好笼统地说，与免疫系统有关。其实有不少人，带着这个病，像吃饭一样规律地吃药，也活了很多很多年。但不幸的是，孟森严的妻子没有那个运气。她发病的时候肝脏的病变已经是第四期—— 一共只分了四期，没有第五期了——这是引用小龙女的补充说明。

小龙女忧伤地跟我说了一句让人脊背发凉的话：“现在她的肝脏已经变成了墨绿色，就像你家客厅沙发上的靠垫。”

这个女人开始生病的时候跟我们现在的年纪差不多，也就是说，当她还处于花样年华的时候她的肝脏已经非常任性地变成了一个耄耋老者，每一个人都对此束手无策。她从一个白皙高傲的医生的妻子变成了一个陈旧残缺，所有零件都坏掉的娃娃。这种病带来浑身皮肤的奇痒不允许她继续端庄下去，随之而来的骨质疏松不允许她再年轻下去，因为她稍微摔个跤就有骨折的可能。再然后她的身体就像一座年久失修的老建筑，几根重要的血管承受着危险的高压。有好几回，因为这根或者那根血管的破裂导致的内出血险些要了她的命。但是她每一次都挺了过来，或者，这和抢救她的人是她的老公多少有些关系。他们刚刚度完蜜月的时候，她就得病了。似乎上天让她嫁给孟森严，就是为了恩赐给她一个又一个获救的机会。但是上天忽略了一件事，就是孟森严不过是个凡人，不是圣斗士。

她是个倔强的女人，也曾经很多次地跟孟森严提过离婚，但是孟森严不肯。到后来她也不再提了，因为她已经没有力气。一次又一次地涉足鬼门关的边境之后，她需要时刻提醒自己，毕竟有一个能够救她的人是她枕畔的至亲。

那一天，电闪雷鸣。远处的海浪在至情至性地唱重金属。那一天，孟森严的妻子处在一个暂时稳定的情况下，在病房里安稳地沉睡。那一天，小龙女正式成了孟森严的女人。她把自己赤裸的身体埋在一堆厚厚的棉被下面，像只小猫一样，偷偷打量着这个靠在床上抽烟的男人。鱼水之欢过后，他们俩用一种冷静、中立、职业化的语气谈论起他妻子的病情。孟森严突然微微一笑，他对小龙女说："我已经尽了全力。"

小龙女听懂了这句话。

他已经尽了全力，想要挽救他的妻子。他已经尽了全力，想要抗拒小龙女的诱惑。他已经尽了全力，想要把他最初的完美角色扮演到底。但是，他没能做到。但是上天做证，他真的尽力了。他付出过的努力承载过的煎熬不是一般人能够想象的。这一点，我相信。

恐怕孟森严不知道，小龙女最最迷恋的，就是他承认自己失败的那一刻。他的无能为力，他对自己这种无能为力的坦然，他坦然之后的不放弃，都让小龙女确信自己爱了一个值得爱的人。其实小龙女特别容易被活在挣扎中的人吸引，比如孟森严，比如我。我想那是因为她自己活得太过无所畏惧，她从来不知道什么是挣扎。爱情就是心甘情愿地犯贱，小龙女嫣然一笑：“海凝，你别拦着我，我又要犯贱了。”你看，就连犯贱，她都可以犯得这么天真烂漫不计后果。

我坐在医院对面一家营业到凌晨两点的快餐店里，看着小龙女快乐地把孟森严拖了进来：“森严，这个美女就是海凝。我跟你说过好多次了，我最好的姐妹。”

当我看见那个男人的时候，我清晰地听见海水退潮的声音。我的心就像是那片退潮后剩下的沙滩，潮湿、晶莹，柔软到不能碰触。海凝，你完蛋了。我对自己说。那道围墙旁边的铁栏杆不够冰凉吗？冬天里的寒风不够刺骨吗？你从十五岁的时候就坐在上面，现在已经七年了，你还是不肯下来吗？

经过了这几年的磨合，我和我的菜刀早就已经知己知彼，默契得很。尤其是在剁带骨头的肉的时候，非常的干净利落，我现在已经能够一刀找准骨头间的缝隙了，又稳又准地剁下去的时候，爽快得妙不可言。在这个厨房，那些羊排仇恨地看着我，说：“你是个坏女人。”只有菜刀知道我的秘密，菜刀知道干脆的杀戮让我乐在其中，让我隐隐约约地听见铁栏杆被撞击的嗡嗡的闷响。那是一种妙不可言、飘飘欲飞的轻盈。这么多年，我以为我已经忘掉了。

我只能在我一个人的厨房里羞耻地、惴惴不安地想起它，逃避它，最终，面对它。

炒锅已经静静地坐在火上，但是油还没有烧热。他现在正襟危坐，坐怀不乱。只有等到油热的时候才能变得放纵跟挑逗。然后，油变得滚烫，葱、姜、蒜丢进去，他开始放荡，眼神凌乱，口出狂言，这个时候，蔬菜倒进去，刺啦一声，性高潮到了。

我遵守了诺言，在油烧到最热的时候，把西芹们跟一些百合一起倒进去。这样痛苦就可以少一点。我眼睁睁地看着她们的颜色从水彩的颜色变成油画的颜色，由浅变深，由少女变成妇人。

“真好啊。”她们满足地长叹，“说不上来的感觉。虽然很热，很疼，可是就像是要飞起来。这种滋味，还能再尝一次吗？”

“不能了。”我说，“这是最后一次。”

“明白了，这就是临死前的滋味，对不对？”

“可以这么说。不过，也是变成女人的滋味。”我发现我现在可以用一种平等的方式跟她们对话，她们已经长大了，然后迅速地苍老了。

“认识你真高兴。”她们说。

“我也很高兴认识你们。”我拿过来一只干净的盘子，把她们盛了出来。

微波炉上的电话又一次响了起来，这一回，是路陶。

“亲爱的，我快要累死了，你同情我一下让我到你家来吃晚饭好不好啊？”这些年来路陶一直都是老样子。

“今天不行，路陶。”我说，“孟森严要带朋友回来。”

“欸？”她非常无辜，“我不是你们的朋友吗？”

“好吧。”我突然想起既然今天席间会有一个刚刚失恋的家伙，那有路陶这个货真价实的美女在座说不定真的是件好事。反正自从彭端出国以后，路陶小姐一直没有一个固定的男朋友。

“海凝，那件事情，你跟孟森严说了吗？”她问。

“没有。”我无可奈何地回答，我可不怎么想在炒锅上还热着油的时候跟她讨论这个。

“尽快决定，海凝。那个妇科医生是我舅妈的好朋友。找她一定没有问题。”

“可是陶陶，我还没有想好。”

“我就不明白你还有什么可犹豫的。”她咬牙切齿地，“海凝，你这么年轻要一个孩子出来添乱干什么。你要么继续写书，要么就再回学校去上学。难道你真的打算这辈子就交代给厨房了？”

“陶陶，你先过来吧，我们晚上再聊好不好？”

收线之后我关掉了煤气，发了一会儿的呆。我知道路陶是为我好，若不是真正的朋友，没必要对我这么恨铁不成钢。我很高兴她能来，有她在的地方气氛总是热烈。当初，在我的婚礼上，我的伴娘陶陶替我前前后后喝了无数杯的酒，微醺的陶陶艳若桃李，擎着酒杯郑重其事地对孟森严说："森严，海凝和我，是快要十年的好姐妹。你要是对不起她，就是得罪我路陶。我不会放过你。"那个时候我真是百分之百地后悔我曾经那样刻薄地说她没有大脑。

快要十年的好姐妹。她总是喜欢这么说，强调着我们对于彼此的重要性。她似乎已经忘记了在这十年间，有那么一年左右，因为小龙女的关系我们曾经疏远。可能对她来讲，一年是短得可以忽略不计的。于是她就轻易地把这段时间抹掉了，就好像对于她而言，小龙女这个人从来都没有存在过。

没错，我怀孕了。我几天前才确定这件事情，可是我还没有想好我到底要不要这个孩子。它无声无息地在我身体里面那片幽暗的寂静里存活，那里是它的宇宙。我不像孟森严，我始终不能习惯用一种科学的态度看待自己的身体。所以我总是在想，当我的孩子，他在一片黑暗中睁开眼睛看到我的心脏、我的血管、我的其他的器官的时候，他会不会以为自己看到了满天的星斗？

有好几次，我都想告诉孟森严这件事情。可是当我看着他端坐在电脑前面的样子，总是说不出口。他注视着他的电脑屏幕的时候，眼睛锐利，可是脸上会慢慢浮起一种沉醉的表情。当他结束了工作，总是会习惯性地拍一拍他的电脑，笑着对我说：“我有一妻一妾。”我非常有自知之明地回答他：“我知道。电脑是妻，我是妾。”孟森严已经不再是孟大夫，他现在的工作，是管理一家美资的医疗仪器与器械公司的人事部。他曾经把医生的工作视为他生命的全部，可是他终究失去了它；我曾经把小龙女视为生活中所有美好的东西的象征，可是我也终究失去了小龙女。我们这两个损失惨重的人最终只是得到了残缺不全的彼此。这其中的代价，大到了已经没有办法用值得与不值得来衡量。这真的是我在当初，当孟森严第一次紧紧地拥抱我的时候，做梦也没有想到的结局。

我抱紧他，抱紧他。正因为我知道他是一个我没有可能得到的人，一个奢望、一个幻象，我才会义无反顾地用尽了所有的力气。那时候我当然想到了他垂危的妻子，想到了我最珍惜的朋友小龙女，想到了我自己的自私跟无耻。我闭上了眼睛，眼泪从眼角渗出来，流进了头发丝。我已经有多少年没有哭过了？在他面前我才发现，我居然这么自卑。我是多希望我能够再美好一点，再干净一点，至少不要像我自己现在这样劣迹斑斑。

但是他慢慢地对我说：“海凝，在我看见你的那天之前，我一直都以为，我梦想中的那种女人，在这个世界上根本就不存在。”

每一次性高潮来临的时候，我都会企盼着它快点结束。因为我害怕。我害怕那种疯狂的，不该属于人间的极乐，它让我觉得我自己罪孽深重。

“喂！你到底在干吗？”炒锅非常不耐烦地问我。

“对不起，就来了。”我抹了一把眼角的泪，重新打开了煤气开关。

“你有什么伤心的事情吗？”盘子里一条我准备清蒸的鳜鱼温柔地问我。

“你的内脏不是已经被掏空了吗？你为什么还活着？”我惊讶。

“那种事情，谁知道。”鳜鱼愉快地说。

“你的心情好像不错。”我一边往炒成半熟的鸡丝里面浇上一点高汤，一边对她说。

“你呢？你不高兴。”

“没什么。我只不过是想起来我以前的一个朋友，她已经不在这个世界上了。我对她做过很坏的事情，很多很多错的事情。我明明知道那是错的，可是我还是那么做了。”

“为什么呢？”鳜鱼认真地问。

“因为我自私。我除了自己的私欲之外什么都不在乎。”我回答。

“明白了，原来是这么回事。”鳜鱼非常了解地叹了一口气，“但是，为什么会自私呢？”

“我不知道。我也很想知道。我原来以为那不过是因为我实在太爱自己，我除了我自己之外谁都不爱。可是不是那么回事。我爱他们俩，小龙女，就是我的朋友，还有我老公。我爱他们超过爱自己。我也是很后来才发现的。”

“听起来还真是复杂。”鳜鱼十分同情我，“还好我是条鱼。”

“问你一个问题好吗？”我说。

“不用客气，尽管问。我喜欢你。”看来我买来了一条性情直爽的鳜鱼。

“你有孩子吗？”

“这个……可能有过。”她说，“我似乎是产过卵的。怎么了？”

“也就是说，对于你来说，孩子就那么自然而然地来了？你从来没有想过，你为什么要有孩子？或者说，你有没有养育孩子的资格？这对你来说完全不是问题吗？”

“要孩子还需要资格吗？”鳜鱼困惑得很。

“需要。至少我自己觉得我不配有孩子。”我迟疑了一下，最终还是决定了勇敢地说下去，“因为我身上有那么重的罪孽。”

“等到你的孩子长大以后，他身上也会有罪孽的。”鳜鱼非常肯定，“大家都有罪孽。可是我们必须繁衍下去。”

“真的？”

“真的。罪孽和阳光、空气，还有水一样，是种永恒的东西。大家都是在罪孽中生生不息的。这是神的意思。”

“神的意思？罪孽是神创造出来的吗？”

“这可把我难住了，我又不是神。我只见过他一两次，不过没有跟他讨论过这个问题。”

“了不起哦。”我由衷地说，“连神都见过。他长什么样子？”

“对不起，不能说。这是秘密。”她充满歉意。

“没关系的，我理解，你不用太在意。”我连忙说，“可是我真是羡慕你啊。要是我也有机会见见神该多好。我想知道，如果我违背了他的意思，真的会受惩罚吗？”

“不一定啊。”鳜鱼的语气轻松，“神从来不去惩罚任何人。只不过，你违背了他之后，总有那么一天，或早或晚，但是总会有那么一天，你会发现他是对的，你是错的。如果你管这个叫惩罚，那我也没有什么好说的。”

“是这么回事。”我一边捣着姜汁，一边叹气。

“听我说。”鳜鱼非常真诚，“我觉得在植物、动物，还有人类之间，你们人类是最强大的，但是同时，你们最胆怯。可是我觉得，你是个勇敢的人。至少，你比我见过的大多数人都要勇敢。所以，你不用担心，把孩子生下来吧。你那么漂亮，你一定会有一个很漂亮的孩子。”

“说真的。”我感动地看着她，“虽然这么说好像很虚伪，可是我真的是这么想的。我真不愿意把你清蒸掉。你已经是我的朋友了。”

“不要想得太多，尽管清蒸，反正这本来就是我的命运。内脏都没有了，也活不了多久。我很高兴在这一世结束的时候遇上了你。希望我说的话对你能帮上一点忙。”

“你帮了我非常大的忙，谢谢你。我还有可能再遇上你吗？我是说，要是你转了世以后，我们俩在什么地方碰到的话，你还能把我认出来吗？”

“这不大可能。”鳜鱼笑了。

“真遗憾。”我也笑了，“不过没有关系，你看，我还有几个菜没有炒，如果我把你放在最后清蒸的话，我们还能在一起待上大约半个小时。”

“好的，半个小时，已经够长了。”

那一年的国庆节，小龙女终于还是成功了，我带着她回了龙城。我们的火车是在凌晨五点到达的，虽然我在这个地方出生，而且生活了十六年，其实我很少看到它清晨五点钟的、苍灰色的神情。火车站那个高耸的钟楼让我在一瞬间怦然心动，整整六年，我没有回过这个城市，六年前我离开的时候，我觉得这个钟楼就像是我的故乡的墓碑，没有墓志铭。可是现在我才知道，它或者只是我一个人的墓碑，对于一座城来说，一个销声匿迹长达六年的人，跟一个死者，没有区别。

小龙女欢天喜地地跑到我视线的边缘处，给孟森严打电话。她站得很远，我听不到她在跟她的情人讲些什么情话。但是从她的背影我就猜得到，她那种迫不及待的没出息的小模样。我一个人靠在广场的大理石柱子旁边，愉快地点上一支烟，等待着她回来。一个表情暧昧的中年男人在不远处偷偷打量我，似乎正在犹豫要不要上来说话。他会不会是把我当成妓女了？我这么猜想的时候是面带微笑的。

早上五点是非常安全的时刻，你不大可能碰上过去的熟人。

小龙女跑回来的时候，手上惊喜地挥舞着一本书："海凝，你看这是我在那边的书报亭那里看见的。真了不起，在这里居然能看到你的书。"

那本书是我两年前出版的，是我所有的书里相对卖得最好的一本。小龙女孩子气地要我在这本书上给她签上名，我照做了。

"等你以后真的出了大名的时候，我就把它拿到网上去卖。"小龙女宣布着。若是没有这么兴高采烈的她，我怕是无论如何都没有勇气再回来。

那几天我们都是这么度过的，白天，我陪着小龙女在这个没什么可逛的城市里逛一逛，带着她去我曾经很喜欢的小吃店。傍晚的时候，看着她精心地打扮好出门，像所有坏女孩一样，在夜幕降临之际正式开始她妖娆的一天。我站在阳台上，看着她挥舞着修长的手臂拦出租车，裙子里鼓着风，就好像是马上就要开始飞翔。然后我一个人在我曾经的房间里看电视，或者看一本书，为她等门。凌晨一两点的时候她就会回来，她不可能在孟森严那里过夜，因为他宾馆房间里还住着一个从别的城市赶来参加会议的医生。每一天进门的时候，她都会对我仓皇地一笑。满脸放纵过的痕迹，眼睛闪亮，唇膏掉得差不多了，但是嘴唇依然艳丽得夸张。她甩掉鞋子，坐到床上，像小女孩抱娃娃那样把她精致的裙摆凌乱地紧紧抱在怀里，丝袜往往已经脱了丝。她不告诉我她和孟森严去了哪里或者做了什么，只是看着我，有点无助地说："海凝，我饿了。"

"小龙女，你是个坏孩子。"我无奈地说。

"我知道。"她眼睛里泪光一闪。

到这个时候我才恐惧地觉察到一件事情，那就是，自从我们坐上开往龙城的火车起，她就没有睡过觉。白天，她跟着我穿越大街小巷的时候永远不累；晚上，她对着镜子化妆的样子就好像是她体内有什么东西马上就要像烟花那样妖冶地喷薄；凌晨，她和我并排躺在床上，她像是做梦一样，用很低很低的声音给我讲关于孟森严的事情，完全不管我想不想听。听上去她好像马上就要睡着了，但是那讲述的声音却一直持续着，持续到我的睡梦中。然后清晨来了，我醒过来的时候总是看到她大睁着眼睛注视着我的脸，她说：“你总算是醒了，都没人跟我说话。”要不就是：“海凝，我刚才在阳台上看见日出了。”

我现在才知道她为什么一定要我跟着她到龙城来。因为她早就算准了她自己会变成一个发条被拧断了的音乐盒，只好不停地、没日没夜地唱下去，直唱到漫长的有生之年结束的时刻。岁月变成了一片没有尽头的戈壁滩，但求毁灭的赌徒不停地下注，下注，就像她此时的模样。有我在身边，能多少让她安心一点。至少，我能站在这场堕落旁边看着她，我就是她为自己的灵魂买的保险。玉石俱焚之后，有我出来理赔、善后、收拾残局。这是她用最后残存的理智为自己做的唯一称得上是打算的打算。

她这样下去会生病的，我可怜的小龙女。

“海凝，”在一片黑暗之中，她背对着我，声音清澈地传过来，“说出来不怕你笑话。当初我第一次跟孟森严约会的时候，我们去的是一个地方特别偏僻的餐厅，都没有什么人。我们的桌子靠着二楼的窗户。那家餐厅的窗户是木头的格子，我记得很清楚，一扇又一扇都是小小的，还雕着花。那天是十一月初，天已经挺凉的了。吃完饭，他要抽烟的时候就顺手把窗子打开了。风吹了进来，我觉得很凉。我坐在他的对面，我看着他的脸。我觉得他穿白大褂的样子好看，可是不穿白大褂的样子也好看。我知道我说得乱七八糟的，海凝。我其实只是想说，那天他把窗子打开了，我觉得冷。可是，我不敢说。海凝你懂了吗？我甚至不敢说，我觉得冷，你可不可以把窗子关上。”

她沉寂着，我知道她哭了。

我慢慢地从背后抚摸她，揉搓着她的小脑袋。我以往的经验是，爱情最可怕的地方，就在于它会把人变得卑微。可是我似乎说过的，小龙女这个令人伤脑筋的孩子听不进去这样的话。一片黑暗中，我的眼前浮现出那个我只见过一次的孟森严的脸来。并不是什么了不起的帅哥，只不过轮廓很深也很清晰而已。待人很有分寸，但看得出来是个自视颇高的人——我是说，我看得出来，不知小龙女行不行。正如小龙女说的，他这个人最特别的地方就是微笑起来的时候。我总在想，当孟森严这样对他的刚刚知晓自己身患绝症的病人笑一下的时候，我确信，那个病人会被感动得非常严重。因为他的笑容不只是温暖，或者专注，或者关怀，而是有一种同是天涯沦落人，相逢何必曾相识的味道。这感觉让人非常自然地就原谅了他在某些时候的高傲。

后来，那是很后来的事情了。我和孟森严结婚以后第一次吵架，是为了一瓶马上就要过期的牛奶。围绕着这瓶牛奶，两个人都开始不断地上纲上线企图压倒对方。那其实是在一起生活的男人女人之间司空见惯的戏码，可是就在那个时候，我突然想到了小龙女。想到她在那个龙城的深夜里轻轻地跟我说："海凝你懂了吗？我甚至不敢说，我觉得冷，你可不可以把窗子关上。"然后，我就感觉到了我的心里那种撕裂一般的疼痛。

孟森严的会议开完的那天下午，小龙女兴高采烈地打电话给我说她今天晚上不回来了，因为孟森严同屋的那个医生已经跟着大队人马坐在了去旅游的长途车上。然后她厚颜无耻地要我把她的洗漱用具和明天准备在回程火车上穿的衣服送到宾馆来。我咬牙切齿地说我不去，我没兴趣撞见成人镜头。她就非常自豪地宣布，之所以敢要我来就是因为成人镜头已经全部上演完毕了。这个不要脸的小丫头。

宾馆房间的门虚掩着，里面传出音乐声。我敲了门，没有人应。于是我就试探性地推开门走了进去。那张床是整理过的，看不出一点寻欢作乐的痕迹。就在我把小龙女的东西放下准备离开的时候，浴室的门突如其来地开了。

孟森严从里面走出来，怀里抱着赤身裸体的，熟睡中的小龙女。他赤着上身，穿着一条很旧很旧的牛仔裤。小龙女小巧玲珑的身体弯曲成了一个绝美的弧度，恰好能装在他的手臂里面。当时我愣住了，我想我们都愣住了。他是因为尴尬，我是因为——因为他抱着小龙女的样子根本就不像是抱着一个跟他有肌肤之亲的女人，而像是抱着一把小提琴。当他歪过头去看她的脸的时候，眼神里残存的粗鲁跟沉醉就在他的视线碰触到她的时候全部转化成了珍惜。小龙女的手臂圈着他的脖子，她羞涩地挺立着的小乳房被孟森严结实的胸膛压成了两个很憨厚很规则的小雪球。她的小脑袋妥帖地塞在这个男人的脖子下面，熟睡的神情就像是在闭着眼睛出神地听他颈动脉的律动。灯光下，小龙女是象牙色的，嘴唇红得像蔷薇，身上还在一滴一滴地往下滴着水。有那么几滴水珠从她的鬓角里面流出来，汇成了一股，像眼泪一样横穿她的脸颊，悬挂在她的鼻尖上。孟森严非常熟练地把头一低，用他没刮胡子的下巴轻轻地蹭了一下小龙女的鼻尖，于是水珠就消失了。

他非常不好意思地对我笑了，他说："她进去泡澡。我叫她，她不答应。我走进去一看，她在浴缸里面睡着了。"小龙女这个时候突然醒了过来，睡眼惺忪地转过脸，对我说："海凝你来了，坐呀，别客气。"

我说："死丫头，不怕淹死。"

她脸上又漾起那种没安好心的坏笑："喂，海凝，数码相机在不在你包里？帮我们俩就这样拍一张照片好不好？"然后她仰起脸对孟森严说："要是哪天我恨你了，就把这张照片拿去给大家看。"

孟森严一副忍无可忍的表情："随你便吧大小姐，没穿衣服的是你不是我。”

说话间，我真的按下了快门，因为我的确觉得，他们俩在一起的样子太美了。

孟森严把小龙女放进了被子里面，我对他说：“你应该拿一条浴巾裹着她。”我的语气里竟然有种轻微的埋怨。然后小龙女就打着哈欠笑了：“你们俩都在这儿，真好啊。”

小龙女在回程的火车上，睡得像个婴儿。

火车上那团黑夜是会动的，总是又咳又喘，但是不紧不慢。我躺在这样的黑夜中时，就会想起少年时看林徽因的散文，有句话怎么也忘不了：“火车噙住轨，在黑夜里奔。过山，过水，过陈死人的坟……”

窗外偶然会有一束灯光，跟火车疾速擦肩而过，就像是流星一样，惨然地映亮了我眼前那小小的一截灰色的梯子。每一个人踩着它爬上去或者爬下来，回到属于自己的、狭窄而黑暗的空间里。生存的需要被旅途简化到了最低，只剩下了一个墓穴一样的、睡觉的地方。

他们都死了吗？我们都死了吗？火车多像一片墓地，朝着一个我们都知道的方向前进，装满了沉睡着的躯体。我从我自己狭小的铺位上撑起身子，外面是一片平原，我看不到月亮。十六岁那年，我也曾经这样支撑起身子来找月亮，那一次我找到了。它丰满地悬挂在那里。我认识它，可是它不认识我。因为我实在是个太不够出色的人。我知道它不是什么人都不理的。比如，它就会理睬李白，“我寄愁心与明月，随风直到夜郎西”。这已经不是理睬了，他们之间有如此深刻的感情和关系。月亮你好势利呵，十六岁的我托着腮帮痴痴地想，你不会像对待李白那样对待我的，我没有盖世才华，也没有一泻千里的灵气。我只是一个邪恶的、愚蠢的姑娘。为了自己的欲望，用残忍的暴力伤害别人，被警察用手铐铐在暖气片上就像在铐一头发了疯的牲口，被同学们鄙视地参观，被一个认都不认识的人强暴。在那间沉闷的地下室里，他用一块那么肮脏的，别人用来擦自行车的抹布塞住我的嘴。我好疼，真的好疼啊。可是我最终闭上了眼睛不再反抗了，那是因为我还以为他是上天派来惩罚我的。

我坐了起来，我不愿意再回忆下去了。

我穿上我的球鞋，走到了狭窄的过道里。过道很暗，闪着三三两两零落的灯光。几个睡不着的人就着这灯光喝茶、聊天、打扑克。像飞蛾一样，在强大的黑夜里势单力薄。孟森严也坐在走廊上，我穿越了几张床走向他。沿途，我经过的所有供人爬上爬下的梯子让我觉得又回到了当年，我再一次地在铁栏杆的背景下面注视着一个男人。

孟森严的膝盖上，居然摊着我的书，就是小龙女在火车站买的那本。

他对我点了点头，他说：“我在火车上很少能睡着。”

我有些不好意思，我说："看得出来你是太无聊了，连我的书都能看下去三分之一。"

他微笑了，他说："小龙女早就跟我说过，你是一个说话特别幽默的人。"

我迟疑了一下，然后说："真不好意思。这本书，我写得不好。"这其实是我第一次对一个"读者"承认我写得不好。

"没关系。"他坦然得可以，"跟你说实话。我根本看不出来谁写得好，谁写得不好，哪怕是世界名著。"

我笑了："这我就放心了。"

他配合我——"尽管放心。"然后他又说，"小龙女是真的特别看重你，她说你是她最佩服的朋友。"

我有些勉强地说："怎么连你也叫她小龙女？"

他说："只有我们两个人的时候我当然不这么叫她。不过跟别人说起她的时候，觉得这个外号比叫她的名字更顺口。"

我说："虽然我十分想知道只有你们两个人的时候你叫她什么，不过出于礼貌，我还是不问了。"

他笑得很开心。他说海凝你真是名不虚传。

我非常谦虚地把话题拉了回去："不过你就叫她小龙女也很好的。你这么叫她的时候还可以冒充一把杨过。"

他直截了当地说："不敢当。我这个人比较有自知之明。

你见过结了婚以后再出来乱搞的杨过吗？”

我愣了一下，我没有想到他会用如此自嘲的语气谈起这个敏感问题。

他似乎是为了缓和一下这个短暂的冷场，说：“跟你用不着隐瞒什么，反正你全都知道。”

“她的病，现在到底怎么样了？”我有些迟疑地问。

孟森严摇了摇头：“唯一的办法就是换一个肝脏。其实用不着换全部，只要把一个健康的肝脏的一部分给她，她就有可能治好。”

“那就给她换啊。”话一出口我就知道了这是句蠢话。

他用一种启蒙者的眼光怜悯地看着我：“小姐，这不是换手机。”

就在这个时候，我们同时听见了身后的床铺上传来的小龙女睡意蒙眬的声音：“森严。”

“她醒了。”我和孟森严几乎是同时这么告诉对方。然后我们一起走过去，她无助地揉着眼睛，懵懂地看着我们。孟森严的大手静静地覆盖在她的小脑袋上，恍惚间我突然觉得，在这个寓意复杂的、旅途上的深夜里，我和孟森严就像是一对年轻的父母，一起守护着我们最珍爱的孩子，小龙女。

“真的吗？”羊排将信将疑地问我，“你真的是在那么小的时候就被人家强暴过？”

“是真的。”我回答他，“听上去你很高兴。”

羊排如释重负地叹了口气，似乎刚刚我用菜刀剁他的时候积累起来的仇恨已经化解了一点点。

孜然在一边诡秘地微笑，带着异域的浓烈奇香。

“你从哪儿来？”我问孜然。

“谁知道这种无关紧要的事情。”他这么回答我。

“你应该是从西边过来的。西边的沙漠里。”我告诉他。

他不置可否地哼了一声。

“你一点也不关心自己从哪里来的吗？”我很好奇。

“这里、那里，东边、西边，沙漠、绿洲。”他深深地看了我一眼，“这些都是你们的概念，是你们把握这个世界的办法。可是不是我们的。”

“那好吧。”我说，“可是你马上就要下锅了。你就真的一点都不关心自己是从什么地方来的吗？”

“无所谓。”他淡淡地说，“我从出生的那天起，就知道自己终究要到油锅里去。知道终点才是最重要的事情。跟这个相比，自己是从什么地方来的，一点都不重要。”

“你呢？”我问我身旁刚刚切好的莜麦菜，“你也是一出生，就知道自己终究是要到油锅里面去的吗？”

“不是的。”莜麦菜有些腼腆地说，“我小的时候只知道，我长大了以后会变成蒜蓉莜麦菜。是那个给我浇水，给我施肥的女孩子告诉我这个的。她跟你好像差不多大，而且跟你一样漂亮。每次她说起蒜蓉莜麦菜的时候，脸上的表情都是特别特别开心的。所以我就觉得，长大以后变成蒜蓉莜麦菜是件非常好、非常光荣的事情。后来有一天我才知道，蒜蓉莜麦菜指的根本就不是我，而是我的尸体。”

“对不起。”我说。

“你为什么要道歉呢？这又不是你的错。”莜麦菜非常诧异。

炒锅在一旁，有种异样的表情。

“你就是我们的坟？”莜麦菜有点畏惧。

“是的。”我的炒锅头一回这么有耐心。

“我们到你这儿来的时候，是种什么样的感觉？”莜麦菜安静地问。

“你小的时候一定见过鸟，对不对？”炒锅变成了一个慈祥的长辈。

“见过。”莜麦菜顿时开心了，“我们的那片田野里面有好多好多的鸟。”

“你羡不羡慕它们会飞，可是你不会？”

“当然羡慕的。”

“一会儿你进来的时候，你就可以飞了。”

“真的呀？”

“真的。等到油烧热了，炒勺就开始翻。那时候你就像鸟一样飞起来，一上一下的，一直到最后，你都会这样飞。最开始的时候是疼了一点，可是你要知道，你这辈子只能像鸟一样地这样飞一次。所以，我觉得忍这一点疼是值得的。你说呢？”

“蒜蓉差不多了。”我轻声地对炒锅说。

“那就是时候了。让他们进来吧。”炒锅的语气有一点忧伤。

蒜蓉莜麦菜盛到盘子里的时候，我看见了窗外的夕阳。余晖映了进来，把我刚从冰箱里拿出来的两个茄子映得美丽绝伦。我一边削茄子皮一边想，这种紫色真不大像是来自自然界的。

“不要脱我的衣服。”茄子对我抗议着。

“我那个时候也是这么对那个男人说的。可是换来的结果是，他顺手从旁边的一辆自行车的座位下面抽出一块用来擦车的抹布，堵住我的嘴。”我微笑着告诉鳜鱼。我惊讶在这条鳜鱼面前，我竟然可以做得到心平气和地怀念所有的往事。

“苦了你了。”鳜鱼说。

“那之后，有好几天，我一句话也不说，躲在自己的房间里不肯见任何人。不管爸爸妈妈怎么求我，我也不肯说话。因为我不知道我自己到底该怎么面对我生活的这个世界了。后来，第三天的晚上，我妈妈走到我房间里来。特别慌张地，几乎是偷偷摸摸地，塞给我一包淡蓝色的七星。她说：‘千万别让你爸爸知道。’她还说：‘我不懂烟的牌子，不过小卖部的人跟我说，很多女孩子都抽这个，这种烟相对淡一点，对身体伤害少一点。’然后，她就慌乱地，像是做了什么亏心事一样地走出去了。”我自顾自地说着，完全忘记了我面前的鳜鱼不懂得七星到底是一样什么东西。可是她听得很认真，用那双浑浊的眼睛深深地注视着我。

“其实我妈妈她不知道，”我说，“她以为我早就在偷偷摸摸地抽烟。可是她不知道正是她给的那包七星才真正让我学会把烟吸进去的。我一点障碍都没有地把我这辈子第一口烟吸进去，然后我就悄悄地哭了。我跟自己说，无论如何我都得活下去。就算是为了我可怜的妈妈，我也得活下去。就算是伤天害理，就算是要背叛所有的人，就算是把我自己的和别人的尊严一起踩在脚底下，我也要活下去。要是在以后的日子里，我还要被惩罚，还要遭受报应我也认了。我已经决定了，让这个世界来尽情地污染我。用尼古丁，用焦油，用烟气烟碱，用尔虞我诈，用暴力，用下流的男人的精液，用赤裸裸的弱肉强食。我不怕了，我都不怕。我倒想看看手无寸铁的我能终究被命运变成什么模样。所以，我必须活下去。妈妈，请你原谅我曾经那么看不起你和你的生活。”

我一口气说到这里，然后鳜鱼跟我说：“你看，我是对的。我说过了，你是一个特别勇敢的人。”

“因为我不像小龙女，她有那么多光芒四射的自信，她心里清楚地知道她是个天使。她受过的伤害越多，她就越骄傲越坚定。可是我不行，我除了这点连下地狱都不怕的勇敢之外，一无所有。”

“喂。”鳜鱼表情温柔地说，“小龙女就是你说的那个朋友吗？我觉得你好像恨她，是不是这么回事？”

电饭煲终于跳了起来，米饭晶莹的芳香让人心旷神怡。她们洁白整齐得就像是武侠小说里面专门等着鲜血溅上去的雪地。米饭好了，米饭是所有菜肴的裹尸布；米饭好了，我们的葬礼马上就可以开始了。

从龙城回来之后，小龙女医院里的工作越来越忙。我则终于下定了决心，签了一本长篇小说的合同，准备为自己再多换一点银子。我们各忙各的，只有周末才有空一起吃个饭聊聊天。我妈妈非常满意地说：“现在你们俩看上去都不像是社会的负担了。”话音还没落，就十万火急地喊了起来：“碰！”

我妈最近有了一个新的娱乐项目，就是逼着我去相亲。我说她纯属娱乐是有道理的，因为她自己似乎根本就不在乎相亲的进展如何，最热心的事情便是张罗我每一次出去约会的衣服和发型。我就像是个洋娃娃一样地被她三天两头地挟持出去做头发，今天烫卷，明天再拉直。似乎是看电视看得不够过瘾，非要弄一个真人版的《非常男女》才算是安心。

应付那些千奇百怪的男人，实在是一件令人增长见识的事情。每天晚上我都在临睡前的电话粥里给小龙女详细描述我的相亲历险记，把她逗得前仰后合。有一天我遇上一个百分之百令我恶心的“精英”，于是我直截了当地告诉他说：“我十六岁那年被人强奸过。要不是因为从那以后有些心理障碍的话，也用不着非得靠相亲来结交男人。我觉得还是先告诉你这个比较好，让你自己掂量着要不要为今天的这顿饭埋单。”

“海凝你真是牛啊。”小龙女在电话那头欢天喜地地欢呼着。

我一天的工作从夜晚开始，在我给小龙女打完电话之后。我的房间安静得就像是一座废墟。敲击键盘的声音在这绝对的寂静中听上去危机四伏。

我这一次的新长篇的主人公是两个女孩子。她们年轻、漂亮、生命力强。其中的一个，女孩 A，伶牙俐齿，从不肯心甘情愿地示弱，曾经有过一段伤痕累累的岁月，可是她自己又实在、实在不愿意变成一个终日生活在怨恨中的丑陋不堪的人。她曾经对自己这个人的生命深深地恐惧过，没有人知道那种滋味是多么难熬。但她还是用尽了所有的力气把痛苦的回忆变成自己的财富，把那种动摇灵魂的恐惧变成滋养自己生存下去的养料。她知道那是她唯一的生存之道。命运并没有给她多少选择的余地。

而另一个，女孩B，跟她截然不同。无论她做什么，好事还是坏事，闯祸还是发疯，她都从来没有怀疑过自己。在长大的过程中，她从来就没有过偶像，没有想过自己想要变成一个理想中的什么人。因为她本身就是她的理想。她用她自己的血肉之躯去做别人只能在想象中做的事情。所以女孩B丝毫不知道自己对身旁的人拥有多么巨大的杀伤力，就像一颗原子弹一样。当她打定主意要让自己燃烧的时候，她只知道她想要的东西是那朵美丽绝伦的蘑菇云，却不知道自己顺便拿走了二十万人的性命。

小龙女是在清晨七点按响我家的门铃的。那一天我爸爸出差，我妈妈自然是去了朋友家打牌。我出来开门的时候她很诧异，因为她大概是从来没见过我在中午十二点以前穿戴整齐的样子。

她像往常一样往客厅的沙发上一摊，然后夸张地叫着：“海凝，我刚刚值完夜班，我要死了。”

我说：“你尽管放心，我会把你的后事料理得风风光光的。”她大笑起来的声音在清晨脆弱的空气中显得更为清亮。我简直觉得这个笑法有扰邻的嫌疑。

她歪着头，无辜地说：“你妈妈昨天晚上给我发了个短信。她说你家新煲了汤，让我下了夜班以后直接过来喝。”

“真是不像话。”我一本正经地说，“她就差跟我明说想要把我扫地出门了。”

“别那么小气嘛。来一碗汤好不好？”

我从厨房走出来的时候，看到她蜷缩在沙发里面发呆，眼神呈现着一种心事重重的凝固。不过她在看到汤的时候就立刻活过来了，捧起来一口气喝干再问我有没有第二碗。

“海凝。”她一边用纸巾抹着嘴，一边说，“我找不到孟森严了。”

“开什么玩笑。”我笑着，“什么叫找不到？一个大活人，智商又没有障碍。”

“我跟你说真的。你别跟我逗了好不好啊。”她苦恼地揉着自己的头发，“不只是我，医院里的人也在找他。我刚才下班的时候还碰到外科的人。他妻子又出问题了。”小龙女换了个姿势，托着腮帮，“门静脉高压导致的破裂出血，是昨天夜里的事情。他们给他打电话一直打到刚才。家里没人接听，手机也是关着的。你说他能到哪里去？”

“后来怎么样了？”

“当然是抢救喽，暂时稳定下来了，不过现在还上着氧气罩。”她停顿了一下，“海凝，那个女人怕是活不到明年夏天。现在是十月，也就是说，要是找不到可以移植的肝脏的话，少则八个月，多则十个月。不可能再多了。”

他们做医生的人总是非常坦然地用一种谈论股票升降或者房子的平方米数的口气谈论一个病人剩下的寿命。

“找到一个合适的肝脏就那么难吗？”我问。

“天哪。”小龙女拍拍脑袋，“海凝你还真是没有文化。”她一口气喝干面前碗里剩下的最后一点点汤，以一种忍无可忍的表情教育我说：“就这么跟你说好了，如果这个肝脏是从死掉的人身上取的话，这个人必须是刚刚死掉没多久，而且这个死掉的人最好是个年轻人，他的肝脏必须正常健康，他的血型必须和孟森严的妻子的血型一致，而且，就算所有条件都满足了，这个死掉的人或者是他的家属还必须签过捐赠器官同意书。你想想看，这是多伤脑筋的一件事。总之啊，等着死人身上的肝脏怕是没戏了。”

“那怎么办？”我不耻下问。

“其实还有一个办法。要是有一个跟她血型相同的，很健康的人愿意把自己肝脏的一部分给她，也可以。这样甚至效果更好。有好多像她一样的病人，都是用了自己的亲人的肝脏，然后就得救了。”

“怎么可能？”我尖叫，“活人身上的肝脏也可以随便乱给人？”

“那不叫随便乱给人。”小龙女怜悯地看着我，“那叫移植。我们把健康人身上的肝脏切一部分移植到病人身上，这样就有可能把病人救活。就像是嫁接一样，健康人身上剩下的那一部分肝脏足够承担原来在人体里的功能，而对于病人来说，健康的肝脏来了，就有可能承担起像所有正常人一样的工作。这样，病就好喽。这叫活体肝移植，我们医院做过不少这样的手术的。在很多时候，病人用的都是亲人的肝脏，因为有亲属关系的话，排异反应会比较小，可是……"

"明白了。"我恍然大悟，"健康人把肝脏匀给病人一点，是这个意思。"

"总算明白了。"小龙女笑着，"科学是伟大的呀，亲爱的海凝。"她把"伟大的"这三个字咬得特别重，"要是能给她做这个手术就好了。我还从来没见过活体肝移植呢。虽然这种大手术的麻醉没有我的份儿，但是能让我在旁边看看也是好的啊。只可惜啊，没有人愿意把肝脏给她……"

"她没有亲人啊？我是说，除了孟森严。"

"有。有个很合适的亲人，孪生姐姐，合适得没话说。可是孟森严去找过她很多次，没有用。她说什么也不肯。"

"怎么会呢？"

"海凝，你说如果换了是你我，我需要你的一半肝脏的话，你会给我吗？"

"别说是一半肝脏，就算是一半心脏、一半大脑，我都没话说。"我斩钉截铁。

"所以说啊——"小龙女拖长了声音，"孟森严跟我说过，她们俩在十几岁的时候，父母就离婚了。据说她们父母离婚离得特别惨烈，这两个孩子阵线也是分明得很。她姐姐坚决站在妈妈那一边，她坚决地维护爸爸。后来，婚是离了，爸爸妈妈成了仇人，姐妹两个也是。她跟着爸爸，后来的日子越过越好，可是她姐姐没有那么幸运，那母女两个的确是吃了些苦，挺不容易的。可是她妈妈就算是这样也不接受爸爸寄的钱，这中间到底有什么深仇大恨，只有她们自己知道了。这么多年，她就见过她姐姐一面，还是在她妈妈的葬礼上。她姐姐现在嫁到了武汉。孟森严去找过她好几次，反复地跟她说只要她点头她妹妹就得救了，而且这个手术不会危害她的健康，可是每一次她都说，她不记得自己有这个妹妹。”

“靠！”我感叹了一下，“这个女的是什么星座的，怎么这么狠？”

“就是啊。”小龙女托着腮，“为什么有那么多人都来自不完整的家庭呢？”她就像是个冒充大人的孩子那样叹了一口气，“这是社会问题，没有办法的。”

“没错，大小姐，你自己就正在使一个家庭变得不完整，这也是社会问题，没有办法的。”我逗她。

“我不算。”小龙女理直气壮，“他们俩又没有小孩。”

“你的意思难不成是说，如果他们俩有一个小孩，你就不会跟孟森严在一起了？”

“那当然了。要是他有小孩，我就是再喜欢他也不会和他好的。我有我的原则。小孩子是最无辜的，谁也不能伤害小孩子。对我来说，家庭指的就是爸爸妈妈和小朋友，如果只是一对男女两个人，那跟同居的情侣有什么区别？大家既然都是成年人，就应该愿赌服输。”

“好了大小姐。”我做了一个投降的手势，“谁说孟森严没有小孩，你就是孟森严的小孩，我算看出来了。”

“去你的。”她冲我翻白眼。

“现在大人要开始工作了，小朋友要回家睡觉。”我下了逐客令。

“我一点都不想睡觉，让我待在这儿吧。给我看看你新写的小说，好不好嘛？”

“不好。没有写完之前谁都别想看。”我断然拒绝。

“那好吧。”她沮丧地背起她的小包。

好不容易听着这个家伙的脚步声消失在楼梯间，我迫不及待地打开了我的房间的门，“现在你可以出来了，好险。”我如释重负地说。

孟森严一脸的阴沉：“谁让你关我手机的？”

“对不起。”我是真的充满歉意，“我没有想到。”

“是我自己的错。”他笑笑，拍拍我的肩膀。

“我得赶紧走了。”他一边说话，一边穿上外套。

“森严。”我追了出来，可是欲言又止。说什么呢？还有什么可说的？我们俩已经背叛了所有的人。我们俩对不起的人足够开出来一张长长的名单，那就不如什么也别说了吧。看开一点，如果大家都不再急着为自己辩解的话，这个世界就会安静很多。

他什么都没有说，微笑着，在楼梯上跟我挥了挥手。

亲爱的语文老师，如果你看到了今天的海凝，你会怎么想？你是不是还是会告诉我一定要坚强？可是有一件事情我想知道，为什么有的人生来就可以绝对不去做自己认为是错的事情，可是有些人却不行？为什么有的人生来就可以厚颜无耻地认为自己做什么都是对的，而有些人却不行？为什么有的人可以那么幸运地把坚强用来坚守自己对什么东西的信仰，可是我不行？为什么我所有的、无穷无尽的坚强都只能用来忍受自己犯错之后的鞭笞和煎熬却不能用来遏制所有不好的念头？老师，你还记得海凝吗？你还记得那个心狠手辣的小魔头海凝吗？老师，如果长大了的海凝再一次地，像当年那样告诉你，我是真的爱上了这个男人，你又会对我说什么呢？你是不是会告诉我说，那是因为我努力得不够？

我在我的房间里一直呆坐到晚上，直到小龙女打来电话告诉我说，孟森严已经连夜去了武汉，准备第 n+1 次地恳求那个铁石心肠的孪生姐姐。那好吧，至少几天之内，我可以不再看见他。我必须打起精神来，我还有工作要做，我得如期交稿。

但是现在，我已经完全不知道要为我的小说安排什么样的结局。我不知道我的女孩 A 和女孩 B 终究会相依为命还是水火不容。假如说，我只是说假如，她们俩被同一个男人诱惑的时候，又会发生什么样的故事或者说灾难。但是有一件事情我是可以确定的，就是她们两个深爱着对方。始终，一直，永远。

在没有碰到女孩 B 的时候，女孩 A 从来就不知道这个世界上可以真的存在一种像她那样的人。女孩 A 认为所有的人都得卑微甚至是苟且地活着；所有的人都必须弯腰或者低头：向金钱，向权贵，向暴力，向情感，或者向自己的灵魂。可是她没有料到，有一种人可以在低头的同时维持自己的尊严。很简单，只要你做得到在低头的时候坦然地面对自己的胆怯，但是不让这低头的胆怯和屈辱污染了你对生活的善意。非常简单的一件事，可是能做到的人身上必须具备强大的力量，或者说强大的天赋，要是能早一点碰到女孩 B 该多好，女孩 A 告诉自己说。要是能在十六岁那年遇上她该多好，很多很多的困惑说不定就可以在最短的时间里迎刃而解，不会在心里留下那么难看的疤痕。

我想可能我真的没有很多关于写作的天分吧。我总是把握不好虚构的故事与真实的体验之间那个微妙的平衡点。于是，在我的故事里，女孩 A 在不知不觉间，又回到了那个生了锈的铁栏杆上面。已经是第二年的夏天了，那起让她在龙城声名狼藉的校园暴力事件已经过去了半年。被学校开除以后，她过了半年无所事事的日子。没有一所学校愿意接收她，就连那些校风奇差的私立学校也怕她影响学校的形象。所以她的妈妈只好一面请了几个老师在家里给她上课，一面跟她的爸爸争论着到底要不要把她送去外地做寄宿生。就这样，夏天来了。

她总是会在人家放学的傍晚悄悄地走出家门。来到昔日的学校门口的时候，她没有想到，尽管她已经准备了一百次一千次，可是那校门上的几个镀金的大字依然触痛了她。只有邻校的围墙依然温暖地矗立在那里等着她，每一个黄昏，从春天到夏天，她都会轻盈地从这面墙翻过去，走向她罪恶的铁栏杆。虽然她现在已经有了很多空闲的时间，但是她不敢再来看他们的体育课了。因为现在有太多人认识她，她害怕那些狗仔队一样的目光。她只有在傍晚的时候，已经没有什么人的时候，过来偷偷地看那个男生几眼。有时候他会一个人在操场上练长跑，一圈又一圈，他基本维持着一个匀速，她基本维持着一种坐姿坐在铁栏杆上。她并不奢望着这个男生能停下来，注意到她。她只不过是希望他就这样跑下去，一圈又一圈，像地球一样寂寞地围绕着太阳转动。有时候离她近一点，有时候离她远一点。不知不觉间，她恍惚觉得她已经在用这样的方式跟他白头到老。

她是在一个夏日的黄昏遇上那个强奸犯的。一般情况下，她会穿过这所学校的地下室，因为这样的路线离公车站更近一点。当她听到身后那阵急切而粗重的脚步声的时候，她的心里面荡漾着一种难以置信的惊喜。是你吗？是你吗？你终于发现我了吗？你是不是想要跟我说话？你的手已经搭在了我的肩膀上，我要回头了，我真的要回头了。我犹豫着要不要回头当然不是因为矜持，而是，我自惭形秽。你那么健康，那么俊朗。我道歉，我跟你道歉，我跟那个清秀的，差一点就要成为你的女朋友的女生道歉。我得告诉你我是个坏姑娘。我还得告诉你，我喜欢你，我喜欢你很久了。

然后她娇羞地对着身后转过头，她看见了一张粗鲁而猥亵的脸庞。

当她意识到是怎么一回事的时候，她挣扎了，她也哀求了，可是那个人顺手抽出一块那么肮脏的抹布堵住了她的嘴。她被按在了墙壁上，她很疼，很疼。她模糊地觉得自己就像是一张画，正在被一把锤子往这肮脏的墙上钉。但是她突然放弃了挣扎，因为她看见了他。

那个男生就在不远处注视着这场暴行。他应该是到这个地下室里来拿自己的自行车的，无意中看见了这一幕。但是他一动不动地站在那里。就是因为他没有声音，所以那个强奸犯丝毫没有注意到背后站着一个危险的目击者。他的脸上起初有一点震惊和慌乱，但是后来，神色就渐渐地平静了。求求你，求求你救我。女孩只能用眼睛这样说。求求你，求求你，我罪不至此。看在，看在我爱你的分儿上，虽然你并不知道。可是这个男孩依然一动不动。脸上没有任何表情。

那个强奸犯起身落荒而逃的时候，男孩子非常灵敏地把身体藏到了一根水泥柱子后面。女孩子在肮脏的地上蜷缩成了小小的一团。那种疼痛似乎把她的身体跟她的灵魂生拉硬拽，血淋淋地分开了。我要死了，她对自己说，然后她看见男孩子修长的腿在向着她移动。

他的脸在夕阳下面，俊美如冰。他慢慢地蹲下身子，直视着她的眼睛。一阵入骨的寒意让女孩子觉得自己末日将至。我知道了。撕心裂肺的疼痛中，一股温暖的潮水慢慢地侵袭了她。她对他微微一笑。你是天使，你是幻觉，上天派你来带我走，对不对？在我领受了我应得的惩罚之后，你就会出现在我生命的末尾，把我带走，对不对？所以你根本就不可能救我，因为那是我的刑罚，是我必须偿还的罪孽。你要见证着我来偿还，对不对？现在好了，亲爱的，你为什么还不把你干净温暖的手伸给我，带我走？我们要去的地方一定是个好地方，上路吧，我已经尝够了这人间的滋味。

可是他一字一句地说："我认识你，你是海凝。老天有眼，你活该。"

如果我真的能在听见这句话之前死掉该多好，如果我真的能在他开口跟我说话之前死掉该多好，要是我真在那个千钧一发的瞬间死掉了，我便可以自豪地说："在我的有生之年里，我从来没有真正怨恨过任何人。"

我冰冷的指尖在微微地颤抖，我搞不清楚在键盘上制造出噼噼啪啪的声音的，究竟是我的手指，还是我的眼泪。

"对不起。"我充满歉意地对茄子们说，"辛苦你们了。"

"我们还以为，"茄子们不知所措地说，"所有的罪已经受完了呢。"

"真的很对不起。"我解释着，"对于他们来说，下一次油锅就够了，可是你们不行，你们要下两次。"

"为什么呢？"他们委屈地瞪着我。

"因为你们比他们更坚强。"我认真地说。

他们看了一眼炒锅里翻滚着的肉末、豆瓣酱，以及辣椒油的时候，都不约而同地尖叫起来："我们才不要下去呢。那根本就是个泥坑。"

"没错，那是个泥坑。你们就当作是下雨了吧。"

当他们被盛入煲仔，放在小火上的时候。他们终于沉寂了。碧绿的葱花撒下去，那种嫩嫩的碧绿非常像川端康成的小说。

做好的菜越来越多，这个厨房就越来越寂寞。我的耳边已经没有声音了。我的砂锅在外面的餐桌上打盹儿，我的炒锅在关掉的炉火上忙里偷闲。龙眼和虾仁都还是孩子，两堆晶莹剔透的小圆球嘻嘻哈哈地在盘子里滚到了一起，玩得不亦乐乎。“要好好玩，不准打架。”我愉快地嘱咐他们。

“很快就要轮到我了，是吧？”鳜鱼的声音永远是那么温柔。

我说：“是的。”

她说：“在开始之前，有什么准备工作要做的话，尽管来。千万不要客气。”

我银灰色的刀尖触到了她的身体，但是我停顿了，“真的不是假慈悲。”我不好意思地笑着，“可是我舍不得。”

“你先告诉我你的程序，让我有个准备，这样好不好？”

“我得把你从头到尾剖成两半，然后里面外面抹上一层盐粒，然后在你的背上斜斜地切三刀。这三刀比较深，要碰到你的骨头。最难熬的恐怕就是这几步。剩下的就是倒料酒跟加葱姜了。”

“其他的都还好。”鳜鱼说，“就是抹盐粒那一道，怕是真的有点难受。不过没关系的，忍一下也就过去了。”

“我都不知道该说什么好了。不过我可以跟你保证，跟煎炒烹炸什么的比，清蒸是最干净、最舒服的。你会觉得很热，然后你就睡着了，用不着承受任何的折磨。”

“我真喜欢你这样说。”鳜鱼笑了，“的确是最干净的。我喜欢这样清清爽爽的过程。”

“没错。质本洁来还洁去，其实一点都不悲惨，是天大的运气。”

“你说什么？”

“对不起我忘了你听不懂。不过没关系，我说的都是些无聊的东西。”

我的刀子非常流畅地沿着她的皮肤切进去，再用最快的速度滑行着。“真美。”她表扬我，“这么快，这么轻巧，简直就像是音乐一样。”

“为什么你不恨我呢？”我问她。

“早就说过了嘛，我很喜欢你。”她停顿了一下，“还有，其实恨，是你们哺乳动物才会的事情。”

“可能吧。”我想了想，“恨什么人和爱什么人是一样的。就像是游泳或者骑自行车。一旦你恨过或者爱过了，它就会像是一种技能那样潜伏在你的身体里面。有可能你把它们荒废了很久，但是它们最终总是会跑出来的，在适当的时候。”

“有这种事？”鳜鱼隐忍地微笑了。

“咬咬牙好吗？我要开始抹盐粒了。”

“没有问题。不过我就是想知道，你现在还在恨那个男孩子吗？那个当初不肯救你的男孩子。”

“说实话。”我沉吟了一下，“我不知道。”

“还是不要再恨了比较好。”她叹着气，“虽然我不知道恨到底是样什么东西。但是感觉上，恨跟爱这两件事情本质上是一回事。我的意思是，就像两条河，最终都会流到大海里并且混合成一样东西。当然，这只是我的意见。”

“你知道吗？很久以前，当我做了一件坏事的时候，有人告诉我说，我必须要足够坚强，才能忍受下面难熬的日子。可是后来我才开始想，到底怎么样才算坚强呢？好像坚强这个词，是在说为了某种好的目的而勇敢地承受考验。可是这显然不是我的情况。你说，从罪恶到罪恶之间必须忍受的煎熬，该给它取个什么名字呢？如果这样的刑罚连个名字都没有，那承受起来该多困难啊。”

“这还不容易吗？”鳜鱼诧异了，“很明显的事情嘛，如果你真的已经感到了起点和终点都是罪恶的话，如果你真的感觉到明明是无望的但还必须要忍耐的话，那就是修行。”

我大吃一惊。或者说，如同醍醐灌顶。

我的那本小说，终究没能写完。就在女孩 A 和女孩 B 一起爱上了一个男人的地方，这个故事就打住了。那其实也是我最后一次写小说，在我还没来得及完成它的时候，准确点说，在我不确定自己还要不要写下去的时候，小龙女死了。

孟森严离开了他的医院、他的家乡，以及他的妻子。临走前，他没有来跟我道别，那是自然的，我知道他在怨恨我。

孟森严的妻子最终接受了肝移植的手术，那半个陌生的肝脏在她羸弱的身体里生长得很好，就像一缕阳光一样，温暖着她体内衰败的黑暗。为了这个手术，孟森严倾其所有。他把所有的钱拿出来，并且卖掉了房子，为了支付移植肝脏以及术后药物的全部费用。手术做得很成功，这个女人后来出院了，虽然她还是不可能完全像健康人一样，但是她总算可以过上正常的生活。在她刚刚能站起来走路的时候，她做的第一件事就是跟孟森严签了离婚协议。

听说，他们是在一种非常和平跟友好的氛围下分的手。她对孟森严说：“无论如何，我永远不会忘记你为我做了那么多。”孟森严对她微笑着，告诉她：“以后不管你遇到什么事情，尽管来找我。”然后孟森严把医院的工作辞掉了，去了南方一家经营医疗仪器的公司接受培训。

所有的人都为他的选择不解，因为他妻子的这个手术的成功，让整个医院声名鹊起，特别是他们这几个参与了手术的医生。当康庄大道已经铺在眼前的时候，他决定放弃了。我想我知道他为什么这么做，因为他想要完完全全地重新活一遍，因为小龙女的死让他发现人生原本如梦。

知道小龙女的飞机掉下来之后，有那么两个星期，我都睡在衣柜里。因为夜幕降临以后，双人床单的那一片雪白让我觉得空旷得不能忍受。有一天我突然发现衣柜其实也是一个睡觉的好地方。那里面的拥挤、逼仄，跟淡淡的樟脑气息都让我安心。于是我就钻了进去，把自己蜷缩成了卖火柴的小女孩，非常好。我心满意足地睡到天亮，美中不足的就是，醒来的时候看到我妈妈担忧到凄怆的眼睛。

“她不肯说话了。求求你们，多来看看她，多来陪陪她说话，跟她说说你们以前在一起玩的那些事儿，说不定能刺激她。陶陶，你们是那么多年的朋友，阿姨求你帮帮海凝过这一关……”

我在房间里，听到妈妈在和路陶跟彭端这样说。他们俩现在经常到我们家来。他们说：“海凝，小龙女的事情是一个意外。这是没有办法的事。小龙女在天上也不愿意看到你现在的样子。”我安静地注视着陶陶美丽的眼睛，现在我需要费很大的力气才能集中精神听懂别人说话，我觉得我自己变成了墙角的瓷器。

其实我并不是故意不跟人说话的，只不过，我现在需要用很多很多的时间来从头想。回忆，是个耗人的体力活儿。当我缩在衣柜里的时候，我觉得回想往事就像在一片一马平川上跋涉。我感觉我已经前进了很久，却其实还在原地兜圈子。

在时间停顿的地方，大家都各得其所。孟森严得到了解脱，孟森严的妻子得到了健康，可是小龙女，她什么也没有得到，虽然她付出了那么多，比如很多的爱、很多的激情、很多的勇敢，还有半个肝脏。

没错，孟森严最终没能感动他妻子，或者说他前妻的姐姐。当他又一次地从武汉失望而归的时候，他还不知道，在我的房间里，小龙女正在跟我宣布她的重大决定。

“海凝，别为我担心。”她大大咧咧地歪着脑袋，怀里抱着我床头的维尼，就像一个任性地决定离家出走的小姑娘，“你不了解，按照医学上的理论，一个人只要保留他的肝脏的百分之三十的部分就足够了，而且肝脏自己是有再生功能的呀。”

“我不管什么理论。”我觉得我简直变成了一个丝毫不肯讲道理的母亲，“我只知道上天的安排是有道理的。既然给了每个人一个这么大的肝脏，不可能有百分之七十的部分都是免费赠送。”

“海凝我真是被你打败了。”小龙女尖叫着，“拜托你了，你也是受过高等教育的人，不要说这么白痴的话好不好啊？”

“小龙女，这是你自己的身体，你自己的肝脏，不能随随便便像切蛋糕一样地分一半给别人。”

“可是我的这一半可以救她的命。”小龙女瞪着我，“海凝，现在她快要死了，我的血型跟她碰巧相同，我年轻，我健康状况良好，这对我来说不过是举手之劳。我为什么不这么做？”

“她自己的亲生姐姐都不肯做这件事，那你又有什么理由一定要这样？”

“我不知道她姐姐是怎么想的。”小龙女真挚地摇了摇头，“我只知道一个这样对待自己亲妹妹的女人一定是个愚蠢的女人。你不要拿她来跟我比较。”

“小龙女，你想证明什么呢？你伟大，你了不起，你像《双城记》里的那个倒霉鬼一样去救情敌的命？你是要孟森严知道你可以为了他赴汤蹈火？没有这个必要。你不能，”我的呼吸越来越急促了，“你不能为了想要演一出戏给自己看就搭上这么大的代价。不过是半个肝脏而已，可是你有几个肝脏？你又有几条命来供你这么折腾？”

“海凝你说得不对。”小龙女倔强地直视着我，“我根本就没有想那么多。我承认，如果我根本就不认识这个人，我就不会这么做。因为这个世界上需要帮助的人有那么多，我不可能做到太多的事情。但是她毕竟是一个跟我有关系的人。而且是很特别、很不寻常的关系。虽然是别扭了一点，可是她不是我的仇人。如果我不是个医生就罢了，如果我不知道世界上有肝移植这回事也就罢了，但是我是医生，我非常清楚地知道我能够为她做什么。要是我就这么眼睁睁地看着她死掉，我这辈子都不会忘记我曾经对一个人见死不救，就因为我有私心我有欲望，就因为我看上了她的男人。海凝，我讨厌那样活着。你懂不懂？”

“可是，可是，要是这个手术失败了呢？”

“有可能，毕竟我跟她只是血型相同，没有任何血缘关系，排异反应这回事，有的时候是说不清楚的。”

“我不是说她。”我烦躁地打断她，“我是说你。万一在手术台上出点什么事情呢？”

“不会的，海凝。”她笑得很开心，似乎听到了一句非常好笑的蠢话，“你知道吗？在现在的世界上，肝脏的供体，就是说捐赠肝脏的人的死亡率是非常非常低的。低得可以忽略不计。”

“非常非常低，就是说也还是有的了。”我不依不饶。

“海凝，”她眨了眨眼睛，然后一把抱紧了我，“我知道你不放心我。我知道你全都是为了我好。海凝，你对我最好了。我都知道的。我跟你保证，我保证我会活蹦乱跳地醒过来，然后很快就可以像什么都没有发生那样地跟你，跟路陶他们去海边野营，你放心好了。”

“傻瓜。”我照她的屁股上狠狠地拧了一下，“你到底什么时候才能让人放心呢？”

“什么时候也不会。”她坏笑，“因为我知道你永远在旁边帮我收拾烂摊子呀。”

“小龙女，那你有没有想过，要是她从此恢复健康，你和孟森严的事情……”

“我想过。”她看着我的眼睛，嫣然一笑，“到了那个时候，就看孟森严的选择了。如果我们俩真的就这么分开了，那我也不怕。因为，因为——这样一来他这辈子也不会忘了我的。就算我嫁给别人，我也知道有他在永远惦记着我。这其实是很划算的事情。海凝，我这是跟你学的，成本核算。”

我看着笑靥如花的小龙女，突然间，热泪盈眶。

那个手术很漫长，很漫长，足足有八个小时。小龙女和孟森严的妻子一起被推了进去。被推进去之前她还跟我开玩笑，说：“海凝，我好不容易赶上一次活体肝移植的手术，可是我还是得被麻醉了睡着，什么都看不到。”

孟森严在我的耳边说：“放心，是我来负责把她的肝脏切掉一半，我不会让她出任何事情。”

那一天，我妈妈也奇迹般地放下了她的麻将，跟我一起在手术室外面的走廊里耐心地等着。我妈妈一遍又一遍地说：“你说说，你说说这个傻丫头，身体发肤受之父母，这么大的事情也不跟家里人商量，我要是她妈我准揍她，这么让人不省心的孩子……”

小龙女从手术室里出来的时候，皮肤雪一样的晶莹。她沉沉地睡着，似乎马上就要醒来，似乎永远不会再醒来了。我细细端详着她的小脸，我第一次从心里承认她原来如此美丽。

手术非常成功，孟森严的妻子没有一丁点的排异反应。不愧是小龙女的肝脏，就像它的主人，走到哪里都是生龙活虎、风生水起地安然存在着。当这个受尽了折磨的女人睁开眼睛的时候，对一直守在她身边的孟森严温柔地说："那个女孩子在哪儿？我一定要看看她。"

醒过来的小龙女依然精力旺盛，虽然略显苍白，可是跟路陶、彭端他们一干闲杂人等贫起嘴来的时候还是眉飞色舞。我偶然抬起头，正好撞上了孟森严的眼睛。他专注地看着小龙女，用一种非常复杂，但是无比柔软的眼神。

每一天晚上，我都会带着我妈弄的各种各样的汤来监督小龙女喝下去，她还是像过去那样依恋我。只要我出现在门口，她的眼睛就像个孩子那样地亮了。"海凝。"她轻轻地说，"今天我去了隔壁的病房，看孟森严的妻子了。"手术以后，她的皮肤总是呈现一种澄澈的乳白色，眼睛也异常的幽深。

她对我笑笑："海凝，她握着我的手，跟我说谢谢你。我也不知道为什么，我总觉得，她好像什么都知道的。"

"别想太多。"我说，"你现在不欠任何人的。"

不一会儿，她终于很沉很沉地睡了。孟森严就是在这个时候走进来的，那间病房并不宽敞，可是我们说话的声音总好像是伴着回声，不知道是不是因为医院里一切都是白的，所以才显得非常空旷。

其实我知道他想要跟我说什么。其实他什么都不必再说？没有必要的。

他说："海凝，再过一段时间，我就会离婚了。"

我抬起头看着他，我很惊讶。

"是她在手术前跟我提出来的。"孟森严不紧不慢地，像是在说别人的事情，"她说如果手术成功了，我们就离婚。我同意了。"

"你想跟我说，等你离婚以后，你会娶小龙女？"

"不可能是马上，总得等两年。"他笑了，是那种我最珍爱的笑容，"因为我现在很穷，连房子都卖掉了。离婚以后，所有的钱都归她，因为这个手术之后头一年的药跟保养是非常贵的。"

"她知道吗？你和小龙女的事情？"

"我告诉她了。"孟森严说，"我昨天告诉她的。她很喜欢小龙女。她说就算没有小龙女她也不愿意继续跟我在一起，我们结婚八年，没有过过一天正常的生活。她说她知道我们两个人都受够了。她说这下好了，我们可以各自重新开始。她还说，小龙女是最好的姑娘，要我好好地珍惜。"

“是吗？”我微笑了，“恭喜你们了。不管是在几年以后，到你们结婚的时候，我一定包个特大的红包。”

“海凝，对不起。”

“你很无聊。”我提醒他。

“海凝，其实我特别想跟你说一句话，但是我觉得要是我说了你一定会鄙视我。”

“我鄙视你很久了，所以你尽管说。”我说。

“你还记不记得我说过，海凝，”他停顿了一下，“在我看见你之前，我以为我梦想中的那种女人，在这个世界上根本就不存在。这句话是真的，到现在都成立。只可惜，人不能要得太多。你明白我的意思吗？”

“明白。”我笑了。

当我们走出小龙女的病房的时候，我看到走廊昏黄的灯光里站着一个风尘仆仆的女人。刚刚看到她的时候我吓了好大的一跳，因为，她长得和孟森严的妻子一模一样。我很快就明白了她是谁，她像颗子弹那样冲到孟森严跟前，语无伦次地说：“森严，我听说是一个女孩子给她捐了肝脏，是真的吗？”

似乎根本就不需要别人的回答，她自顾自地哭了起来，瘦弱的肩膀一直颤抖着：“我的飞机晚点了。森严，你要相信我。我听说是一个跟她一点关系都没有的女孩子把肝脏给她，我、我就……森严你们不要恨我。有好多事情不是几句话就讲得清的。我能见见她吗？她愿意见我吗？我还一定得见见那个女孩子。森严我不是、我不是……”

孟森严把她揽在怀里，温暖地、一下一下地拍着她的脊背。

这个场景已经不再需要我，所以我最好离开。你知道我看到的东西是什么吗？我看到了奇迹。由小龙女一手创造出来的奇迹。这奇迹用一种残酷的辉煌灼痛了我的眼睛，还有我的心。

“欢乐女神，圣洁美丽，灿烂光芒照大地。我们怀着，火样热情，来到你的圣殿里。你的威力，能使人们，消除一切分歧。在你光辉照耀之下，一切人类成兄弟。”这是我小时候在合唱团里唱过很多次的歌，我今天才知道原来这首歌是给小龙女写的。

小龙女，你凭什么？

当我回过神来的时候，我已经坐在那间阴暗污浊的网吧里面。电脑屏幕幽暗的蓝光非常适合用来映照巫婆的脸庞。我爬上了孟森严和小龙女他们医院的 BBS，注册了一个很大路货的 ID。然后，我上传了我的相机里唯一一张他们俩的合影。没错，就是我在龙城宾馆拍的那张。孟森严赤裸着上身，怀里抱着全裸的小龙女。小龙女象牙色的身体毫不掩饰地缠绕着孟森严。小龙女开玩笑地要我帮他们拍一张照片，我就真的拍了。那个时候我只是觉得他们俩在一起的样子特别动人，但是我现在要用这张动人的照片做其他的事情。

用煽动人心的语言写一个帖子对我来说不费吹灰之力。这张爆料帖子的主要内容是揭露一个美丽善良的白衣天使捐赠肝脏的真实内幕。肝脏捐赠者，龙晓愉和接受肝脏者之间存在着不为人知的肮脏缘由。这是一场赤裸裸的交易，龙晓愉和受肝者的丈夫孟森严的不正当男女关系已经持续数年。有照片为证。该照片于今年国庆节摄于龙城宾馆，正是受肝者，也就是孟森严的妻子生命垂危之际。龙晓愉同意捐赠肝脏的附加条件有两条：第一，向受肝者及其家属索要人民币 X 元作为捐赠肝脏的报酬；第二，一旦手术成功，受肝者必须遵照协议，与其夫孟森严离婚，等等，等等。

这个帖子的情节编得漏洞百出，我知道的。但是我还知道，不管多么拙劣的情节，都会有人相信的。只要是打着撕开什么美好的东西的面纱的旗号，很多人都会好奇地凑过来看上一眼，然后半信半疑地宣传的。更何况，我手里还有这么美丽的裸照。

小龙女，我恨你。

小龙女，为什么你可以如此强大、如此美好、如此光芒四射？为什么你就可以把所有的人都收复到你的光芒中来，哪怕是你的敌人？小龙女，为什么你就算闯祸，就算犯错，你终究还是可以所向披靡？小龙女，你知不知道，当你无所顾忌地用你的强大你的光芒你的美好生活的时候，你其实是在妨碍别人？小龙女，你知不知道你的存在有多么令人自惭形秽？小龙女，你凭什么？我也曾经跟你一样面临过相似的困境。我也曾经被自己疯狂的欲望或者说疯狂的孽障折磨着。可是小龙女，你可以化解这种疯狂，你这么轻轻松松地就用你的仁慈你的温暖改变了这种疯狂的性质？为什么我不行？为什么我就只能选择愚蠢的暴力跟报复？小龙女，为什么我不行？为什么你的任性和冲动最终能变成你的纪念碑，可是我的任性和冲动就只能变成我的判决书？是我不够坚强吗？才怪。这么多年了小龙女，你根本就无法体会我究竟用了多大的力气。你当然不能体会，因为你天生就拥有一切。你天生就可以尊严地活着。你凭着直觉就可以选择最尊严的方式，但是我不行。小龙女，这不公平。小龙女，这一点都不公平。你以为这个世界会永远容得下你吗？你以为你是永远的欢乐女神吗？你马上就可以知道答案了。我的帖子发出去以后你就会尝尝我曾经尝过的滋味。小龙女，这世界上没有一个人是没被打败过的。如果你真的从来没被打败过，那就让我来打败你好了。小龙女，你摧毁了我这么多年惨淡经营的生活，因为你的存在让我觉得我所有卑微的努力都毫无意义。所以我恨你，小龙女。小龙女，我亲爱的小龙女。当你伤痕累累的时候你不要忘记，我永远在这里等着你。我来告诉你你究竟该怎么忍耐那些滋味，我来告诉你你该如何使用那些起点跟终点都一样肮脏的坚强。小龙女，我是你的姐妹。知冷知热，同甘共苦。因为我知道你藏得最深的秘密，所以有句话是我一直都想问你的，当你知道自己是一个奇迹的时候，当你明明白白、清清楚楚地知道自己是一个奇迹的时候，那种感觉，究竟是怎样的？

我泪流满面，点击了“发送”。

“他原来的妻子，现在还好吗？”鳜鱼关切地问。

“好得不得了。”我说，“每年过年的时候，她都会给孟森严寄卡片来。她的身体状况现在很好。她跟她的姐姐和解了。她有了一个不太累的工作，还有了一个新的男朋友。前几天，我还在公园门口遇到她。”

“那就好啦。”她很欣慰的样子。

我把切好的、碧绿的芫荽拿到她的眼前：“待会儿有她们来陪你，你喜欢她们的香味吗？”

“喜欢。”鳜鱼开心地说。

芫荽是花瓣，是伴着悼歌飘散的纪念。

“在那之后，你又见过小龙女吗？”

“没有。”我摇头，说真的我不知道我该说“很遗憾，没有”还是“幸好没有”。

当我发出去那个帖子之后，我就以最快的速度跟着我爸爸去了珠海。我存心想要躲开有可能发生的一切风暴。我如愿以偿。两个月以后，当我回来的时候，这个世界已经沧海桑田。

我发的那个帖子当然变成了热帖。我任何一本书都没有那么火过。虽然斑竹很快地把那张帖子封了，但是关于小龙女的污言秽语仍然像瘟疫一样流传开来。路陶义愤填膺地说，也不知道是什么人这么缺德。

他们都不知道究竟是谁那么缺德，除了小龙女和孟森严。

当孟森严向小龙女坦白了我们的事情之后，小龙女在第二天早晨悄悄地离开了。除了一封写给医院的辞职信之外，没有给任何人留下只言片语。

她没有给我留下一个字，她甚至没有来质问我说海凝你为什么要这么做，她就这样干干净净地在这个城市消失了。大家后来才知道，小龙女回了家乡。那个安徽的洁净、美丽的小城。然后，以一种闪电般的速度，跟她的青梅竹马结了婚。那是桩她的父母多年来一直希望着的婚姻。当孟森严终于知道她的下落的时候，她已经在一个热闹的婚礼上被来宾们闹酒了。

我从珠海回来的第二天，就见到了孟森严。他走上来，不容分说地狠狠给了我一个耳光。我没有表情地擦拭着唇边的血痕的时候，听见他痛彻心扉的声音，他说："海凝，你为什么那么狠？”

那个两鬓斑白的警察问我：“孩子，你为什么那么狠？”

是呵海凝，你为什么那么狠？

我又开始整夜整夜地做噩梦，又开始成天呆坐在房间里抽烟。我给我的出版社发了信，告诉他们这本书我不写了。他们尽可以到法院去告我。无穷无尽的噩梦中，我总是能看到那个苍白清秀的女孩子，看到那个强奸犯，看到那个不肯救我的初恋情人。我微笑着对他们说：“嗨，你们好吗？”

然后，我就听到了小龙女空难的消息。她和她的青梅竹马本来是要到马来西亚去蜜月旅行。

再然后，我就开始天天睡在衣柜里了。我觉得那里很好，就像是一只动物的巢。有一天，我听见妈妈的麻将搭子之一建议她送我到精神病院去看看，被我妈妈一通狂风骤雨的乱骂给骂了出去。

再再然后，某一个清晨，衣柜的门被一个人打开。我发现衣柜前面不是我妈妈的那双深红色的拖鞋，而是一双男人的皮鞋。这个男人把我从衣柜里抱了出来，就像是抱一床被子。外面的阳光刺眼得很。

“海凝。”他恐慌地看着我，“是我，海凝，我是森严，我回来了。”

他对我微笑着，是我最爱看的，那种有一点伤心的微笑。

“海凝，你别这样。”他抱紧了我，“我们重新开始，你说好不好？”

我怔怔地看着他，说出了我那些天里的第一句话：“你离我远一点。我是一个坏人，会传染的。”

他说：“我也是坏人，所以咱们俩在一起会比较好。两个坏人彼此知根知底，相依为命，白头到老。然后死了一起下地狱。这样我们至少不会去祸害别的好人。你觉得呢？”

因为多日不说话的关系，我的语速异常的慢，就像是没有电的收音机。我说：“你的意思是，我们可以狼狈为奸？”

“没错。”他笑了，声音有一点发颤。

“森严，小龙女她死了。”我慢慢地说，“可是我到现在才知道，我不能没有她。”

他回答我：“我也一样。”

然后他的双臂紧紧地圈住了我，我们抱头痛哭。

在小龙女活着的时候，我可以确定孟森严更爱的女人是我。可是现在，我不确定了。但是，我不问，因为这种愚蠢的问题对生活没有一点帮助。

我们结婚以后的第一个周末，从我们的新家回到妈妈这里来吃晚饭。一进门的时候，就看到她拿着电话分机在客厅里乱转，嘴里嚷嚷着："你说，他怎么能这样？怎么能说翻脸就翻脸，一点都不替别人想想？这么多年都是这副德行，你说可恶不可恶？……"我和孟森严面面相觑，都认为她是在声讨我爸爸。然后她的嗓门又提高了一个八度："那天你是在场的啊！你说，就那天那种那么特殊的情况下，我敢打出去那只六条吗？我敢吗？……"

我和孟森严终于憋不住，都笑了出来。她回过头，看了我一眼。就在那四目相对的一刻，我明白了，我和孟森严的这个婚姻在某种程度上挽救了我，百分之百地挽救了她。我知道我们俩都可以放心了，因为我们最终都还是熬了过来，还会继续地活下去。

我把鳜鱼放在笼屉里的时候，她说："再见。你不知道我有多高兴见到你。"

我说："我也一样。"

就在我要把蒸锅的锅盖盖上的那一瞬间，她对我说："海凝，你一定要把孩子生下来。森严很喜欢孩子的，我知道。"

我觉得自己全身的血液在这个瞬间结了冰。

"小龙女？"我将信将疑，"是你吗，小龙女？真的是你吗？"

"其实我不该这样的。"她有些沮丧地微笑，"我本来不该暴露我上一世的身份。可是，谁让我遇见你了呢，海凝。

我忍耐了这么久，最终还是功亏一篑了。”

“可是，可是为什么你还记得过去的事情呢？”

“一般人在转世以后是记不得自己上一世的事情的。但是我例外，因为神给了我一点点特权。我想那是因为，他知道我终究还是会遇见你。”

“小龙女，我想你。我每天每天都在想你，我真的想死你了。”

“我也一样，海凝。咱们俩一直都没有一个好好告别的机会。可是今天我真高兴，我们在一起说了那么多的话。”

“小龙女，你原谅我了吗？”

“别说傻话，海凝。还有，别告诉森严我们又见面了。现在水已经烧开了，你把锅盖盖上吧。你答应过我了，不要忘了。你一定要把孩子生下来。然后，带着他一起修行。”

“我知道，我知道。小龙女我是不是再也见不到你了？”

“海凝，”她懒洋洋地说，“你不能太贪心。”

“小龙女，我爱你。”我知道我哭了。

“我也爱你，海凝。”

当我把锅盖盖上的时候我才想起来，我还有一件事情没有跟小龙女说，一件非常非常重要的事情。但是当我揭开锅盖的时候已经太晚了，那里面已经没有小龙女，而是一条快要烧好的清蒸鳜鱼。

一个星期以前，我又回了一趟龙城。我告诉孟森严说我回去参加一个旧日同学的婚礼。但是，那不是事实。我从一个现在在做狱警的老同学那里，得到了那个人被保外就医的消息。

当我站在他面前的时候，我知道他很害怕。他认出了我，他呆滞地注视着我，一言不发。

我轻松地、不疾不徐地对他说："我知道你还记得我。我也记得你。我来这儿只是想告诉你，我现在很好。那个时候，你对我做的事情的确给我惹了很多的麻烦。我也的确是度过了一段特别难熬的日子，但是现在一切都过去了。我到了另外一个城市去，现在我已经长大了。我念了大学，我结了婚，我怀孕了，马上就要做妈妈。所以你都看见了，我现在过得很幸福。你不用太在意过去的那些事情。你要好好地活着。"

两滴很浑浊的泪从他的眼角渗出来的时候，我转身走了出去。凝望着我的故乡苍茫的天空，我知道，这是我的秘密，我此生绝对不会向任何人吐露的秘密。如果小龙女看到了这一幕，她一定会毫不留情地嘲笑我的，嘲笑我东施效颦，或者告诉我说学我者生，似我者死。但是只有她才能了解我为什么会这么做。这就是我如此怀念她的原因。我亲爱的小龙女。

我听见了孟森严他们上楼的声音。我知道他们马上就会停在门口按响门铃。一桌丰盛的晚餐在等待着我的丈夫、我的朋友，以及我丈夫的朋友们。他们的盛筵就是你们的葬礼，他们的饕餮就是你们的告别。尽管如此，我还是精心准备好了你们的悼词：柠檬牛肉、西芹百合、银芽鸡丝、孜然羊排、蒜蓉莜麦菜、鱼香茄子煲、龙眼虾仁、清蒸鳜鱼、红枣排骨莲藕汤。所有的繁华都是哀荣，所有的思念都是挽歌，所有的回眸都是永诀，所有的珍惜都是祭奠。我亲爱的朋友们，但愿吉祥如意，但愿吉祥如意。

胡不归

公平地讲，他最不喜欢自己七十五岁到八十五岁的那十年，因为那十年他是真的怕死。恐惧就像用过的纸尿裤，导致他对那几年的回忆往往被无地自容的羞愧和尴尬打断。

七十五岁的时候，应该是一九八二年或是一九八三年，总之是他最小的孙女出生的年份。他凝视着那个严肃地闭着眼睛，看上去像个巨大爬虫的小家伙，突然就开始讨厌她。讨厌她这么小，讨厌她恐怕不能在他的有生之年长大，讨厌她是故意这么做的，故意在他死后的世界上健康娇嫩地长成一个摇曳生姿或平凡朴素的女人。他讨厌这世上一切提醒自己死期将至的事情。

妻子注意到了他的神情，不动声色地说："已经有了三个孙子，来一个女孩子多好。这孩子眼睛大，你看她嘴巴的线条也很清楚，会是个漂亮姑娘。"然后她满足地喟叹："小城是一九七八年出生的，现在又来了这个小丫头，这两个孩子命最好吧——苦日子都过完了，他们来得正是时候……"她笑起来的时候鼻子上端会打皱。他没作声。就让她认为他的不悦只不过因为婴儿的性别。她用自己的心思揣测了他一生，后来日子久了，她就觉得自己了解这个男人了解到了骨头缝里，就连他自己也常常把这种不知属于自己还是属于她的揣测当成了骨头的一部分，从没对她解释过什么。

就在小女孩出生六个月后，一次常规的体检，查出他得了癌症。他坐在医院的走廊里，第一次看见了死神。死神看上去比他年纪小一些，六十岁左右吧，当然了，在年轻人眼里，他们俩反正都是老头儿。死神穿着一件很旧，但是很整齐的灰色中山装。若是妻子看见了，第一句话一定会是:“料子不错。”死神脸上神情和蔼，是挺容易接近的人——好吧，口误了，是挺容易接近的神。随便就在他对面的破旧长凳上坐下来，双手习惯性地撑在大腿上。开口说话之前，先从中山装的兜里拿出一张泛黄的卫生纸，用力地擤鼻涕，然后腼腆地对他一笑:“最近天气不大好。”

“还要多久？”他平静地问。右手却在衣兜里，攥紧了那张折叠得整整齐齐的化验单。他非常认真地把它叠成了一个一丝不苟的方块，表示他冷静地接受这个现实了。

“什么多久？”死神的疑问也不像是装的。一个神，普通话讲得还没他标准，带着说不好是哪里的口音。

“你不是来带我走的吗？”他笑笑，心里的那股凄凉让自己满意，因为毕竟，这凄凉还是因为“自重”而生。

“哦，这个。”死神语气中突然有了官腔，“这个倒还不算什么大问题，很好解决。”然后漫不经心地掏出烟盒，自言自语，“火柴呢？”

“我是肺癌。”他耐心地解释，“你能不能别对着我抽烟？虽然大夫说我运气好，在最早期的时候发现的……”

死神不知道用什么方法，还是把烟点上了：“放心。不差这一点儿。”

他明白这意思，死神说得没错。

无论如何，七十五岁时候的自己，还是太嫩了。将近三十年后，他依然清晰地记得他如何吹毛求疵地折叠着那张宣判死刑的化验单，手指微颤，可是上半张和下半张还是严丝合缝地对齐。抓准两条边缘的线百分之百重合的瞬间，右手的食指中指无名指并拢伸展成一个有力的平面，对着光洁的纸张，“唰”地擦下去。化验单就这样带着余温被腰斩了。还不够，他用指甲死死地反复划着那道对折的线，这种历历在目令他难堪。

当回忆不可避免地进行到一个类似现在这样难堪的时候，他倒是有个办法。迎头撞上了令人无地自容的画面，他就在心里轻轻地哼几句歌，至于什么曲目，在不同的时候有不同的选择。最近二十余年，他比较偏爱一首听上去愉快且光明的小歌谣，他是在一九四八年的解放区学会的。那时他已过不惑之年，但是唱这首歌的时候快乐得像个孩子。

她的确傻，鼎鼎有名的傻大姐，三加四等七她说等于八；

她的确傻，鼎鼎有名的傻大姐，她说她九岁那年做妈妈；

她的确傻，鼎鼎有名的傻大姐，叫她去放哨她说怕鬼抓。

哈哈哈，笑死啦，同志们想一想，

岂有此理哪有此事讲鬼话。

她为什么傻，就是没有学文化，学了文化就不会这么傻……

他固执地重复着这个简单诙谐的旋律，顺便加点自嘲，尴尬的回忆就这样停止了。学这首歌的时候，他是教员，给解放区的孩子或者不识字的村民们扫盲——他在一面遍布裂痕的小黑板上，写下小调的简谱，以及歌词，写错了就急不可待地用袖子去擦。然后指挥着所有的听众，一起唱。他们的脸庞懵懂好奇，洋溢着某种只有革命者的眼睛才看得见的光辉。他的表情和神色必须比他们鲜明很多倍，只有这样才能让他们放心地跟着这曲调喜悦起来。他的身体在这参差的学唱声中因着单纯的兴奋和忠诚，饱满得像是拉满了的弓。他知道在这片因为崭新所以纯净的土地上，他自身的历史复杂。毕业于北洋时期的学堂，还在日本人的工厂里工作过很长一段时间——对往昔有多恐惧，他歌唱时的欢乐就有多掏心掏肺。因为选择了他认为全新、合理，并且美好的东西，他有机会在青春已逝的时候重新成为一个孩子，等待被肯定，等待被奖赏，等待被原谅……生命在全神贯注的等待里似乎强大到跟岁月没有关系，笑容和眼泪都已不再牵扯到尊严。

“爷爷，你在跟我说话，还是在跟自己说啊？”他今天戴着助听器，所以小孙女柠香的声音传递得毫无障碍。他意识到了也许自己的嘴唇在轻微地开合，那是他跟着心里的调子准确无误地暗暗重复歌词——他记不住自己两个小时前吃了什么，却记得大半个世纪以前的歌。

他不回答，但是自觉地让嘴唇静止了。柠香其实早已习惯了他的无动于衷。一个一百零四岁的人，在柠香心里其实基本是个妖怪，她从来不会拿一般人的标准去看待他——十四年前，当全家人为他庆贺九十大寿的时候，柠香躲在一旁兴奋地用手机给她中学里的朋友打电话：“今天真的去不了，我爷爷过九十岁生日啊……逛街什么时候都行，爷爷可是好不容易才活到九十岁，哪能不捧场。”那时他的听力尚好，是人们眼中耳聪目明的老寿星。柠香的话被她爸爸，也就是他的小儿子听到了，狠狠地瞪了柠香一眼。他没对任何人承认过，几个孙辈的孩子里，他最喜欢柠香。

不是因为她最小，也不是因为她终究让他看见了她长成一个虽然不漂亮但是有媚态的女人。而是因为，这孩子骨子里有种戏谑，这个家的其他人对待他都太诚惶诚恐，只有柠香从不在乎他身上背负着过分沉重的岁月。柠香不知道，她漫不经心的说笑背后藏着一种深刻的冷酷，这冷酷恰恰对足了他的胃口。

柠香走到他坐的椅子跟前，弯下身子："爷爷，我看见你刚才想要说话了。"她的手轻轻抚摸他的脸庞，那神情像是他脸上挂着泪水。柠香的身后的沙发里，他十八岁的重孙歪七扭八地蜷缩着——他是这个家里的第四代，是他长孙的儿子，这孩子小的时候固执地不肯管柠香叫"姑姑"，因为他搞不清楚明明看起来像是"姐姐"的女孩怎么就成了"姑姑"。这孩子过完夏天就要去上大学了，家人们都说："老爷子，再努力好好活几年，就看见第五代了……"他偶尔会想象第五代的孩子会是什么样——其实婴儿还不就是那副模样，蜷缩着、蠕动着，发出无意义的、类似动物的声音。他不能跟人们说他没那么想看见第五代的孩子——这个连续剧已经太长了，第五代的孩子原本该是个陌生人的。他觉得可能人们期盼着他的长寿也有一点这个意思在里面——一般的连续剧都是三十集，可是他居然演了三百集，这个长度让所有人开始好奇它究竟还能播多久，于是不想看见剧终。

因为本来，在他七十五岁的时候，差点就剧终了的。

手术之后，家人都围在他的病床前。他知道手术很成功，他知道还在萌芽状态的癌瘤被干净地切除掉了，他听了一万次——主刀的医生是这个城市最好的大夫，现在最要紧的就是监控癌细胞是否扩散。可是这一切都抵不上他从麻醉里苏醒的那个瞬间，全家人围成的那个半圆里，隐隐约约地，他看见了死神，含笑而立，表情轻松地站在他妻子和他的大儿媳中间。所谓瞬间，就是指消失得很快，在他的眼睛从微睁到彻底睁开的刹那，死神已经不见了。他还来不及有任何的感觉和反应——原谅一个七十五岁，刚刚动过癌症手术的老人吧，他在心里轻笑——我允许自己变得迟钝了，所谓迟钝，也包括对自己无情。

他想抬起自己的胳膊，证明他暂时还活着。他成功地抬起了一点点，不过还没来得及看到自己那只生着老年斑的手，妻子就不由分说地把那只衰弱的胳膊按回到白色被子的云朵里去。她说：“不费那个事儿，别累着了。”

凌晨，他终于有了机会和死神独处，陪床的长子已沉沉入睡——他守在病床前面的时候并没想到，其实自己会死得比父亲还早。死神靠近他的时候，病房里就有了光，昏黄，但是足够他们看清彼此的面容。

“随便你了。”他说话的时候并没有微笑，他一向以待人谦恭有礼著称。不过面对死神，倒是突然间没了“教养”

的包袱。人和神的关系，本来就跟人和人之间的有本质区别，对此他无师自通。

“随便我什么？”死神说。

“就现在，走吧，拣日不如撞日。”他意识到自己有力气开口说话了，并且，并不是白天那种气若游丝的声音。

“你急什么？”死神微笑，“都是早晚的事儿，着急上火的，多不好。”

“我等不及了。”他非常平静地回答。

“别撒谎。”死神熟稔地在他的床沿上坐下来，深深凝视他的脸。

“就现在吧，行吗？趁家里人都不在，趁我儿子睡着了。”他知道自己语气平静，因为他已经没有力气不安了。

“真等不及了？到天亮都不想等？”死神含着笑，就好像是在牌桌上。

他终于闭上了眼睛：“不等了，你都已经在这儿了，还有什么可等的。”

“话也不能这么说。”死神诚恳得就像是个老邻居。

他凝神，屏住呼吸，让自己的意志集中在眼前那片闪烁着光斑的黑暗里——片刻之后，像是下了好大的决心：“是，不等了，你受累，就现在吧。求求你。”“求我什么？生死有命。我当的不过是领路的差，别的事，还真说了不算。”死神的普通话似乎越来越不标准，也许是因为心情放轻松了。

“再多等一会儿，我就不敢了。你明白吗？”他睁开了眼睛，他还是不能允许自己说这句话的时候闭着双眼，任由自己的脸庞变得狰狞。

“真不容易。”死神如释重负，“我只想要你承认，你怕。”

“谁能不怕？你告诉我，你见过谁真的不怕？”他毫不掩饰自己的烦躁。

“不怕的人有的是。没听说过什么叫英雄？”

“我怕，你满意了吗？”

“我有什么满意不满意，怕也不丢脸。哪有人在神面前觉得丢脸的？”

“好，我怕，趁现在还没那么怕，咱们走吧。”

“你都儿孙满堂了，就不能沉住气吗？”

“就是不想他们看见，所以趁现在，行不行？”

“不行。有什么关系吗？不想让满堂儿孙看见你怕死，累不累？”

“累，所以不想活了，走吧。”

“再说一遍！大点声！你刚才说你不想什么……”死神惊喜地叹息。

“我说我……”他重新把眼睛闭上了，任由自己的面庞撕扯着自己虚弱的脸，“能不能放过我？我想活着，我不想活了可是我也怕死，我说不清，让我活着吧……”

他觉得自己在哭，可其实他是尿床了。短暂的混沌过后，再睁开眼睛，已是黎明。淡蓝色的光线笼着他稀疏的睫毛，他知道身下的裤子和床单都湿了。

随意喽。他对自己笑了笑。长子已经醒了，头发乱糟糟的，眼神尚且惺忪，空洞地望着他打了个大大的哈欠。他想让长子帮忙换条裤子，但是开口之前，突然觉得，这孩子刚刚睡醒的神情就跟幼儿时代一模一样。所以他不准备告诉长子死神来过了，不准备告诉他昨夜那场漫长而屈辱的对话——他永远都是个孩子，不该让他知道那么难堪的事情。自己毕竟是父亲——即使身子底下有那条潮湿的衬裤。他辛苦而温柔地打量着长子，他觉得自己应该对这个世界再友善一点。反正，他已被这个世界亏欠了一生，可以不再计较了。

如果那时真的是弥留之际，该多好。二十年后，在长子的葬礼上，他这么想。那时候心里还有不多不少的一点温柔，如果能戛然而止，其实刚刚好。但是人生嘛，怎么可能允许你刚刚好。也许有的人能得偿所愿，跟他们的人生达成某种精妙的默契，准确地活着，准确地死——所有的准确叠加起来，一生直到落幕都大致优雅。这世上没几个人知道，“优雅”的背后通常都支撑着如影随形的精明。

长子终年六十岁，死于突发的心肌梗死。

他知道，每个来吊丧的人都在惴惴不安地打量他，所有的人都在担心一件事，就是他会因为长子猝然离世的打击，也不久于人世。这种对一个九十多岁的人的担心冲淡了人们的悲伤和怀念，让他觉得有点抱歉，在整个葬礼上，他就这样喧宾夺主。于是他只能一个人静静地想念他的第一个孩子，他出生在重庆，那是抗战刚刚胜利的时候。再往前推一点，他在清早的嘉陵江边上遇到了妻子，她比他年轻得多，那时候他三十岁，她才十九岁。在一条浩荡的江边，她眼睛里的略微带着闪烁的安静让他想起家乡的湖泊。他似乎有很多年没见过湖泊了，这个年轻的女学生像一弯精致的下弦月，勾起了他的乡愁。

他跟她说："吃了我请你的夫妻肺片，就得跟我做夫妻。"她惊愕地看着他，脸红了。

不过妻子和长子如今都不在了。跟着一起消失的，还有那些六十年前的江水。如今的嘉陵江里的水，肯定是无情无义的。

妻子是在他的癌症手术四年之后去世的。他觉得是自己把这个女人的生命耗干了。如果不是因为他的病，她或许能活得久一点。从他第一眼看见她的时候，他就知道，她不是那种坚韧厚实的女人，有种女人生来就像是原始人崇拜的图腾，专门用来承受苦难。可是她不是，她天生纤细，在漫长的生物进化史上，她这样的生命非常容易成为幻灭了消失了的偶然。她的脆弱并不能跟着她的容颜一起苍老和凋零。

“还是快点死了吧，别拖累你。”手术之后的那几年，他常常这么说，他清楚自己口是心非，不过死神倒是真的没在那几年出现过。

“你死了，我一个人有什么意思？”她把手掌轻轻地放在他肩膀上。他们在医院的走廊里，他坐着，她站在他身旁，一起等着化疗。

“你还有孩子们。”他耐心地说服她。

“孩子们早就长大了，他们说的话我都听不懂，”她表情平淡，“还是你在这儿有意思。”

“可是我就是会先走啊。”他烦躁了起来。

“有一天，算一天，别想那么多。”女人们都是只争朝夕的。

“你看，你也觉得我没多少天了。”他于是又恼怒了起来。

“中午回去你想吃什么？”她问。

“不吃。”他觉得自己盯着她的眼神里，一定有仇恨。

他们终究都会活着。这些所谓的至亲，所谓的至爱，所谓的骨血。只有他一个人去死，然后他们继续活着，把没有了他的生活静静地重新变成一个自成一体看不出缺陷的湖面，也会有怀念他的时候，可是那怀念说到底只是倒映在这湖面上的影子。愤懑和悲凉的时候，他甚至会有点想念死神。只有死神跟他同仇敌忾。这群没有心肝的家伙们，有什么值得留恋的，早点来接我算了，我们上路……想到这里他又突然不放心地打量了一下四周，医院走廊里有的是穿着灰色中山装的老头子，还好，死神并没真的默契地降临，他的心脏重重地狂跳了几下，急促得让他的呼吸都跟着困难了——他不自觉地伸手摸了摸胸口，不过应该还好，没听说过哪个癌症患者最后死于心脏病的。

就是，癌症患者不会死于心脏病，所以心脏那里总是爆发的灼烧一般的狂跳是不用在意的，不会死。并不会。就这样，日复一日，他和妻子总是重复同样的对白。

“还是快点死了吧，别拖累你。”

“你死了，我一个人有什么意思？”

“你有孩子们。”

“孩子们早就长大了。他们说的话我都听不懂。还是你在这儿有意思。”

“可是我就是会先走啊。”

“有一天，算一天，别想那么多。”

“你看，你也觉得我没多少天了。”绝望总是在这一刻准确无误地降临，两人你来我往的谎言原本进行得很顺利，一不小心，真相还是来了。他也很气自己，为什么不能在“有一天，算一天”这句话之后保持沉默。但是，她为什么就不能说“你不会先走，你会好”呢？不过，他瞬间释然了，万一她这么说了，他一定会更恼火，因为这句谎言太拙劣了。

不能说真话，也不能撒过分明显的谎。这就是活着。

那几年，他对她的日益衰弱和憔悴视而不见。他也不在乎她其实越来越暴躁和不安。陪着他去医院做检查的时候，经常走得比他还慢，医院新来的护士把她错认成了病人。他们的女儿在某天搬来跟他们同住，他还惊讶地问为什么。女儿说：“你看，妈妈最近瘦了那么多，我帮她一起照顾你。”——这句话非常难听，女儿不知道。

“不好意思。”他故意说，“死得这么慢，让你们费心了。”

“爸！”女儿不满地抬高了声音，“这是什么话？”

从那以后，女儿就成了他的敌人。她的一举一动似乎都在提示他，想活着是件不体面的事情。承认想活着就更多添三分贱。因此他们的对话，他总是以“是我死得太慢”告终，女儿连那句“这是什么话”也不再跟了。

那个早晨，他一个人坐在早餐桌前面，等着那杯热豆浆摆在他面前，但是似乎等得久了点。女儿站在厨房门口，他知道她在认真地注视着他。女儿突然说：“爸，你瘦了。”他哼了一声，他静静地说：“离死不远的人，胖不起来。”

女儿突然笑了一下，有种很久没见的温柔，轻轻叹了口气:“我来帮你弄豆浆。妈妈没醒,让她多睡一会儿吧。”

妻子再也没醒来。睡梦中,脑出血,一切结束得很平淡,就像是一件很小的事情,一件像豆浆没上桌那么小的事情。几个月后,他八十岁生日过后不久,医生说:“恭喜。满五年了,没有复发。算是治愈。”然后女儿拖着箱子头也不回地离开了,又过了几天,搬进来的是小儿子一家三口。他们觉得不该让他一个人住,并且,他们自己住的那间单间也确实太不方便了。当时柠香五岁,眉心点着一个小小的红点,像颗朱砂痣。

谁也没想到,不声不响地,他就和他们一家三口同住了二十五年。

他们搬进来的第一晚,死神又来到了他的房间。他深呼吸了一下,从床上坐起来,对死神说:“医生说,我算是治好了。”他暗想自己一定是老糊涂了才会说这种话。

果然,死神宽容地微笑道:“医生有医生的事情,医生只管看病,管不着生死。”

他摇摇头:“为什么非得现在不可?偏偏是现在?早两年多好,那时候我心里没有念想。”

死神也摇摇头:“没见过这么不懂事的人,还和神讨价还价。”

他说:“我熬了五年,不是白熬的。”

死神说:“在我眼里,五年真的不算什么。带你去见你老婆啊，她现在一个人在那边，你不高兴？”

他不置可否。

死神问：“你们在一起快五十年，你就不想她？”

“我想。做梦都想。”

“我看你也只是想做做梦。”死神笑了，“其实这个世界就要跟你没关系了。你看看你的这些孩子，他们各自有各自的人生，你一个人戳在这里像个稻草人，不觉得孤单？”

“觉得。”

“那就带你走啊。我们去找她。”

“我不想去。”

“死的人居然是她，不是你，你开不开心？”

他凝视着那张亲切甚至有些憨厚的脸：“你是神，你不懂我们人的事情。”

“可我知道你庆幸自己活下来了。”

“总有一天我也会去的，总有一天我还能见着她。”

“你还是庆幸。”

“别带我走。”此言一出，如释重负。

死神满脸都是真诚的不解：“活着，就那么好吗？”

“不好。”他清晰地说，“但是我活惯了。”

“这个理由我倒是接受。”死神的最后这句话，在他耳边不甚清楚，似乎越来越远。他突然想起这几次见面，他都不记得死神是如何离开的。他只知道，当他终于明白这一劫暂时算是过去了的时候，浑身冷汗，心脏像块坠落的石头，在胸腔那个深潭里敲出不规律的水花。癌症患者是不会得心脏病的。这个玩笑，这些年，已经自己跟自己开了无数次。即使是已经撑过了五年，被医生宣布治愈的患者，也不那么容易得心脏病。

“爷爷。”柠香小小的身影出现在半开的门后面，“我想尿尿。”

他迟缓地从床上下来，拖鞋在地板上弄出缓慢拖沓的响动。“爷爷带你去，”他急匆匆地说，“柠香是因为刚搬来，还不认得，厕所的门就在洗衣机旁边……”他抓住柠香的小手的时候，心里有种类似“感动”的东西，因为除了死神，还有别的人需要他。

柠香抬起头清澈地看着他：“爷爷，刚才来客人了。”

他心里一惊：“你没睡着？”

小女孩悄悄地摇摇头。

“柠香是不是认床啊？”他想转移话题，“以前没怎么在爷爷家住过，习惯了就好了。”

“嗯。”她抿着嘴，一脸无助的乖巧，这孩子看上去比她的父母都要聪明。

就算是——为了柠香吧，要活下去，活久一点。她会长大的。他这么想的时候，似乎已经听见死神那种尽了力但还是忍不住的笑声。

随后的几年他总是把“死”挂在嘴边上。跟旧朋友见面的时候，常开自己的玩笑，邀请他们来吃自己的丧席，并且可以提前点菜，几位老友因为菜色和口味的问题还认真地起了争执。他认真地交代小儿子，死了以后他们一家还是尽管住在这个房子里，不过要代替他把那几架子的书保存好，要么替柠香留着，柠香不喜欢看书的话，就捐给他原来单位的图书馆。曾经诊治过他的医生过年的时候打电话问候他，他爽朗地说：“让大夫费心了，还活着呢。我也纳闷怎么还活着……”言毕，大笑。

就是在那段时间，他开始喜欢哼那首旧时的歌谣：“她的确傻，鼎鼎有名的傻大姐……”其实他知道自己在干什么，他就像当年取悦那个新时代新世界那样，用所有的乐观玩笑和豁达取悦着死亡。用这种彰显出来的“不怕死”，取悦着死亡。这种小心翼翼的讨好，让他错觉活着的时间，变得久了些。

就这样送走了癌症之后的第二个五年。

往下的回忆就没那么清楚了。白驹过隙，人们的眼睛都太容易盯着白马，即使他们知道岁月与白马无关，不过是它身下被奔跑带起来的那一小阵疾风。他不知道人们是什么时候忘记了他得过癌症的。也许，是从他穿上纸尿裤的那天起。他的视力听力都退化得不算厉害，记忆力也尚可，只是腿脚渐渐成了磐石，从客厅的沙发到厕所的那一段距离，对他来说，比旷野中两个古代烽火台间隔得都要远。裹上了婴儿的纸尿裤，他从此就不用再跋涉。

但使龙城飞将在，不教胡马度阴山。

他的身体成了个黄沙漫漫的古战场，就连癌细胞都能在此长眠安息，变成化石。

和纸尿裤一起到来的，还有对自己日益增加的漠然。不再在乎自己身上开始散发某种类似腐朽的气息，不再在乎被人在客厅里褪下裤子清洗，不再在乎打盹的时候口水流出来弄脏衣领——晾晾就干了，有什么要紧，就算晾不干了，又有什么要紧；也不再在乎电话那边传来的旧友故交们的死讯。不记得是从什么时候起，家里有个护工开始每天过来三小时，清洗他，照顾他吃饭，给他换衣服——护工原本在对门邻居家当差，三十年的邻居了，比他年轻二十岁，患上了阿尔茨海默病，有个爱好，就是在护工低下头来替他擦洗身子的时候，冷不防重重地咬人家的肩膀。护工把药片和胶囊一个一个地放在盘子边上，对他说："瞧我肩膀上这些牙印儿，昨天晚上还渗血，真是吓死人，老寿星，您真是比对门儿那位有福气多啦，九十多岁的人，脑子还这么清楚，我每天在他家，就是数着钟点儿盼着来您这儿上班……"

他突然问护工："有客人吗？"

护工愣了一下："没有，老爷子。"

他说："睡着的时候也没有？"

护工答："没有。有客人我当然得叫您。"

一直没有死神的消息。

他想见他一面。跟不跟死神走，是另外一回事情，可以到时候再讨论。他只是怀念着死神那张亲切温和偶尔带着狡诈的脸，如今，让他有兴致怀念的东西，真的不多了。他曾经一时兴起，奋力地拄着拐杖，挪动到对门去，想看看老邻居，但是邻居已经不认识他。他只能坐在邻居对面，听他各种胡言乱语。邻居的儿子一直紧张地盯着他看，好像在盯着一个定时炸弹。后来邻居的儿子终于坐不住，跑到对面去把护工叫来，两个人一起，合力把他搀起来，像是搬动一件珍贵的黄花梨家具："老爷子，下次再来串门，该回去吃药了……"

他像是自知大势已去那样，奋力地回过头，对邻居说："我会再来看你。"邻居突然像婴孩那样张开双臂，嘶哑并且旁若无人地哭喊："我跟你说，我真的不想，不是我愿意的，是日本人逼着我，要我强奸那个姑娘，真的是他们逼我做的……"

护工在一旁强忍着笑意，就像是在看电视小品。

在他九十九岁那年，他参加了柠香的婚礼。还是一样，婚礼上，恨不能人人都来参观他。他眼睛半睁半闭，草坪上装饰的气球远远地悬挂在视线边缘，像串葡萄。他倒是不需要应酬任何人，每个人自然会对他笑脸相迎，他们通常也用类似的笑脸对待婴孩和大熊猫。死神站在绿草坪上那堆白色桌椅之间，慧黠地对他一笑。

他静静地看着死神从阳光里向着他走过来，站在他和一身白纱的柠香中间。

“好久不见。”他是真心的。

“是呀。”死神的面貌却一点没有改变。如今的死神看上去就和他的儿子们年纪相仿。他突然意识到，自己经历过的衰老，已经比很多人的一生都要长。

“走吧。”他安静地说，“这次是时候上路了吧？”

“你总这样，”死神笑他，“你还真以为你能想活就活，想死就死，并且死在你最想死的时候——那样的话，你还是人吗？”

“我就是想告诉你，我没有过去那么怕了。”

“恭喜。”死神言语间的那种嘲弄，在他听来已经习惯。

“我这次是真心的。也不是说一点都不怕，可是……”他似乎是对着空气挥了挥手，“让我跟你走吧。”

“真想好了？”

“是。”

“为什么呢？”

“以前总是怕，总是怕，现在怕累了，就不怕了，就觉得还不如跟你走更好。现在死，更清静。”

“别撒谎。”死神深深地凝视着他，这句话似乎以前也从他嘴里说过。

“没撒谎。”

“是突然觉得，现在跟死比起来，更怕活着了吧？”死神的语气里突然有了种前所未有的忧伤，“你为什么从来都不愿意说实话？”

“随便你怎么说。”他没发现，此刻的自己赌气的语气很像面对着一个老朋友。

“爷爷——”柠香清脆的声音划过了整个草坪，“跟我们一起照相，好不好？”

百岁生日是在家里的床上度过的，他在某个清晨突然发现自己无法挪动，从那以后，轮椅就成了他身体的一部分。手臂的活动也有了障碍，需要别人喂他吃饭。语言的能力也衰退了大半，很少跟人对话。其实他还是能说话的，只不过说话真的是一件很累的事情，还不如索性装作说不了话了，也不算失礼。

他坐在轮椅上，听见门外走廊里传来邻居家的声音。一阵惊呼伴随着挣扎，其间还有老邻居愤愤的咒骂，以及一只狗受惊了的狂吠声。他知道，他的邻居又去偷吃放在门口的狗粮，被他儿子看到了，自然要抢。小儿子退休的那天，看着他说：“现在我有的是时间了，我来照顾你。”他已两鬓斑白，需要每天服用降血压的药。

他一百零四岁了。

柠香在二十九岁那年，成了一个寡妇。她的丈夫在某个雨夜，喝了点酒，开车撞上了高速路的护栏。他看着柠香默默地把自己的箱子拖进门，再一言不发地把衣服挂回曾经的房间。他在心里对死神说：你是不是搞错了？

他每天都看电视，准确地说，是家人每天都会把他的轮椅推到电视机前面。也不管屏幕上放的是新闻，还是财经，还是肥皂剧，总之他会认真地盯着看。如果有谁突然过来转台，他就跟着看新的频道，从不挑剔。他恍惚觉得，自己也许能在那个方正的屏幕里看见死神——总之那家伙有可能出现在任何地方。

那是一个夜晚，小儿子和儿媳去参加大学同学聚会，柠香坐在沙发上每隔几分钟就会换一个频道，他静静地，没有任何意见。他喜欢这个难得安静的夏夜，空气里有潮湿的味道。

柠香突然放下了遥控器，电视屏幕上在播一个谈话节目，讨论石油价格和中东局势。柠香也不转过脸来看他，突然悠长地笑笑："爷爷，你说有意思吗，他死了的这几个月，我一次也没哭。"

柠香善解人意地停顿了一下，然后接着说："其实，你知道，我没那么意外……这两年，我坐他的车的时候，早就注意到了，车速特别快的时候，他会偷偷地把安全带解开。可是我也不知道为什么，我从没跟他提过这件事。我知道，这样下去早晚会出事。但你说奇怪不奇怪，有时候，我甚至也会跟他一起，把安全带解开，他就装作没看到。爷爷你明白吗？”

柠香叹了口气，自己对自己笑笑：“可我就是哭不出来，爷爷，我想提前告诉你，我最讨厌当着很多人掉眼泪。所以啊，你的葬礼上，我也不一定哭得出来，可是你记得，那不代表我不想你，记得这个，行吗？”

他说：“你不用哭。我知道的。”

“我就知道你还能说话。”柠香看着她，像五岁那年一样笑着。

那天夜里，隐约有闷雷的声音。他闭着眼睛，感觉自己沉重的身体像植物那样，等待着雨水降临。死神坐在他的床头，他们彼此会心一笑。

“时候到了吧？”他说。

“差不多了。”这么多年，死神终于肯正面回答他的问题。

“挺好的，谢谢你。”他闭上眼睛。

“不想活了，是吗？”死神似乎是在叹气。

“是。你说得没错，之前几年确实害怕活着，可现在也没那么怕了，所以，应该是时候了吧？”

他感觉死神微微俯下了身子，带着笑意的声音清晰地在刺进他的耳膜：“我告诉你个秘密算了。你知道我为什么三番五次地来找你？我可不是对所有的人都这样。因为，你呀，你会是这个国家最长寿的人。你会因为活得最久被记载到历史里面。直到有一个活得更久的人来顶替你。现在，你就安心吧。还早得很呢。”

他把眼睛闭得更紧。他眼前看见的，是六十年代末他待过的那个农场。那天他的任务是放牛，但是起床的时候他不小心穿错了鞋子，两只脚穿的都是左鞋。从清晨，到黄昏，他不敢跟监管他们的人说，他想回去换鞋子，因为这又会变成他的罪证。他们会说他是故意把鞋穿错借以逃避劳动。他知道，他们津津有味地看着他歪歪扭扭，一步一个趔趄地奔跑。那眼神跟护工看着老邻居偷吃狗粮时候的，别无二致。他倚着那头悠然自得的黄牛，把已经肿得很高的右脚腕轻轻藏在左腿的后面。他装作没有发现旁人的观赏，在心里满足地自言自语：夕阳无限好。他已经这样装了一百年。

他听见自己说：“求求你，带我走吧。”

他明知道这没用。延展在他面前的，是一片光可鉴人的地板，也许那是神的领地。而他是那个擦地板的人。污浊破旧的拖布，就是所有“不想死”和“不想活”的渴望。终于又一次地张嘴乞求了，不，也许严格地说，应该是祈求，因为毕竟面对的是神。可是，有什么区别？窗玻璃上隐约有细碎的敲击声，外面下雨了。他终将五世同堂。

莉莉

写给——

世上所有狮子座的女孩子，

世上所有爱上狮子座女孩的男孩子，

以及所有喜欢狮子的小朋友。

莉莉在这个世界上看见的第一样东西是天空，尽管那时候她还不知道天空是天空。一大片无边无际的淡蓝色柔软地照耀着莉莉刚刚睁开没有多久的眼睛。莉莉的表情很懵懂。淡蓝色其实是一种很轻浮的颜色，可奇怪的是，当它尽情地蔓延成天空那么大的时候，你就会发现，轻浮，原本是宽容的一种。

不过莉莉不认识颜色。确切地说，她不知道每种颜色的名称。莉莉是只狮子，不是人。人为了让自己安心，养成了给万事万物都取个名字的习惯。可是狮子是没有这种习惯的。狮子用另外的东西来圈定自己的疆土，比如他们的爪子和牙齿，比如他们生来就拥有的暴烈。

妈妈粗糙和温暖的舌头缓慢地舔着莉莉柔软的脑袋、脸庞，还有小屁股。妈妈说：“你会是个漂亮的姑娘。就像我一样漂亮。不过你最好不要比我漂亮啊，不然我会忌妒你的，我的宝贝。”说着妈妈就开心地笑了，妈妈很多时候都像一个小女孩。她把莉莉圈在自己两只前爪之间，不紧不慢地舔莉莉的身体。妈妈很聪明。妈妈知道莉莉什么时候饿了，什么时候困了，什么时候想听妈妈说话了。

妈妈说她们住在一个很高很辽阔的原野上面。原野就是她们的家。家里的东西大致可以分为两种，就是能吃的，和不能吃的。奔跑的羚羊，妩媚的狐狸，瑟瑟发抖的野兔，这些是能吃的。“扑上去咬断它们的脖子，妈妈会教你怎么做的。”妈妈骄傲地望着怀里昏昏欲睡的莉莉。至于不能吃的东西：山峦，树木，还有似乎就悬挂在原野边缘的太阳。妈妈说：“要敬畏所有不能吃的东西，宝贝。”

其实莉莉还听不懂妈妈的话。她刚来到这个世界上三天。她唯一会做的事情就是贪婪地吮吸妈妈饱满的乳房。奶水流进嘴里的时候耳朵边总是响着一种轻微的“咕嘟咕嘟”的声音。妈妈把莉莉小小的耳朵含在嘴里，轻轻地咬了咬，不过一点都不疼。妈妈说：“你追一只狍子的时候，你看着它跑远了，似乎是跑到前面的太阳里去了。宝贝，这个时候你可千万别以为你可以扑上去连太阳一起吞下去啊，尤其是黄昏的时候，黄昏的时候太阳就要落山，看上去是一副很温顺的样子。可是你不能忘了，太阳是不能吃的。”

妈妈的声音就是在说完这句话的时候突然消失的。但是莉莉并没有感觉出来什么异样。她只不过听见了一声短促而钝重的声音，那个声音似乎跟奶水的“咕嘟咕嘟”的声音有些不一样。但是奶水终究还在温暖地、源源不断地流淌着。所以莉莉就不在意了，她不知道那是子弹射进皮肉的声音。然后另外一种类似于奶水的液体温暖地、源源不断地抚摸着莉莉的小脑袋还有脸庞，代替了妈妈的舌头。

“你看，巴特。”那是一个年轻男人的声音，“原来她有一个 baby。她在喂奶。”然后一只手把莉莉托了起来，奶水没有了，莉莉恼火地摇晃着头，原野的阳光无遮无拦地洒到莉莉的身上。那只叫巴特的猎狗疑惑地凑过来，闻了闻莉莉。奶的气味，阳光的气味，稚嫩的幼小的气味，毫无戒备的气味。巴特的喉咙里发出浑浊的声响。然后又是那个男人的声音：“好了巴特。我知道你在想什么。我跟你想的一样。”他的眼睛和阳光一起坦荡地照耀着莉莉，他说：“多漂亮的小姑娘，我要叫她莉莉，你觉得怎么样，巴特？”

那是莉莉第一次见到猎人。也是在那一天，她拥有了自己的名字。

猎人和巴特手忙脚乱地迎接着新来的小公主。猎人小心翼翼地把她抱在胸前，说：“巴特，你说她吃什么？牛奶？可是你觉得她会像你一样舔盘子吗？她这么小。好像我们得给她准备一个奶瓶，对不对啊巴特？”猎人犹疑地说。巴特无奈地站在一旁转了转眼珠，完全没有能力回答这么棘手的问题。“该死的。”猎人自言自语，“巴特，我们要赶时间了。现在去镇上，或者还能赶在商店关门之前买一个奶瓶回来。”莉莉就在这时候睁大了眼睛，认真地盯着猎人的脸。她似乎已经知道她除了信任他没有别的选择，信任这个为了自己的奶瓶而焦灼的陌生人——尽管她并不知道奶瓶是样什么东西。猎人凝视着莉莉漆黑的眼珠，叹了口气：“我不相信，一只狮子怎么会笑？”

猎人的家在原野的边上。要是站在莉莉的妈妈常常站立的地方，你会以为太阳每天就是落在猎人他们家的烟囱里了。但其实那是不可能的，太阳那么大，烟囱那么窄。烟囱装不下太阳，只装得下那些柔若无骨的烟。柔若无骨的烟缓慢地从烟囱里挣扎出来——因为猎人正在给莉莉烧洗澡水。

莉莉的床是一个紫藤编的小篮子，猎人在里面铺上了半张羊毛毯。巴特紧张地守在篮子旁边大气也不敢出地看着猎人给莉莉喂奶。巴特知道，莉莉是个小姑娘。莉莉是个娇嫩的小姑娘。所以巴特简直不清楚自己该如何对待她，除了轻轻地把自己的爪子搭在她的摇篮边上。奶瓶买回来了，猎人自然是领受了一番杂货店老板娘善意的嘲笑。莉莉一开始拒绝着那个塑胶的奶嘴，因为它散发着一种陌生的不友好的气息。“莉莉，乖女孩，来呀。”猎人的手指温暖地抚弄着莉莉柔软的肚皮，然后说，“巴特，小心点，别把口水滴到莉莉身上。”巴特恼火地瞪了一眼猎人，依旧吐着粉红的舌头。猎人当然不知道巴特是在跟莉莉说话。巴特说：“莉莉，你是莉莉，我是巴特。你明白了吗？你是莉莉，你是你，我是巴特，我是我。不对，你是我，我是你，我的意思是，你是你的我，我是你的你，哎呀不对，我的意思是：对你来说，你是我，我是你；对我来说，你是你，我是我。”天哪，这件事情还真是复杂。该怎么跟莉莉解释清楚呢？巴特除了用力地抖着他的舌头之外，想不出更好的办法了。

晚上，猎人的小屋很暖和。炉火生动地烧着，满室松木的清香。灯光和火光把这个屋子变成了一种奇怪的颜色，至少那不是你在原野上找得到的颜色。寂静的夜里天地混沌，外边很冷，把满地月光冻成了一个巨大的冰块。远处的狼嚎就像是一双冰鞋那样在冰块上划着复杂动人的轨迹。猎人没有邻居。最近的邻居就是山脚下的村民了，可是小屋离山脚少说也有十公里。莉莉和巴特喝的牛奶就是来自村庄里的一群母牛。村民们很尊敬猎人，因为村里一年一度的祭祀庆典上，所有供奉祖先的野兽和鸟都是猎人打来的。今年猎人居然打到了一头狮子，而且还是一头刚刚生育过的母狮子，这是个吉兆。

“莉莉。”猎人得意地说，“我是他们的英雄，你知道吗？他们会送来数不清的新鲜牛奶和熏肠。熏肠给巴特，牛奶都是你的。”莉莉四脚朝天，在温暖的水波里动了动。“莉莉。”猎人说，“明天我会去村里叫木匠给你做一个小澡盆。今天只好用巴特的了。就凑合一下，好吗？”

莉莉没有反应，因为她睡着了。猎人把她轻轻地放在小篮子里，她立刻乖乖地蜷缩起身体，其实她一点都不冷，只不过这是她从前世带来的关于旷野的记忆。巴特卧在她的小篮子旁边，伸出他的爪子护着小篮子。猎人关掉了灯，走向一张很大的橡木床。他们一家三口酣然入梦，幸福的生活就这样简单地开始了。

莉莉是猎人和巴特的宝贝。这是莉莉从有记忆起就知道的事情。莉莉就带着这种记忆心安理得地出落成一个任性的姑娘。那只紫藤的小篮子早就睡不下了，有一段时间猎人甚至允许莉莉跟自己一起睡在那张宽阔的橡木床上。那是巴特从来没有享受过的待遇。夜晚，当猎人说“现在我们要睡觉了”，莉莉就非常灵敏地跳上橡木床，忘不了炫耀地骄傲地看巴特一眼。然后猎人关上了灯，因此莉莉永远不知道一片黑暗之中巴特对她的炫耀报以宽容甚至是纵容的微笑。巴特是不会忌妒莉莉的，巴特要保护莉莉。尽管要不了多久，莉莉的个头就比巴特高了。

当橡木床也容不下莉莉的时候，猎人从柜子里拿出一张金黄色的、厚厚的毛皮，把它铺在离炉子不远的地板上，说："莉莉，过来试试看。"那张毛皮真暖和，真舒服，比猎人的床垫还软。上面有一种莉莉很喜欢的气味。莉莉高兴地在上边打滚儿，把她的脸使劲地在毛皮上蹭，直蹭到脸庞发热为止。猎人看着莉莉撒野的样子，微笑："莉莉，它是你妈妈。"莉莉没有听见这句话，当时她正在非常大方地招呼巴特："巴特，我把这张毯子分一半给你。你睡这边，我睡那边。"

莉莉已经学会用人的方式辨认这个世界了。比方说，她已经知道了这片原野上很多东西的名字。她知道了山是山，水是水，树木是树木，太阳是太阳。当她走出他们的小木屋，一脚踏进厚厚的落叶里的时候，她会迎着吹到脸上的凉凉的风，想："秋天来了。"当她敏捷地把一只獐子踩在她的前爪下面的时候，她会想："它就要死了。"这本不是一只狮子应该有的方式。莉莉就是在不知不觉间遗忘了关于前生的记忆的。不过晚上，常常是在晚上，她卧在那张暖和的毛皮上听着狼在月光下至情至性地嚎叫的时候，心里会有一个地方隐约地一动。那个声音是一样不能吃的东西。她不知道自己为什么会冒出这个古怪的念头。不过她很快就睡着了。睡得淋漓酣畅，睡梦中肆无忌惮地翻了个身，就理所当然地占据了这张毛皮的大半。同在睡梦中的巴特颇为知趣地缩到了毛皮的一角，似乎同样忘记了莉莉当初“一人一半”的承诺。

无论如何，莉莉在慢慢长大。对于猎人来说，莉莉和巴特现在是他不可缺少的左膀右臂。有莉莉在，猎人总是不费吹灰之力，因为莉莉总会在第一时间像颗子弹那样冲着猎物饱满地冲出去，带起周围一阵肃杀的风。猎人惊讶地说：“巴特，你注意到没有？莉莉跑得好像要比一般的狮子快。怎么会这样呢？简直像一头豹子。”

莉莉喜欢奔跑，奔跑的时候她会觉得自己变成了耳边呼啸着的风。自己不存在了，莉莉不存在了。只要你肯奔跑。莉莉不知道，自己之所以如此痴迷奔跑的原因恰恰是，她不知道这件事情的名字叫作奔跑。那只显然已经筋疲力尽的鹿仓皇地回头，含着泪看了莉莉一眼，莉莉美丽的头颅一歪，纵身一跃，咬断了鹿的脖子。鹿只发出了一声很短暂很微弱的哀鸣，连血都没流多少。莉莉最迷恋的就是那最后的纵身一跃，那个时候的闪电般的力气好像不是来自自己的身体，而是来自神明的相助。在那样的纵身一跃里，自己变成了神明。“乖女孩。”猎人从后面赶上来，骄傲地拍着莉莉的脑袋。然后把鹿扛在肩膀上。鹿的眼睛依旧睁着。巴特兴奋地跑前跑后，摇头摆尾。莉莉则是高高地昂着头，端庄地走在最前面，听着身后猎人有力的脚步声。猎人扛着鹿昂首阔步的样子就像是一尊青铜雕像。夕阳西下，是黄昏了。莉莉恍惚间觉得，自己刚才咬在鹿的脖子上的那一口似乎是连夕阳一起咬破了，所以才有这满地的晚霞缓慢地、深情款款地流淌出来。

那天的晚餐是鹿肉。猎人吃熟的，莉莉和巴特吃生的。其实莉莉是很喜欢散发着松枝香的烤肉的味道的，可是不知道为什么，自从她可以帮着猎人打猎之后，猎人就不再给她吃熟肉了。曾经有很多次，莉莉赌气地把猎人放在她面前滴着血的羊腿踢开。猎人叹了口气，蹲下来，摸着莉莉的脑袋："莉莉，要听话，我是为你好。你已经长大了，你吃惯了熟肉，以后怎么办？"莉莉不知道什么叫"以后怎么办"，她倔强地缩在她的毛皮毯子上，一动不动。这个时候巴特走了过来，默默地叼起那条羊腿，深深地看了莉莉一眼，然后狼吞虎咽了起来："莉莉，很好吃的，你看呀，我陪你一起吃好不好？"猎人和莉莉都愣住了。对巴特来说，他不知道猎人为什么要这么做，但是他相信猎人有猎人的道理。可是怎么才能让莉莉这个娇纵惯了的孩子听话呢？巴特想不出什么其他的办法了。

生肉很冷，有股原始的腥气。可是巴特自己也不知道，那条生羊腿，那条莉莉是因为他才肯吃的生羊腿就是离散的前奏。

那一天猎人带着巴特和莉莉到镇上去。镇子很远，每一次他们都是搭着村子里的人们的车去的。要经历很长很长的颠簸，可是车窗外面是永远的一马平川，就好像他们从没有走远过。猎人每隔一两个月总会到镇上去一次。买些必需的东西，去唯一的邮局取回来自远方的信。总是有人给猎人寄明信片来，从各种各样不同的地方寄来的明信片。寥寥数语而已，可是猎人看得很认真。莉莉跟巴特都不认识字，所以他们俩都觉得猎人那副认真相滑稽得很。去镇上的日子是巴特的节日，他是那么喜欢镇上，每一次，远远地看见镇上的炊烟，他就高兴地“汪汪”乱叫，似乎比看着猎人烤鹿肉还要过瘾。可是莉莉就不大喜欢镇上，莉莉不喜欢那么多的人，尽管镇上所有的人都认识莉莉，都善待莉莉。

猎人当然是要去镇上的酒馆喝两杯的。酒馆里的人们都热情地跟猎人打招呼。莉莉认得他们，婴儿时代的莉莉熟知他们中的每一个的膝盖的气味。他们的手掌温热而遍布老茧，那是辛勤的印记。他们抚摸着莉莉的脑袋：“我们的小姑娘已经这么漂亮了。”猎人微笑：“当然。”“真是不容易。”村里的木匠因为赶集碰巧也在镇上，“莉莉，你知不知道我一共给你做过多少个澡盆啊？”他是个和善的老人家，稍微喝一点酒脸就发红。“澡盆有什么用？”酒馆美丽的老板娘端出一杯猎人常喝的酒，热辣辣地看着猎人的眼睛，“莉莉已经长大了，我看你到哪儿去给她找头公狮子来才是正经。”“你还是先操心你自己吧。”猎人熟练地接招，“到哪里给你自己找个男人来才是正经。”“哈！”她把酒杯重重地往面前的桌子上一墩：“嫁给你，你要不要？”“我？”猎人笑了，“我倒是想要，可是你得问问我们莉莉愿不愿意你来当后妈。”“噢——我不知道这儿还有一尊神仙忘了拜。”女人弯下了身子，调侃地摆弄着莉莉的尾巴。她身上那股浓郁的香气是莉莉不喜欢的。莉莉烦躁地甩甩尾巴，一头顶在女人高耸的、软绵绵的胸脯上，冲着她龇牙咧嘴。这下酒馆里所有的人都哄堂大笑：“要死啰。”女人轻轻拍了一下猎人的肩膀，然后也跟着所有的人一起笑了。巴特在这一片哄笑声中如鱼得水地吐着他粉红的舌头，一副激动的样子。

在莉莉的记忆中，那天晚上猎人其实是很高兴的。也许是因为那些酒，也许是因为酒馆里那个美丽女人的调笑，也许是因为镇上的人间烟火慰藉了长年累月荒原的寂寞，也许是因为他终于又从那人间烟火中回到他寂静的家园里。总之，那天晚上，猎人突然蹲下身子，慢慢地看着莉莉的脸。他看上去真的很高兴，他伸出手，一点一点，无限珍惜地抚摸着莉莉。于是莉莉也懂事地用她的小脑袋蹭猎人的手心。炉火映红了猎人的脸，他的眼睛里漾起来一种迷蒙的东西。莉莉在他的眼睛里看见了两个自己，他忧伤地说：“莉莉，四年了。”

第二天早上他们一如既往地出门打猎，不过去的是山里。这让巴特很高兴。巴特喜欢进山里，因为他灵敏的鼻子在山里派得上大用场，往往是因为他，才寻得着猎物的踪迹。可是莉莉就很泄气，因为莉莉喜欢原野上一马平川的视野，在山里的时候猎人多半是用不着她的。天气已经变凉了，寂静的山中听得见松果噼啪坠地的声音。那些小松鼠远远地看见他们来了，一个个像是舞蹈一样轻盈地藏匿于树枝间。猎人用猎枪指着桦树下面一堆巨大的粪便，微笑说:“巴特，看，熊来过了。”巴特兴奋地轻吠一声表示赞同。

莉莉懒洋洋地跟在他们后边，提不起一点兴致。山里的空气很好，可是不知为什么总是有种凛冽的阴谋在蠢蠢欲动。潮湿的泥土上留下莉莉花蕾一样的脚印，莉莉有些落寞地耸了耸自己的耳朵。然后她听见了水的声音。

那是一个峡谷。不算大，但是很深的峡谷。瀑布从遥远的、看不见尽头的地方汹涌而来，欢腾地在峡谷中粉身碎骨。火红的枫叶落满了水流不到的地方，宁静地腐烂着。莉莉的耳边充斥着水的声音，水在欢呼，在惊叫，在碎裂——那是莉莉在原野上没有见过的东西。每一次，当莉莉轻松地跳起来扑向一只猎物的时候，它们濒死的脸上从来都是呈现一种漠然的安静，不会像这些水一样，这么陶醉，这么不在乎。莉莉警觉地回过头，她已看不见猎人和巴特的影子。

起初莉莉并不着急。她笃定地相信不一会儿就能听见猎人焦灼地唤她的声音。她甚至颇为自得地享受了一会儿这来之不易的自由。但是没过多久，莉莉就开始不安了，又过了一会儿，她开始害怕了。山林总是不动声色的，天空也是不动声色的，峡谷还是不动声色的，在这巨大的不动声色中莉莉感觉不出一丝一毫猎人和巴特的气息。她的耳朵像是蝴蝶翅膀那样扇个不停，爪子一下一下地刨着柔软的逆来顺受的泥土。瀑布的声音越来越响了，恍惚中莉莉觉得自己在这喧嚣声中辨认出了巴特“汪汪”的嗓音。莉莉用尽全身力气叫了一声：“巴——特——是你吗？我在这儿，你在哪儿啊——”

莉莉不知道自己这一声喊叫让整个山谷里的野兔和松鼠都瑟瑟发抖地缩成了一团。它们不知道这只美丽的母狮子其实没有一丁点杀意，她只是在寻找她的亲人。山谷里依然静谧。没有回音，只是阳光，阳光像叹气一样地偏西了。猎人没来，巴特也没来，但是莉莉看见了他缓慢地从峡谷的那一端绕了过来，静静地靠近她。美丽的鬃毛在风里不羁地抖动。我决定管这个闯入莉莉的故事的新角色叫阿朗。其实他是没有名字的，不过就叫他阿朗吧，因为他出现在莉莉眼前的那一刻，天空无限清爽，阳光就像他的鬃毛那样不可一世地放纵着。

阿朗静静地说：“莉莉，我注意你很久了。”

“你是谁？”莉莉有些迷糊。

“我是你的同类。”

“你是说——”莉莉迟疑地靠近他，身体蹭到了他的脖子，“你也是一只狮子对不对？”

“这句话应该我来问你，莉莉。”阿朗笑了，“你真的还记得你自己也是一只狮子吗？”

“你是从哪儿来的呀？”莉莉有些不高兴地跳开了，充满敌意地望着面前的阿朗。

“莉莉。”阿朗认真地说，“你很漂亮。”

“我知道。”莉莉骄傲地仰着头。

“那你知不知道，你应该跟我走？”

“那可不行。”莉莉调皮地眨眨眼睛，“我得回家，猎人跟巴特现在一定在到处找我了。”

“你是一只狮子，莉莉。”阿朗坚定地说，“狮子是没有家的。”

“我有。”莉莉倔强地反驳。

“你总有一天会没有。跟一只猎狗一起给一个人打猎，真荒唐，那不是你该做的事情。”阿朗神秘地微笑了，“想不想知道，你该做什么？”

莉莉困惑地看着他，这个时候阿朗突然转过身，后退了几步，眼睛里有种灼热的东西开始燃烧。然后他弓起身子像旋风一样地奔跑，再然后，对着深邃的峡谷，纵身一跃，像是要寻死一样不管不顾。当然是没有死，他轻盈地、没有声音地落在峡谷另一边的满地红叶上。莉莉出神地看着他奔跑、起跳、飞翔，看着他在几秒钟之内变成了一个神明。那里面有种似曾相识的东西，莉莉明白了，她看见了自己。在原野上追逐猎物的时候，当你的杀气在体内积满，就要溢出来的那一个瞬间，你就会像现在这样，轻盈地、义无反顾地纵身一跃。

“看到了吗，莉莉？”阿朗又跳了回来，他眼睛里散发着火焰熄灭后余烬的温度，“你要不要试试？”

莉莉犹豫地摇了摇头：“太深了，也太宽了，我不行。我跳不了那么远。”

阿朗嘲讽地笑了：“你居然还敢说你是一只狮子。你一定没有听说过关于这个峡谷的传说。”

莉莉迟疑地说：“没有，事实上，我今天是第一次来。”

“住在这个原野上的每一只狮子都要跳一次这个峡谷。每一只，一辈子，总是要从这儿跳一次。不是每只狮子都能像我一样轻松地跳过去，有的狮子就死在这儿，这个峡谷底下的瀑布里。可是就算是这样，我们还是必须冒一次险，至少跳上一次。这是我们身为狮子，必须要做的事情。”

“为什么？”莉莉问。

“问为什么是人的习惯，莉莉。”阿朗说，“你不应该有这种习惯，因为那会冒犯神灵。”阿朗突然间靠近她，非常近，莉莉从来没有这么近距离地打量过一只公狮子的脸。她像前一天晚上在猎人眼睛里那样看见了两个小小的自己。阿朗温柔地看着她，说：“我们一定还会再见面的，莉莉，我在你的眼睛里看见了渴望。”

他的呼吸吹到了莉莉的脸上，让莉莉莫名其妙地有些慌乱。这个时候他潇洒地甩了甩鬃毛，说：“你不认识路，我带你走出山去。”

莉莉的爪子轻轻地碰了一下他绚烂的鬃毛，悄悄地想：“多美啊，可是为什么我就没有呢？”

夜幕降临了。小屋里依旧燃着炉火。猎人把半只烤熟了的山鸡放在巴特面前，说：“吃吧，巴特。前段日子委屈你了。现在莉莉走了，你可以像以前那样吃东西了。”巴特默默地站起身，看也不看面前的山鸡，走到屋角把自己蜷缩成一团。“巴特。”猎人耐心地说，“我知道你生我的气了，可是莉莉跟你不一样。当初我把她带回来是因为她还那么小，如果把她独自留在原野上她是活不下去的。可是现在她大了，她已经可以自己捕食了，她就必须回到大自然里。就是这么简单，巴特。”巴特依旧一动不动，只是喉咙里发出一阵“咕噜咕噜”的声音以示抗议。猎人当然是听不懂巴特的话的，巴特其实是在说：“那你有没有问过莉莉自己愿不愿意呢？”猎人蹲下身子，拍拍巴特的脑袋：“伙计，相信我，我和你一样舍不得莉莉。”巴特粉红的舌头又愤怒地伸出来了，他重重地喘着粗气，他其实在说：“莉莉也一样舍不得你和我。这才是最重要的。可是你当然不会这么想。你永远忘不了你是主人。”

猎人脸上的火光轻轻地抖动了一下。然后是一声门响。巴特一个箭步冲上去，把站在门口的莉莉扑倒在地上。已经有很久，他们没再像小的时候那样拥抱着在地上打滚了。巴特紧紧地拥着莉莉，莉莉笑了，开心地嚷：“巴特你们到底在搞什么鬼啊？你们没想到我自己也找得回来吧。我厉害不厉害，巴特？”莉莉想其实自己有些吹牛了，因为如果不是那个阿朗的话她自己是无论如何也走不回来的。巴特不知道莉莉的脸上为什么突然浮上来一抹陌生的娇羞，巴特没命地舔着莉莉的脖子、莉莉的脸，喉咙里“呜呜”地哼着。莉莉被弄得很痒，所以莉莉没有在意巴特为什么要一遍又一遍地说“莉莉，对不起，对不起，对不起”。

猎人是在这个时候走上来的。莉莉扑上去舔他的脸的时候他躲开了。他伸出手，轻轻地握住了莉莉的一只前爪，他说：“莉莉，听我说，你不可以再回来了。知道吗？”莉莉愣了一下，然后继续撒娇地在他的手心里蹭自己的小脑袋。可是猎人站起身，“吱嘎”一声把门打开了。深蓝色的夜空和漆黑的原野就这样猝不及防地闯进温暖的小屋里。炉火跟着跳了一下，水波荡漾似的，在猎人的脸上抖动出了一些涟漪。莉莉惊愕地望着猎人，她隐约明白了这扇门是为了她才开的。

“走吧，莉莉。”猎人说，“你必须回去。回原野去。你的同伴都在那里，身为一只狮子，你没道理夜夜都睡在火炉旁边。莉莉。”他蹲下身子，摸了摸她的脑袋，“你长大了。你该当新娘子了。懂吗莉莉？你跟巴特不一样，你是女孩子，总有要离开家的那一天。因为不离开家你就没有办法做妈妈，没有办法为你的孩子找一个爸爸。莉莉，听话，走吧，别再回来。”

巴特紧张地在屋角竖起了耳朵，用一种近似于凛冽的眼神打量着这个场景，他看见莉莉歪了一下头，憨憨地、莫名其妙地看着猎人。细细的尾巴在宝蓝色的夜幕里像根芦苇那样妩媚地晃动。

“莉莉，勇敢一点。”猎人拍拍她的身体，“走，走吧。”莉莉很迟疑地往后退了几步。刚刚退到门外的时候，小屋的门就猝不及防地关上了。

那是莉莉第一次在夜晚的原野上细细地凝视自己的家。很深很深，就像个巨大的湖泊。那么静谧的夜晚里，他们小屋的灯光就像是一颗从天上掉下来的流星，照亮了这个屋子木头的、敦厚的轮廓。夜风四起，莉莉觉得自己的身体像是一个被拿掉塞子的玻璃瓶。夜静静地、自由地灌注了进来，凉爽得很。那一瞬间莉莉心里几乎是感动的，她从没这样看一眼她平日司空见惯的家。她慢慢地走了几步，回一下头，走到一棵桦树下面的时候她停下了，因为再往前走的话，小屋窗子里的灯光就会看不见的。莉莉卧在了这棵桦树下面，她不知道她缓慢地卧下去的姿势就像一个优雅的女王，她只是非常肯定地想：只要过上一会儿，猎人就会给她开门的。夜空很远，很高，狼又在远处开始嚎。莉莉模糊地明白自己现在就像是一个回忆一样跟这片原野自然而然地融为了一体。没有房子的阻隔，没有灯光造成的温馨的假象。这样其实也挺好，她愉快地望着自己呼出的一团清爽的白霜，然后想，真冷呀，所以猎人一定马上就要给她开门了。

这个时候巴特羞耻地卧在窗子旁边，为自己一个人享受着炉火而脸红。

不知过了多久，月光照亮了莉莉面前的土地。在月光中莉莉倔强地抱紧了自己。一只乌鸦从月亮上飞了过去，凄清地叫着。

门终于开了。漆黑的夜突然睁开了一只橙红色的温暖的眼睛。莉莉快乐地朝着熟悉的方向飞奔而去，四肢被冻得有点僵了，不过没关系，莉莉已经闻见熟悉的气息了。猎人站在她的面前，忧伤地摇了摇头。

“莉莉。”他说，“你不懂我的意思吗？你等在这儿是没有用的。从现在起这里不是你的家了。我让你走，你得回到你来的地方去，你明白吗？”

莉莉恼怒了，因为猎人居然在她马上就要接近温暖的炉火的时候拦住了她的路。你太过分了吧。莉莉瞪着猎人，眼神愤怒得像是冰蓝色的火焰。

猎人突然弯下腰，从地上拎起铺在火炉边的毛皮。那是莉莉跟巴特睡了好几年的床。那上面散发着让莉莉最喜欢最安心的气息。猎人非常猛烈地在莉莉的鼻子前面抖动着它，很多受了惊吓的灰尘于是在周围的灯光里欢喜地舞蹈。

“莉莉，看看这个。”猎人直视着莉莉的眼睛，“你记不记得我跟你说过，这是你妈妈？记得吗？它是你妈妈。现在我告诉你，你妈妈是被我打死的。这张皮是村里祭祀完了以后才剥下来的。我不是你的亲人，我本来应该是你的仇人。莉莉，你懂了吗？”

你胡说。莉莉扑了上去。她只是想赶开这块该死的毯子而已。她听见巴特在屋角的一声短促暴烈的惊呼。短暂的寂静，然后她看见了血。

“巴特，你安静点，没事。”猎人平静地说，一边从已经被抓破的衣袖上撕下来一条，熟练地扎在自己染红的手臂上。屋子里只剩下莉莉和猎人重重的喘息的声音。血微妙的气息让莉莉莫名其妙地眩晕。那是一种熟悉的，跟征服相关的气味。莉莉不知道原来猎人也是会流血的。

“很好。”他把他受伤的手臂伸到莉莉跟前，“其实你我的关系本来应该如此。无论如何，你是一只狮子。下次见面的时候，那应该是在原野上，或者是山里吧，别忘了你要像刚才那样对待我，莉莉。”

莉莉转过了身。苍茫的夜色给了她一个寒冷的、柔情似水的拥抱。她想：已经是冬天了。

她终于还是在那棵桦树下面停下了。她犹豫着，要不要像刚才那样卧下去。不过这一次，不是为了等待。她知道那扇门是真的不会再为她而开。那么是为什么呢？她想不清楚自己究竟是失去了什么东西，还是搞错了什么事情。她的眼睛突然间像星星那样闪了一下，因为那种明白自己永远失去什么东西的感觉很恐怖。

然后她看见，阿朗来了。

阿朗就像是从月光里游出来的一样，无声无息，温柔而蛮横地踩倒了原野上蒙了一层霜冻的小草。阿朗静静地说：“莉莉，我说过，我们还会再见面的。”

那天晚上，莉莉成了阿朗的新娘。她不知道当她懵懵懂懂地跟着阿朗朝山的方向行走的时候，猎人就站在小屋的窗前，看着他们的背影。然后猎人微笑了：“巴特，我说过，莉莉是个了不得的姑娘，你看怎么样，漂亮的女儿永远是不愁嫁不出去的。”巴特懂事地卧在墙角，他知道背对着他的猎人的表情此刻很落寞。

莉莉从来没有试过在满天的星斗下面睡觉。阿朗卧在她的旁边，挡住了风。阿朗说："你慢慢就会习惯。我每天晚上都会卧在能给你挡风的那一边，这一点，你可以放心。"莉莉顺从地把她的小脑袋贴在阿朗的肚皮上，温热的。她听见阿朗的心脏跳动的声音。"那你呢？"莉莉有点不好意思，"你就不冷吗？"莉莉只有在面对猎人跟巴特的时候才会心安理得地享受所有的关怀，相反，如果这关怀来自其他人，她就会觉得不安，觉得受之有愧。其实正是因为她拥有过太多的宠爱，所以她才会对分外给予宠爱的人格外敏感。"莉莉。"阿朗像是知道她在想什么，"从今天起，你就把我当成猎人和那只笨狗吧。"阿朗笑笑，"因为现在我就是你唯一的亲人了。""巴特不笨。"莉莉不同意地说，突然觉得心里有一阵很紧的疼痛，因为她想起她慢慢地迎着辽阔寒冷的夜色从小木屋里走出去的情形。她转过脸，睁大眼睛看着满天的繁星，她不愿意想下去了，她说："阿朗，你知道为什么月亮很好的时候就看不见星星，星星很多的时候就看不见月亮吗？"阿朗伸出舌头舔了舔她的脸："本来就是这样的，有什么为什么。""我觉得月亮碎了的时候就变成满天的星星了，你说对不对呀？"莉莉认真地看着阿朗。阿朗温柔地微笑了："对。我也是这么想的。莉莉，我们睡吧。"阿朗微笑的时候跟猎人很像，很温暖，可是有股很冷静的，跟权威有关的寒意不动声色地藏在这微笑后面。不要再想猎人了，莉莉对自己说。她知道也许她跟猎人再也无法相逢。不要再想，不要再想了吧。那种滋味真是恐怖，那不是莉莉熟悉的任何一种滋味呀。

大多数动物都比人要擅长遗忘，那是为了生存。忘掉曾经的危险、饥饿、恐惧，还有伤害。然后，心安理得地跟岁月艰辛地相处下去。在这个生生不息的自然里，有那么一瞬间，发现了某种神谕般的宇宙的真相。因为没有语言跟记忆，也就淡忘了，并没有觉得自己发现的东西有什么了不起。可是莉莉毕竟有些不同。她有比别的动物更深，以及色彩更鲜明的回忆。往昔的岁月、人类的语言，等等，总是在某个意想不到的瞬间跳出来折磨她，让她领受那种煎熬的滋味。莉莉咬紧牙忍耐着，对这种折磨守口如瓶。把莉莉从一个少女变成了一个妇人的，其实并不是阿朗，而是这种没有尽头的忍耐。

有些事情永远不能对任何人说。有些事情永远是只有自己知道就足够了。可惜阿朗就不明白这个。他是那么喜欢倾诉。好像对他来说，再大的苦难都是可以拿出来跟人讲的。莉莉卧在他的身边，充满怜爱地看着他的脸。这是我的男人。莉莉微笑着对自己说。他是我的，这个跟我水乳交融，跟我骨血相连，跟我有肌肤之亲的男人。

阿朗总是不厌其烦地回忆着过去。阿朗是狮群里的王子，准确地说是曾经是。当阿朗的父亲老去的时候，年轻力壮的狮子便起来推翻他。经过整日的搏斗跟厮杀，年轻的狮子终于咬断了他的喉管。“他已经体无完肤。”阿朗忧伤地说，“我不知道他是怎么可以撑那么久的。”新的王产生了，整个狮群里的成年公狮要做的第一件事，就是一起杀掉死去的旧王的全家。可是阿朗逃了出来，从此开始了他流亡的日子。

“莉莉。”阿朗热切地看着她的脸，“答应我，给我生孩子。我们会生很多很多的孩子。然后我们一起去找他们。我得把属于我的东西夺回来。莉莉，你生来就是要做我的王后的。我知道，我一直都相信一件事，世界上既然有一个像我一样的阿朗，就一定会有一个像你一样的莉莉来跟我遇上。不对吗？”莉莉宽容地看着他，心里暗暗地叹气：“你呀。”

莉莉对所有与征服有关的事情都没有兴趣。杀戮从来都不是也不该是一样用来见证荣耀的东西。杀戮是为了自己的生存。仅此而已。就算你是狮子，是一只会被很多动物害怕的狮子，也是如此。但是莉莉从来就不会对阿朗说这些。她只是静静地、美丽地微笑着，看着正在梦想的阿朗。阿朗说：“莉莉，你知道，我本来就是一个君王。”莉莉回答：“是。当然。”阿朗说：“莉莉，你知道，我不是为了要报仇，不是。我为王位而生。”莉莉说：“是。我知道。”阿朗说：“莉莉，我总是会梦见他，那个咬断我爸爸的脖子的家伙。他有一点特别，他颈子上有一圈毛是黑色的。像是凝固了的血。我想象过很多次，很多次。我就是要对着那圈黑色咬下去，让新鲜的血流出来，覆盖它，莉莉。”莉莉回答：“没错的。你应该这样。”阿朗的声音缓慢了下去，似乎是困了，他低声说：“莉莉。我也不知道为什么。有的时候，你很像我妈妈。我这么觉得。其实我已经不再记得我妈妈长什么样子了。”

在阿朗平缓的、沉睡的呼吸声中，往事就这样涌了上来，像鲜红的，翻腾的血液那样涌了上来。猎人说：“莉莉，你的妈妈是我打死的。明白吗？我不是你的亲人，我原本该是你的仇人。你明白吗？”莉莉其实不明白。莉莉从来就没有仇恨过。莉莉懂得那些蕴含于赤裸裸的厮杀中的寒冷的、没有道理可讲的规则，可是她从来没有真正地仇恨过谁。然后莉莉问自己：阿朗知道什么叫仇恨吗？好像是不知道的。其实他只是想征服跟战胜，并不具体地针对什么人。远方的天空被火光映红了，莉莉听见了号角跟音乐的声音。那是祭祀，是村子里的祭祀。莉莉的心脏狂跳了起来，她怯生生地推醒了阿朗：“阿朗，我们去看祭祀，好不好？”她被自己言语间那种颤抖的渴望吓了一大跳。她没有追问自己那到底是为什么。当莉莉轻车熟路地带着阿朗来到岩石上边的时候，阿朗很不满地嘟哝着：“莉莉，你为什么总是对人的事情这么感兴趣？”巨大的岩石脚下的篝火映红了阿朗俊美的脸庞。莉莉充满歉意地望着他，阿朗终于叹了口气，不再抱怨了。村子里的祭祀仪式就在他们脚下，一览无余。莉莉屏住了呼吸，目光灼热地盯着那个往日的最最熟悉的位置。曾经，她和巴特就坐在那里，人们给他们俩戴上沉重又绚烂的花环。人们热闹地说：“瞧瞧这兄妹俩，多神气啊。”但是现在一切都变了，莉莉静静地待在峭壁后面，她知道那已经不再是她的生活。

可是猎人不在人群里，巴特也不在。在这个最盛大的节日里，英雄居然不在场。莉莉知道，有事情发生了，而且是不好的事情。莉莉表情淡漠地把这个事实吞下去，咽下去，就像她第一次吞下那些滴着血的生肉一样。就像这个事实也在散发着原始的腥气。也许他没有死，不应该把事情想得那么糟糕。也许他只是受伤了。也许他只不过是带着巴特去镇上了。这个时候鼓乐的声音更加热烈了，人们围着篝火跳起了舞。阿朗兴奋地抖了抖他的鬃毛，强烈的鼓点让他振奋，因为那和心跳的声音类似。今年的舞蹈跟往年没什么区别。但是在很久很久以前，不是这样的。居住在原野上的人们把祭祀的舞蹈看得比什么都重要。舞蹈一定是每年都要换新的，要花很大的精力去排练。那个时候，很久很久以前，这都是猎人告诉莉莉的，原野上的人们都向往着盆地里的生活，因为盆地里的人们安居乐业，盆地里总是风调雨顺的，日子过得一点不像原野上这么辛苦。可是对于那个时候的人们来说，盆地太遥远了。原野上的孩子们都知道，对于盆地里的人来说，丰收是一件再自然不过的事情。可是只有当孩子们长大后，体会过劳作的艰辛，才知道随随便便的丰收是一样多么贵重的梦想。于是他们再无限神往地对他们自己的孩子说：“盆地里的人们只要把种子一撒就什么都不用管了，庄稼就像野草一样疯长，管都管不住。”有关盆地的向往就这么世世代代地传了下来，偶尔，当有人真的有机会去盆地看看的时候，他们就跟盆地的人们买来一个舞蹈。舞蹈是买的，因为要用山里的野味交换，才可以跟盆地的人们学习这些舞。在祭祀的仪式上，他们会向所有居住在原野上的人跳买来的、贵重的、盆地人的舞。于是所有受苦的人，有了一个机会。在这短暂的舞蹈的瞬间里，以为自己变成了盆地人，变成了不必为生存担心的盆地人。只要有这么一点点念想，他们就可以任劳任怨地活下去了，哪怕丰收就像是悬挂在原野边缘上的夕阳，看上去唾手可得，可是你永远都够不到。

鼓点越来越快了，祭祀中最重要的节目来临了。人们要把他们的英雄，也就是猎人，抬起来，抬得高高的。以往，这个时候排山倒海的欢呼声让莉莉跟巴特的心里激起一阵狂喜的惶恐。因为明明知道这个场景是再快乐也没有的，可是莉莉就是能从这极致的欢乐跟放纵里嗅出一点毋庸置疑的杀气。此刻，欢呼声又在脚下响起来，像潮水一样，迷醉地冲刷着阿朗的眼睛。

英雄被人们抬起来了，但是这个英雄不是猎人，或者说，是一个新的猎人。他的头上跟脖颈上挂着跟往年的猎人一模一样的装饰。但是他不是猎人，不是莉莉认识的猎人。不用再怀疑了，莉莉的猎人已经死了。莉莉对自己凄然地微笑了一下，她知道自己终有一天会接受这件事情的，就像她终究接受了猎人的抛弃，就像她终究接受了阿朗。可是有一件事让莉莉害怕，她发现，虽然猎人已经换了，虽然英雄已经换了，可是人们还是爆发着一模一样的、震耳欲聋的欢呼声。难道说，其实他们根本就不在乎谁是那个被抬起来的英雄，只在乎这个可以欢呼的机会吗？莉莉记得猎人是用一种什么样的语气对自己说："乖女孩，我是他们的英雄。"他们骗你。莉莉在心里说。你一定是为了给祭祀的盛典打一头猛兽才送命的，为了你身为英雄的荣耀。可是这根本就不是给你一个人的，不是。他们把这荣耀准备好了，可以随时给任何人。只不过你刚巧赶上。你怎么那么傻？

直到此刻莉莉才明白，猎人是她的初恋，是她此生第一个情人。但是当她看清这个的时候，她做别人的新娘已经很久了。

她宁静地转过脸，对阿朗说："我们走吧。"阿朗目不转睛地盯着脚下："为什么？刚刚才开始好看，你不要煞风景。”

“走吧。阿朗。”莉莉坚持。

“莉莉，别烦我。”他甩了甩鬃毛。

莉莉沉默了一会儿，静静地转过了身，独自朝远方走去。她的尾巴划出了一个傲慢而又优雅的弧度。夜风扑在莉莉的脸上，是凉的。远处的山静静地勾勒出一个比黑夜更黑的轮廓。从没有一个时刻，莉莉像现在一样渴望去一个除了孤独之外一无所有的地方。无所谓依恋，自然背叛也就无从谈起。只有一种地老天荒的、遥遥无期的力量。身后响起的那声阿朗的吼声也没能动摇她心里那种无比坚硬的渴望。

“莉莉，你威胁我。”她知道阿朗生气了。

莉莉静静地转过身，深沉地看着他的脸：“我没有。”

“但是你一个人走了。”

“那是因为你不肯跟我走。”

“莉莉。你这是在命令我。”阿朗的眼睛蒙着一层薄薄的冰，“你居然敢命令我。”

“我为什么不敢？”莉莉温柔地说。她本来想说“别忘了你现在还不是君王”，但是她终究没有说，因为她知道那样会伤害他。

“你敢。你当然敢。那当初那个猎人把你扔到门外面的时候你为什么不走？不像刚才那样掉头就走？走得多漂亮多潇洒，难堪全是别人的。”

“阿朗，你别这么说。”莉莉的脸色依旧平静得像月光下的湖泊，所以阿朗不知道，莉莉是在乞求，“他已经死了，阿朗。别再提他。”

“我真替你害臊。”阿朗暴躁地一跃，轻盈地直逼向莉莉的脸庞，“他死了。你很难过。可是他是人，莉莉，你居然爱他。你居然爱一个人。”

“我没有。”莉莉的眼神很无助。

“你全都看见了，那些人有多蠢。你的那个猎人活着的时候他们把他抬起来，死了以后他们换个人来抬。简直蠢得就像一群泥土里的蚯蚓，还总是喜欢自作聪明。”

“我们不也是一样的吗？否则的话，那些原来看见你爸爸就发抖的狮子为什么还要帮着新上来的王追杀你？”

短暂的寂静过后，阿朗悲哀地摇摇头：“莉莉，背叛你自己的族群对你有什么好处？你以为你真正爱了一个人，你就能变成人了吗？他们照样会朝你开枪，就像打死你妈妈一样把你当成一个庆典上的祭品。”

“那是他们的事，跟我无关。”阿朗头一回在莉莉的眼睛里看见一种凛冽的东西。

“莉莉，在这个世界上只有我不会伤害你。只有我和你才是一样的。我们都是狮子。”

“阿朗你说得对。只有我和你才是一样的。”莉莉美好地凝视着他，“不是因为我们都是狮子，是因为我们都是叛徒。”

那天晚上，当阿朗习惯性地卧在风吹来的那一边的时候，莉莉突然觉得自己从来没有像此时此刻一样眷恋他。猎人走了，这世间顿时空荡荡了起来。如果不用满腔疼痛的柔情来填满它，又该怎么办呢？阿朗转过脸，舔了舔她的脸，也不知道阿朗有没有在她的眼睛里看到那种前所未有的缠绵跟顺从。阿朗说：“莉莉，你说过，你不会离开我。”莉莉说：“对，我不会的。你记得，就算有一天你离开了我，我也不会离开你的，阿朗。”后来，当莉莉无数次地回忆那段跟阿朗在一起的日子的时候，总是在想：他们其实从来就没有碰上过阿朗嘴里的敌人——那个狮群。有的时候莉莉也会问自己，阿朗那个关于复仇的故事到底是不是真的。但是莉莉从来就没有问过阿朗。莉莉自己也说不上来她是从什么时候开始变得这么不爱追问的。但是，她的确是对所谓的“答案”“真相”之类的东西越来越不感兴趣了。转眼间，秋天又一次来临。因为莉莉从空气中闻出了一种睡眠般的凉意。阿朗总是喜欢到峡谷那里去，有事没事就喜欢跳过去再跳回来。莉莉在一边胆战心惊地看着阿朗像个贪心的孩子那样一次次跟粉身碎骨擦肩而过。可是她从来就没有阻止过阿朗跳峡谷，因为，阿朗纵身一跃的样子真是好看死了。莉莉永远都看不够。

那一天，莉莉梦见了阿朗在跳峡谷。飞起来的时候阿朗还转过脸对她调皮地笑了一下。然后莉莉就醒来了，发现阿朗不在身边。莉莉找遍了整个原野，那几天所有的动物都见过一只不知疲倦地狂奔着的母狮子。野兔们疑惑地说:“也许她是疯了。”最终她停了下来，转向了那个她一直逃避着的方向。

她以为她将在峡谷的下面看到阿朗的尸体，可是阿朗不在那里。那里除了峭壁跟激流之外，没有一点点别的痕迹。水的声音是很暴虐的，至少它不能给莉莉任何意义上的抚慰，就像庆典上人们的欢呼声一样危机四伏。当你经历过离散之后，你就可以在周围的空气中嗅出永诀的味道来。莉莉缓缓地卧在了峡谷的旁边，她看见枫叶红了，她知道阿朗不会再回来了。

她不知道阿朗为什么要丢弃她。她并没有多想，原因并不重要，或者原因本就不是她该追问的东西。她想起第一次见面的时候，阿朗对她说:“问为什么是人类的习惯，莉莉，你不该养成这种习惯，因为那会冒犯神灵。”她甜蜜地，一次又一次地回味那个初次见面的场景，那时候的阿朗那么沉稳跟骄傲，眼睛里总有种可以控制一切的霸气。可是在成为他的新娘之后才发现，其实阿朗还是个孩子。她幸福地回忆着，幸福得忘记了她已经像失去猎人那样失去了阿朗。

你好像总是在最最珍惜一样东西的时候失去它。这似乎是个规律。也因此，总结出这个规律的莉莉反而对此泰然自若。如果一定要这样，那就随它去吧。一种灼热的饥饿在她体内疯长着，似乎要把她的内脏烧成灰烬。她想也不想就冲着一头远方的鹿冲了过去，熟练地咬断了它的脖子。死去的鹿冰冷的血液可以暂时扑灭她体内那团火，还有深不见底的寂寞。狼吞虎咽的时候她感觉到身后有一双眼睛在注视她。她不慌不忙地转过头，唇边带着一缕血迹。

“莉莉。真的是你。”巴特说。

那一瞬间她不知道自己该使用什么样的表情。她慌乱地想，自己这样冷漠地一言不发，巴特说不定会生气的。她不知道巴特心里在想：莉莉真的一点都没有变，你看，吃东西的时候还是那种又狠又无助的眼神。

然后莉莉就看见了猎人。他朝着他们走过来，走得很慢，甚至有一点蹒跚。他居然没有带那支就像是他身体的一部分的猎枪。那个时候莉莉不知道自己该留下还是该掉头就跑。猎人已经来到了她的面前，他的那双旧靴子离她这样近。那上面散发着小木屋里的气息。可是猎人却说：“巴特，走吧，我们该回家了。”

然后巴特忧伤地看了莉莉一眼，没有作声。猎人往前跨了一大步，腿碰到了莉莉的脊背。他将信将疑地蹲下身子，手慢慢地抚摸着她，他说：“莉莉，是你吗？真的是莉莉吗？”巴特在一边轻轻地吠了一声，算是一个肯定的回答。

“莉莉，乖女孩。”他的掌心摩挲着莉莉的小脑袋，“我现在已经看不见你了。”这么说的时候他微笑了一下，他的眼睛依旧是他脸上最精彩的部分，像暗夜中比夜晚本身还幽深的湖泊，可是它们不能再帮他看东西了。猎人的视线现在就像一只翅膀被折断的鸟，看似停留在天地间的某个点上，其实与这个世界早已没有任何关系。莉莉闭上了眼睛，用力地在他的掌心中蹭自己的脸。“看不见就看不见吧。”她对自己说，“我还以为你死了。你活着就好。无论如何，你和阿朗之间，要有一个能活下来呀。”他温暖的手抚摸着她的全身、脊背、爪子、尾巴、肚子。摸到她的肚子的时候猎人愣了一下，他说：“莉莉，你自己知道吗？你要做妈妈了。”

那天晚上莉莉又回到了她的澡盆里。温暖的水浸泡着她，混合着松木香。炉火把猎人的脸庞映衬得有些醉意。他似乎变了，莉莉觉得。可能因为失明的关系，跟黑夜朝夕相对，心就慢慢变得温柔了，混沌了，对很多事情不求甚解却能够明白了。不像过去那样，因着一份近乎残酷的自信，无论如何都坚守着清晰的标准。“莉莉。”他说，“你回来了。真好。”

那天晚上月色很好，把小木屋变成了一个清澈的游泳池。在猎人熟悉的呼吸声中，莉莉的小脑袋轻轻地在门上一顶，门开了，当前爪已经踩在外面的月光里的时候她突然又转过了身，因为她想再看他一眼。

“莉莉。”原来巴特没有睡着，他从那块他们的毯子上慢慢地直起了身子，“莉莉，你别走。”

“巴特，我有孩子了啊。我得去把我孩子的爸爸找回来。”

“莉莉，你不在的这些日子他很想你。你回来了，他真的很高兴。求你了，留下来。”

“可是巴特，我现在已经不习惯这样的生活了。”

“你会习惯的，莉莉。你就是这样长大的，你怎么可能不习惯？你慢慢就会发现的，莉莉，他变得太多了。自从他眼睛看不见以后。我们需要你。”

“那到底是怎么回事？他的眼睛？”

“枪走火了。”巴特的眼睛在月光下面清亮得很，“打到了他的脑袋里面。大家都以为他活不成了，可是他还是撑了过来，不过眼睛看不见了。”

“祭祀的时候，我没看见你们。我还以为他死了。”

“那个时候我们在医院里面。”

“医院，是在镇上吗？”莉莉歪着头。

“不，不是镇上，是城里，比镇上大多了。”巴特的言语间有一点骄傲，毕竟，跟莉莉相比，他算是见过了大世面。

然后他们都听到橡木床上传来了猎人愉快的声音："莉莉、巴特，你们这两个坏孩子要是还不睡觉的话，当心我揍你们。"

他总是用这样的语气跟莉莉说话。莉莉微笑地回忆着。"多漂亮的小姑娘，我要叫她莉莉。""莉莉，喝牛奶了。""莉莉，干掉那只鹿。""莉莉，我们去镇上。""莉莉，走吧，别再回来了。"他总是这样短促，这样果断，这样毋庸置疑地主宰着莉莉的命运。现在他依然如此，尽管他已经失明，尽管他已经脆弱。他自己还没有意识到，从现在起，轮到莉莉来保护他了。

莉莉就这样留下来了。日复一日，莉莉的身体越来越臃肿，路走得越来越慢。可是孕育让她脸上散发出一种悠远的味道。莉莉五岁了，正是一只母狮子最成熟最妩媚的年纪。没有人告诉她，她倾国倾城。阿朗走了，猎人看不见了，巴特不好意思说这个。

猎人现在有大把空闲的时间。他总是沉默不语，脸朝着一个虚无的方向。村子里的人们都是好人，因为他们并没有忘记猎人。他们还是定期把食物堆在猎人的家门口。每个月镇上还会有人来，把镇上发给猎人的救济金从门缝里塞进屋子。莉莉发现，每到这个时候，猎人就会带着莉莉跟巴特去林子里散步。他想要避开这些心怀善意的人。

莉莉懂得。所以当看见镇上的吉普车远远地开来的时候，她就会走上去轻轻咬着猎人的裤脚。那意思是“我想出去走走了”。然后在出门的时候兴高采烈地跟巴特交换一个微笑。

猎人变得喜欢回忆往事。他总是说起他自己小时候的事情，也并不在乎莉莉跟巴特有没有用心听。莉莉认为这是因为猎人老了。猎人其实刚刚三十岁而已，一点都不老，只不过是心里有了沧桑。但是，莉莉对人类的年龄一点概念都没有。

那一天，村里的木匠还有很多的小孩子来到了他们的小木屋。木匠要带着孩子们去镇上看马戏，问猎人愿不愿意一起去。猎人微笑：“要不是因为我们已经认识这么多年的话，我会以为你是来捣乱的。”木匠的鼻头顿时更红了：“喂，我的意思是，这是马戏团啊，我打听过了，她在里面。”猎人沉默了很久，然后说：“我要带着巴特和莉莉。”木匠说：“不然就让莉莉看家吧。她的身子现在不方便……”猎人不耐烦地甩了甩头，木匠好脾气地笑了：“真是没有办法，莉莉、巴特，他现在一刻都离不开你们俩。”

后来，莉莉常常想：要是那天她真的没有去镇上的话，是不是一切都不会发生了？但是她知道，她是不可能不去的，就像木匠说的，如今的猎人就像一个孩子那样时刻需要着她和巴特。所以，莉莉对自己说，谁都没有犯错，所有的灾祸，只不过是因为眷恋。

镇上还是喧闹。因为马戏团的到来，更闹了。孩子们激动得鼻尖冒汗，他们一边舔着彩色的棒棒糖，一边冲着正在搭帐篷的马戏团员们尖叫。这让他们觉得忙不过来，因为吃糖和尖叫这两件事不好同时进行。于是他们的鼻尖因为这种忙乱而更加勤快地出汗了。还有什么比看到马戏团的后台更让人激动的呢？怀里抱着缀满亮片的裙子的空中飞人，刚刚画好脸但是还没换衣服的小丑，大象不慌不忙地驮着一箱行头走过去了，还有驯兽师正在给会做算术的小狗们系蝴蝶结，还有鸽子们从魔术师的盒子里面飞进飞出，还有会钻火圈的狮子被锁在铁笼子里。

会钻火圈的狮子被锁在铁笼子里。

会钻火圈的狮子是阿朗。

莉莉躲在一群孩子身后，静静地看着他。他好像是瘦了，脸紧紧地抵在笼子的铁栏杆上边。离得太远了，她没有办法看清楚他的表情。

黄昏，猎人和木匠坐在小酒馆里等着马戏开场。性急的孩子们已经坐到观众席上去了。猎人自嘲地说："听听这些孩子欢呼的声音，也是好的。"莉莉悄悄地溜了出来，绕到大帐篷的后面去，阿朗在笼子里不紧不慢地逡巡着。

他是真的瘦了，他的眼睛里好像有种什么东西沉淀了下来，他的身上有几道红得刺目的鞭痕。他一声不响地看着莉莉的脸，莉莉自己也没有想到，她说的第一句话是："阿朗，他们，打你了？"

阿朗微笑，不点头，也不摇头。

"阿朗。"莉莉抬起了身体，爪子搭在铁栏杆上，"我找你找得好苦。"

"我掉进陷阱里了。受了伤。"阿朗静静地说，"我本来想去峡谷。然后就碰上了他们。他们把我带走，要我钻火圈。"

"阿朗，我怀孕了你知道吗？"莉莉伸出舌头，隔着铁栏杆，她舌尖的那一点点刚好能够着阿朗的脸，"阿朗，那是咱们俩的孩子。你要做爸爸了阿朗。"

"莉莉。"阿朗的语气毋庸置疑，"听我说莉莉。我刚才看见你是跟着猎人来的，还有那只狗。猎人既然没有死，那你就应该回去，回到他身边去。然后，等这个孩子生下来以后，咬死他。明白了吗？"

"你说什么呀阿朗。"莉莉的眼睛闪闪发亮，"那是咱们俩的孩子。""莉莉。"阿朗摇着头，"这完全是人的慈悲，而且假惺惺的。没有我，你怎么养大他？碰到我的那群敌人，你们两个怎么活得下来？"

"阿朗，就算有你，碰到你的那群敌人的话，你以为我们就真的可以打败他们吗？"

"你是说，你瞧不起我。"

“我没有。我只是想说，你永远都在做当君王的梦，我愿意永远都陪着你做这个梦。可是你没道理把我的孩子也赔进去。”

“说来说去你还是瞧不起我。”阿朗激动地一跃，沉闷的吼声在空气中滚起了一层又一层的浪。然后不远处响起一个清脆又放肆的声音：“那头狮子又怎么了？真是伤脑筋啊。”

脚步声近了的时候，莉莉躲进了旁边一堆装戏装的大木箱后面。一个女孩子停在了阿朗的笼子前面。她穿着一条粉红色的纱裙，薄如蝉翼，亮片跟蕾丝眼花缭乱的，让她看上去就像一片滴着水的花瓣。可是她手里拿着一条皮鞭。她把皮鞭轻轻地往铁栏杆上一甩。那种地狱般的响声让莉莉心惊肉跳。如果她现在敢把这皮鞭甩在阿朗身上的话，莉莉发誓自己会扑上去，熟练地咬断她的脖子。可是她没有。她把皮鞭收在白皙纤巧的手里，炫目地笑：“听话一点，知道吗？宝贝儿。”

阿朗抬起脸，炽热地看着她的眼睛。她的手伸过了铁栏杆，梳了梳阿朗的鬃毛，然后转过身，翩然离开。莉莉清楚，阿朗的眼睛里，有爱情。

“阿朗，”莉莉不知所措地笑一笑，“你，你在犯我以前犯过的错误。”

“莉莉，对不起。”

“你记不记得，是你自己跟我说的。你说你以为你爱上一个人你就能真正变成人了吗？”

“我从来就没有想要变成人，莉莉。”

“但是你不会再跟我回山里了，我知道的。”

“莉莉，你原谅我。”

“好吧。”莉莉咬了咬牙，“可是你要记得，要是他们打你，欺负你，你忍不下去的时候，该怎么办就怎么办，明白吗？”

“当然明白。”

“就算爱上了一个人，也不可以忘记，我们是狮子呵。所以你绝对不可以低头的，阿朗。”莉莉的眼睛亮得就像星星。

“对，不能低头，哪怕是为了活下去。”在阴郁的铁笼子里面，阿朗霸道地一笑。天色已经暗了。他身上的鞭痕在远处点亮的灯火中绽放出一种拼尽全力的红。从来没有一个时候，阿朗这么像一个真正的君王。

后来，很多年以后的后来，莉莉都常常梦到那个马戏团里灯火辉煌的夜晚。那个粉红色的女孩子在半空中飞翔、翻滚，在空气里跳舞。底下观众席里的惊呼声越响，她就越轻盈。莉莉糊涂了，她到底是一个人，还是一只蝴蝶？也许她又是人又是蝴蝶。一定是这样没错的。不然的话，她为什么能从莉莉这里夺走阿朗？

木匠在猎人的耳朵边说："她已经长大了。她穿的是粉红色的衣服。她越来越漂亮了。"

当孩子们欢呼着"狮子来了"的时候。莉莉钻到了椅子下面，把自己的身体贴在猎人的腿肚子上，这样能让她有一点安心的感觉。椅子底下很黑，还潮湿。莉莉在这局促的潮湿中紧紧地闭上了眼睛。她听见孩子们尖叫着："那是真的火！"还有："看哪，真的跳过去了！"一个孩子把棉花糖的彩色包装袋扔到了椅子下面，莉莉慌乱地把它咬在嘴里。是种淡淡的，莉莉从童年起就熟悉的甜味。那种人类的甜味可以让莉莉对此时此刻杀气腾腾的欢呼声勉强地产生一点信任。祭祀的时候他们也是这样欢呼的。他们给莉莉戴上花环，然后围着篝火唱歌跳舞。他们唱的是一首古老的歌颂太阳神的歌。莉莉听不懂歌词，可是莉莉知道那是在膜拜一种伟大的力量，是在敬畏一些不能吃的东西。不是为了流血。不是为了流血。他们唱：

青云衣兮白霓裳，
举长矢兮射天狼。
操余弧兮反沦降，
援北斗兮酌桂浆。

那也是阿朗的梦想。莉莉知道的。阿朗不是为了想要当一个君王那么简单，也不是想要征服一个人类的女子那么简单。阿朗想要的是一个机会，一个可以尊严地面对无边无际的苍穹的机会。他以为他自己是可以做到的，他以为这是他自己努力就可以做到的。他至今不明白尊严不是猎物，不是说你竭尽全力地追赶就可以得到。尊严就像是你的回忆一样，永远只能跟你存在于不同的时空。只有当你自己不存在的时候才能跟它融为一体。你为什么就是不能明白？尊严永远都是并且只能是一个路标，为候鸟们指引你坟墓的方向。所以莉莉原谅了阿朗，原谅了他的背叛，原谅了他的不辞而别，原谅了他的执迷不悟。他并不是残酷，他只是倔强。

周围突然间死一样的寂静。莉莉从座位底下小心翼翼地探出了她的小脑袋。观众席上的每个人都屏住了呼吸，像是早有预谋，凝视着同一个方向。阿朗停在火圈的前面，一动不动。无论怎样都不肯再钻，脸上的表情跟莉莉第一次见到他的时候一模一样，自负得让陌生人害怕，让懂得他的人心疼。粉红色的女孩子微笑着接近他，在强烈的灯光下，莉莉第一次好好端详她甜蜜的脸庞。然后她轻盈地扬起手，鞭子重重地落在了阿朗身上。两道伤痕就像彩虹一样在北风般凌厉的抽打声中绽放了。阿朗仰起脸，用曾经注视过莉莉的眼神看着她拿鞭子的手。

别以为我们会向你们低头，莉莉恶狠狠地咬了咬牙。

可是她心里有个声音在说：阿朗，求求你，不要那么犟啊。你以为她真的能像我一样吗？

鞭子又抽了下来。阿朗的身体上现在有一张血红色的网。他的视线似乎是在寻找，然后，对着远处的莉莉，调皮地一笑。再然后，莉莉是在四周爆发出的震耳欲聋的惊呼声中看清发生了什么事情的。阿朗轻盈地跳起来，不费吹灰之力，扑倒了粉红色的女孩，把她踩在了前爪下面。可是阿朗跳起来的时候碰倒了火圈，火苗舍生忘死地蹿到了阿朗身上，疼痛中阿朗把女孩踩得更重，仰起脸，使出了全身力气吼了一声。

莉莉知道，阿朗在吼叫的时候是想寻找原野上的天空。但是他只看得见舞台上的幕布。莉莉已经听不见周围地狱般鬼哭狼嚎的声音，听不见猎人沉着地对木匠说了一句“你带孩子们先走”，听不见很远的地方隐约传来警笛刺耳的声响。她只知道，那一声仰天长啸，是阿朗在谢幕了。可是那暗红色的幕布太破旧，太暗淡，也太肮脏。阿朗，你不值得。

人群已经逃难般地拥向了出口。他们的喧闹跟拥挤让莉莉想起那些峡谷中没有头脑，只知道制造噪音的水流。莉莉觉得有一种异样的、寒冷的力量在她的皮肤下面涌动。那不是杀气。杀气不会让你有飞翔的、轻飘飘的预感。当一个哇哇大哭的小姑娘的红色鞋子落在莉莉眼前的时候，莉莉的心里划出一道雪亮的光。

阿朗，等等我。

一片混乱之中，只有少数几个人看见，观众席的最后一排，有一只母狮子，像道闪电一样不可思议地冲着舞台飞了过去。莉莉清楚，这一次的纵身一跃，不是为了一只死期将至的猎物，而有可能是向着自己的死期。不管了，不管了。落地的那一瞬间，天地间只剩下了寂静。肚子因为这剧烈的颠簸撕心裂肺地疼。疼痛埋没了一切人间的声音。阿朗的额头上开出了一朵红艳艳的花，他终于松开了女孩，倒了下去。莉莉仓皇地转过脸，她看见盲眼的猎人就站在舞台的下面，端着一杆还在冒烟的枪。

巴特静静地卧在小镇的石板街上，狂欢的人群像河流一样填满了古老的街道。救护车拉走了粉红色的女孩，人们要做的事情就只剩下狂欢了。还有，膜拜他们的英雄。他们虽然已经失明但依旧百步穿杨的英雄。猎人让人们相信了，这世上真有传奇这回事。木匠因为激动的关系，鼻头越发地红。他的大嗓门盖过了所有的喧闹："得去喝一杯啊。我倒要看看酒馆老板娘有没有胆量要咱们的壮士付账。"在人们的哄笑声中，猎人沉静地笑了笑。可是巴特看出来，他的脸庞被什么东西点亮了。"英雄——"马戏团的小丑问，"既然你看不见，你怎么有把握开枪呢？你就不怕伤着人吗？"猎人不紧不慢地开了口，周围顿时安静了下来，猎人说：“是莉莉。如果莉莉没有扑过去，我怎么样也不敢开枪的。但是她扑过去的声音提醒了我那只狮子的方向跟位置。莉莉是我的乖女孩。我相信不会错的。”话还没说完，猎人的声音就被一片喝彩声淹没了。同时被淹没的，还有巴特战栗的哀鸣。“幸好莉莉没有听见这句话。”巴特对自己说，“我永远不会让莉莉知道这个。谁敢让莉莉知道这件事，我就要他的命。”

所有的狂欢都与莉莉无关。马戏团的舞台寂静得简直荒凉。现在就剩下了莉莉跟阿朗。不，还有大象。是大象用自己的鼻子吸了水，帮阿朗把身上的火苗扑灭的。然后大象再静静地退回到舞台的一角，像是一道布景悲悯地注视着飞翔而来的莉莉。大象叹了口气：这个姑娘，多美，多苦命。

阿朗在流血。莉莉把爪子伸出来放在那个枪眼上，可是没用的，血还是自顾自地流出来，但是静静的。血是一样比水更聪明的东西。从不喧嚣，但是狠。一旦决定了要离开谁就再也不会回头。

“莉莉。”阿朗的脸依然俊美，“想不到最后，我还是只有你。”

“你说什么呀阿朗。”莉莉甜蜜地笑了，“这是理所当然的呀，你是我的丈夫。”

“莉莉，我很蠢。是不是？”

“不是的，阿朗，应该这样。你是君王，你只能这样，对不对？”

“莉莉。”阿朗笑了，“你真好。”

“你记不记得我说过。”莉莉舔着阿朗额头上流出的血，“就算有一天你离开我，我也不会离开你的。你还记不记得？”

“记得。”阿朗的声音低了下去，“莉莉，那你还记不记得我说过，世界上既然有我这样的一个阿朗，就一定会有一个你这样的莉莉来跟我遇上。可是我说错了。因为，”阿朗艰难地呼吸着，“因为能遇上莉莉，是我最幸运的事情。”

然后阿朗就死了，是微笑着死的，死在莉莉的怀抱里，听着莉莉肚子里的小宝贝心跳的声音。

三天后，猎人的婚礼在镇上的小酒馆举行。新娘是那个粉红色的女孩子。她的名字不叫蝴蝶，她叫婴舒。阿朗死去的第二天，猎人带着莉莉和巴特去看她。她静静地看着猎人的脸，潋滟地微笑：“你又救了我一次。”猎人说：“我们结婚吧。这些年你已经走得够远了。我等了这么久，不想让你再逃跑。”巴特非常不满地在一边喘着粗气，认为这种对白太过晦涩，一点没考虑到狗的接受程度。

猎人跟婴舒的婚礼对于镇上的每个人都是一个美丽的通宵达旦。英雄配美人，当然是所有传奇理所当然的结局。每个人的表情都因为醉意而变得生动。一百个人的醉眼里，就有一百个千娇百媚的婴舒。实际上，她端庄得很，安静地坐在猎人的身边，谁都看得出，她就是侠胆英雄的那根隐秘的柔肠。

酒馆的老板娘快要忙疯了。可是莉莉看得出，这个美丽的女人有一点落寞。她叹着气，在自己缀满花边的围裙上擦擦手，弯下身子抚摸着莉莉的脑袋，她说："莉莉，你要当妈妈了。恭喜呵。"

莉莉一个人走到了小酒馆的外面。镇上的街道空荡荡的，散发着青石板的香气。没有人行走的古老的街道在夜空下面呈现出跟原野类似的沉静的表情。空气真好，因为没有那么多的人一起呼吸。然后莉莉抬起头，她看见了月亮。

"莉莉。"巴特不知道什么时候来到她的身后，一脸的担心，"那个……马戏团里的那只狮子，是宝贝的爸爸，对不对？"巴特总是管莉莉的孩子叫宝贝，像一个非常称职的舅舅。

莉莉在满地的月光里，回头妩媚地凝视着巴特："巴特，等生下这个孩子，我就走。带他一起走。"

"莉莉，你吃了那么多苦。"巴特安静地摆了摆尾巴。

"巴特，你告诉我，他杀了我妈妈，又杀了我丈夫，可是为什么，我还是会原谅他？"

"我不知道。莉莉。"巴特说，"你从小就这样，什么事情都要问我。我也不是什么都知道。”

“有件事你肯定知道。你得跟我说老实话，巴特。”莉莉突然间淘气地斜了斜眼睛，“有的时候，你有没有想过，其实你可以在一个只有你们俩的时候，跳起来咬断他的喉咙的。你想过没有？”

“没有。”巴特说，“莉莉你呢？你想过吗？”

“我不知道。”莉莉诚实地看着巴特的脸。

“其实我敢保证，莉莉。他也想过同样的事情的。他也想过，他其实可以用他的猎枪打穿我们的脑袋。他爱我们。这是真的。但是，他同时也不会忘记，生杀大权在他的手里。他可以忽略这个，可以要求自己不去想这个，但是他是不会忘记的。”

“巴特，你什么都明白了，什么都看清楚了。可是你为什么还留在他身边？”

“因为我知道他离不开我。因为我也离不开他。”

“我真是糊涂了。阿朗，就是宝贝的爸爸，他以前跟我说过，问为什么是人的习惯。我不应该有这种习惯。他很霸道的，老是跟我说不准这个不准那个。”莉莉突然间嫣然一笑，“巴特，我好想他。”

深蓝色的夜空一瞬间倒转了过来，静谧的满月像颗子弹一样击中了莉莉臃肿的腹部。在撕心裂肺的疼痛降临之前，酒馆里的每个人都听到巴特焦灼的狂吠声。

莉莉在猎人的婚礼上生下了她和阿朗的女儿，取名朱砂。

是猎人给小女孩取的名字，因为她的额头上奇迹般地有一小块红色的胎记，圆圆的。猎人骄傲地说：“世界上还能有谁像我这么幸运呢？结婚当天的夜里就当了外公。”莉莉静静地躺在炉火边，甜美地微笑，看着婴舒抚摸着小女孩的胎记，那正好是击中阿朗的子弹待过的位置。

莉莉童年时候的澡盆被翻了出来，朱砂睡眼蒙眬地在温暖的水波里四脚朝天，是跟那时的莉莉一模一样的姿势。巴特的舌头又是长长地伸了出来，伸出前爪护着朱砂的小篮子。猎人说：“巴特，你小心一点啊。不要把口水滴到小宝贝身上。”巴特于是愤怒地盯了猎人一眼。唯一的不同就是：朱砂用不着莉莉小时候的奶瓶，因为莉莉的胸前有饱满得如同深秋的沃野。朱砂吃奶的时候，小小嘴唇的嚅动微妙地牵扯着她的内脏。她痴痴地看着朱砂干净的黑眼睛。她要给朱砂很多很多的爱，让朱砂像曾经的她一样，张狂地、横冲直撞地、不知天高地厚地长大。然后告诉她：要敬畏所有不能吃的东西。她的样子像我，可是性格会像你，阿朗。

大家是在四十八小时以后发现朱砂的缺陷的。朱砂的一条后腿弯曲得厉害，走路的时候都不能着地。小女孩天真烂漫地用她的三条腿笨笨地蹦跳着，因为幼小，再笨拙也好看。莉莉想起她自己在观众席上那奋不顾身的飞翔，落地的时候肚子里有种撕裂一般的疼痛。我的朱砂是在那个时候受了伤。不过阿朗，你不要介意，那不是你的错，也不是我的错。所有的灾难，不过是因为眷恋。还好朱砂现在懵懵懂懂地生活在所有人的宠爱之中，她很快活，全然没有留下关于在母体中时颠簸跟疼痛的记忆。

猎人现在有了一个很大的家庭。一共三代五口，两个人，三只动物。因为有了婴舒，这个家有一种烦琐但是真实可信的气息。猎人依旧喜欢带着巴特和莉莉出去散步。黄昏的时候他们回到小木屋。莉莉端庄地走在前面，巴特兴奋地跑前跑后，猎人走在最后面，偶尔肩膀上还是会扛一只莉莉弄来的鹿，像一尊青铜雕像。门口有婴舒在迎接他们，怀里抱着小朱砂，窗子里飘出饭菜的香气。朱砂的小爪子抚弄着婴舒垂在胸前的鬈发，还有裙子上的荷叶边。用红鼻头木匠的话说，婴舒是世界上最美丽的外婆。

可是莉莉知道，团聚的日子是短暂的。因为等到朱砂满十六个月，不用再吃奶的时候，他们就会把朱砂送到动物园去。这是征得了莉莉同意的决定。朱砂永远都不会像莉莉那样奔跑，永远没可能追上任何一只猎物。世界上有一种叫作“动物园”的东西，对于朱砂来说，或者是个好去处，至少在那里，她可以活下来。对于离散，莉莉早已习惯。她知道那是所有人跟所有人之间必然的结局。只是，当朱砂的大眼睛深深地、清澈地、毫无保留地看着她的时候，她会突然没命地舔着朱砂小小的脸庞、耳朵，还有小屁股。她说:“宝贝，你长大以后会是一个漂亮的姑娘。”巴特在一边静悄悄地看着她们俩，那种温柔的眼光让莉莉有一种沐浴其中的温暖。有好几次，她都有种错觉，以为那是天上的阿朗的眼睛。她蓦然回首，然后不好意思地对朱砂说:“宝贝，是妈妈搞错了。那不是爸爸，是舅舅呀。”

她的脸上依然有种少女时代的娇羞，可是巴特老了。莉莉有的时候会突然间在他的眼神里、表情里看出一种衰老。他早已不再是那个英姿飒爽的美少年。但是，猎人看上去并没有改变很多呀。为什么只有巴特变样子了呢？莉莉不知道，那是因为对于猎人和巴特来说，时间这个东西流逝的方式是不一样的。巴特就在这不一样的时间里从莉莉的小哥哥变成了一个宽厚的长者。但是猎人似乎早已不关心这人世间的变迁。他现在总是开心得像一个孩子，喜欢把朱砂高高地举过头顶，然后大声地爽朗地说:“怎么办？莉莉，我现在喜欢朱砂超过喜欢你了。”莉莉跟巴特相视一笑，莉莉注意到了，她跟巴特的这点默契没有逃过婴舒的眼睛。在这样的时候婴舒脸上总是浮起一种柔软的表情，那柔软让莉莉在不知不觉间就谅解了很多的事情。

如果不是因为天生的缺陷，朱砂会让所有原野上的飞禽走兽明白什么叫作风华绝代。她安静的时候很像莉莉，但是要比莉莉妩媚，像一片慢慢地飘进静止的湖水里的红得醉人的枫叶。她不肯安静下来的时候，尤其是当她把小小的脑袋任性地一扭，那神情活脱脱又是一个阿朗。额头上那粒画龙点睛的朱砂痣不由分说地戳到你的心里去。城里来的动物学家第一次看到朱砂的时候，静静地沉默了足足十秒钟，眼睛闪闪发亮，然后，似乎是有一点慌乱地俯下身子，拍拍莉莉的脑袋："莉莉，生了一个这么美的女儿，你真了不起。"

婴舒微笑着把朱砂放到地上，朱砂立刻蹦跳着到了动物学家的面前，仰着她向日葵一样灿烂的小脸，娇嫩地给了动物学家一个毫无保留的笑。她是个虚荣的小家伙，莉莉愉快地想，她知道这个人刚刚在夸她漂亮。突然间，笑容凝固在了莉莉的脸上，莉莉望着动物学家强劲有力的手和衬衫领口没有系上的纽扣，如梦初醒：他是一个男人。一个年轻的、好看的、强壮的男人。一个就像当年的猎人一样的男人。

朱砂从小就知道自己是要到城里的动物园去的。她对这个未来充满了期待。"妈妈，巴特舅舅告诉我说，城里到了晚上有好多好多彩色的灯，比白天的样子还好看。"她跳跃的样子像一只小梅花鹿，歪一歪脑袋，无限神往，"妈妈，婴舒告诉我说，在动物园里，我一个人睡一间屋子，他们还有皮球给我玩。皮球是彩色的，比镇上的小孩子们玩的那种好看多啦。”莉莉忧伤地看着朱砂，莉莉不知道该不该告诉她那根本不是什么值得去的地方。该不该告诉她最适合狮子的地方永远是并且只能是这片原野。最让她担心的一件事情是，朱砂对陌生的东西永远充满着天真跟热情的好奇心，这根本就是人类的秉性，而不是狮子的。莉莉犹豫了很多天，很多天，最终还是什么都没有对朱砂说。无论如何，莉莉愿意看见朱砂快乐。

动物学家开始频繁地出入他们的小木屋。他说他要从哺乳期开始记录朱砂的成长。“朱砂的品种很罕见。”他耐心地对猎人跟婴舒解释着，“要是我的判断没错的话，朱砂的父亲是一只白狮。白狮是我们原来以为一八六五年就已经在西非绝种的狮子。是在二十年前，才有人认为在我们这片原野上有白狮出没的痕迹的。众说纷纭啊——”动物学家像个大男孩那样伸着懒腰，“有人说是，有人说不是。我大学里的老师，跟踪了它们整整十五年。”

“白狮？”猎人问，“打了这么多年的猎，我还是头一次听说。难不成，是纯白的？可是我见过一次朱砂的爸爸，那时候我眼睛还好——他并不是白色的啊。”

“也未必，只是毛色比较浅而已。其实，我们也都是根据记载来判断的，你知道，十九世纪的相片还是很少的。”

“那你认为他们到底是不是白狮呢？”婴舒问。

“当然是。”动物学家笑着弯下身子，拍着莉莉的脑袋，

“莉莉，要是你会说话就好了。我真想知道你是从哪里钓到一头白狮的呀。”

“我早就说过。”猎人静静地微笑，“我们的莉莉是个了不起的姑娘。”

朱砂就在这个时候蹭了过来，撒娇地舔着动物学家的手掌。动物学家专注地看着朱砂，无限感慨：“要是我的老师还活着的话，看到朱砂，老头子一定会高兴得跳起来的。”他的眼睛似乎是潮湿了一下，用柔情似水的眼光缠绵着朱砂额头上的胎记。动物学家给这个小木屋带来意想不到的欢欣，因为他就连感伤跟缅怀的时候都是生机勃勃的。

“那些白狮，他们现在到哪里去了？”猎人抽着烟斗，在正午的阳光下慵懒地闭上眼睛。

“就是因为当初有人认为是白狮，可是有人反对。保护区一直都没有建立起来。大概是前年吧，因为一场从野牛身上传过来的瘟疫，绝大多数都死了。别说是白狮，现在在这片原野上，狮子几乎是没有了。”他谈起狮子的时候就像谈起他的情人一样，言语间充满着疯疯癫癫但是百分之百的爱意。

阿朗，如果他说的是真的，你的那些敌人，他们全都死了。你不用再去打败他们了。所以阿朗，在你活着的时候，你已经成了君王。你是君王，我是王后，尽管我们都没有臣民了，尽管我们统治着的只是一片空旷的荒芜。可是，你做到你想要做到的事情了呵。

那天夜里，朱砂羞答答地对莉莉说：“妈妈，要是去了城里，我就能天天都跟他在一起了，对不对？”

莉莉的表情变得前所未有的严峻：“绝对不可以，朱砂。我不准你有这个念头。”

“妈妈。”朱砂倔强地把脖子一梗，“我最讨厌你说不准这个不准那个！”

“朱砂，他是人。”

“那又怎么样呢，妈妈？”朱砂才这么小，但她已经笑得媚态横生，“你没看到他看我的眼神吗？”

莉莉当然看到了动物学家的眼神。那种迷醉跟阿朗谈起王位的时候异曲同工。朱砂，那与你无关，那只是为了征服。但是莉莉不能这样跟朱砂讲，她只能叹一口气，说：“朱砂，我们是狮子。我们只能嫁给狮子。”

“可是妈妈，”朱砂习惯性地歪着头，“这片原野上已经没有狮子了呀。你要我怎么办？”她带着一脸胜利的表情，欣赏着莉莉无言以对的样子。

动物学家的吉普车是在天色微明的时候抵达的。莉莉在睡梦中被屋外传来的铁笼子的声音惊醒。朱砂安然地睡在巴特的身边，全然没有听到叮叮当当的金属撞击的声音。那声音是带着血腥气的风铃。莉莉静悄悄地走到门外，清晨的原野总是冷，冷到有点悲戚。太阳还没出来，呼吸间全是些幼嫩得就像朱砂的小脸蛋的空气。年轻的动物学家有些不自然地微笑:“嗨，莉莉。”他走上来，抚摸莉莉的脑袋:“放心好了莉莉，我们会好好地照顾朱砂。”一声细细的门响，婴舒轻轻地走到他们跟前，动物学家就在这个时候直起身子，迟疑但是用力地握住了婴舒的手。

“莉莉。”婴舒的声音听上去跟平时不大一样，“我要跟他走。”

莉莉安静地注视着眼前这一对即将私奔的男女。在莉莉面前，他们就像两个闯了祸的孩子一样不知所措。婴舒的手摩挲着莉莉柔软的脖颈:“莉莉，莉莉，对不起。”眼泪沿着她的脸颊静静地滑下来，掉进泥土里面了。婴舒说:“莉莉，你不明白。”

不明白的是你。莉莉仰起头望着她的脸，漆黑的眼睛就像没有波浪声的海面。她望着这个夺走了阿朗，夺走了猎人，又帮着别人夺走她女儿的女人。你把我所有最珍贵的东西都夺走了，但是你丝毫不珍惜。莉莉并没有怨恨她。粉红色的她在半空中飞翔，像一片带着露珠的花瓣。她是一只蝴蝶，生来就是为了让别人眼花缭乱的。

“莉莉。”婴舒的脸朝着屋内的方向，“我把他交给你了。”

朱砂是在这个时候跑出来的，欢天喜地地钻到了小笼子里:“妈妈，要坐很久很久的车，对不对？”

“朱砂，你要乖。”莉莉用力地、没头没脑地舔着朱砂的脑袋、耳朵，还有额头上那颗小小的朱砂痣。一不小心，舌尖就触到了冰凉的铁栏杆上。那么冷，冷得都有一点火烧火燎的疼。于是莉莉开始用力地舔那些铁栏杆，从上到下地舔，逐个逐个地舔。这样那些铁栏杆就不会那么冷了，这样朱砂就算不小心碰到它们也不会觉得难受。

“朱砂，小公主。”动物学家拎起笼子，把它放到吉普车的后座上，“我们要出发了。”

“妈妈不去吗？”朱砂仰起小脸，但是吉普车的门已经“轰”地关上了。

太阳出来了。莉莉看着阳光洒满了原野，吉普车绝尘而去。但是她没有看到朱砂在后座上一下一下地跳起来，却一次又一次地撞到了笼子上面：“妈妈——妈妈，我要下去——我不去城里了——妈妈，我要回家……”

阿朗，你得保佑朱砂。这孩子她就和你一样，认起真来是不要命的呵。

在这个清澈的、阳光普照的早晨，小木屋又回到了原来的样子。只有莉莉、巴特，和猎人。就好像别人都没有出现过，就好像所有的离散都只是一场很长的梦。鸟雀们都醒来了，莉莉听见了它们唱歌的声音。莉莉轻轻地、优雅地跨进了家门，巴特还在沉睡着，猎人端坐在橡木床上，腰板挺得笔直，他说：“莉莉。”

莉莉走上去，猎人的手颤抖地揉搓着她满身的皮毛。莉莉舔着他的手心，舌尖上还带着铁笼子的寒气。猎人慢慢地说："让他们都走吧，莉莉，就剩下我们三个了。其实这个家里本来就只有我们三个。莉莉，你说对不对？"

莉莉在猎人的手心里轻轻闭上了眼睛。她觉得冷，她听见自己的身体里传来一种很深很深的回响。她知道，那是峡谷的声音。从来没有一个时候，莉莉如此渴望那个峡谷。她想站在峡谷的边缘上听听水流暴虐的声响，然后，轻盈地纵身一跃。就像阿朗那样跟粉身碎骨曼妙地擦肩而过，死亡的深渊里就会留下莉莉蜻蜓点水的、美丽的痕迹。阿朗说："每一只狮子的一生里，一定要跳一次峡谷。哪怕送命也得跳一次，这是我们身为狮子，必须要做的事情。"那个时候我怯生生地站在峡谷的旁边，看着他跳过去，有若神助。跟那个时候相比，我已经不再年轻。我的身体里已经有了那么多时间的痕迹。有欢乐的痕迹，有生育的痕迹，有杀戮的痕迹。我早已经千疮百孔，满目疮痍。可是我的身体里却充满着前所未有的丰盈的渴望。我知道它会跟我的血液一起，一点点地涨满。满到就要溢出来的时候，我就会，纵身一跃。

"莉莉。"猎人搂着她的脖颈，"请你原谅我。是我杀了朱砂的爸爸。我开枪的时候知道他是谁，因为，因为当你从观众席上跳起来的时候，我就知道他是谁。"他疼痛地亲吻着莉莉的小耳朵，“原谅我，莉莉，原谅我。你知道的，只有对你，我才敢提这样的要求。”

莉莉当然知道。他对她，永远有恃无恐。他可以说“莉莉你不要再回来”，他可以说“莉莉是我杀了你妈妈”。他什么都可以说，因为，其实他清楚得很，无论他说什么，做什么，他都不会失去莉莉。

莉莉知道自己不会再回原野上去了。她所有的，仅剩的亲人就在这间小木屋里。她不走，她哪里也不会去。莉莉知道，作为一只狮子，她其实已经完成了她此生的使命。她已经跳过了峡谷，只不过她是在马戏团的观众席里跳的。就是那唯一的一次忘情，给她的女儿留下了永远的缺陷。那就是代价吧。或者说，生命本来就不是一样可以忘情的东西，所以峡谷里的狮子们才把那种纵身一跃看成是一生的意义跟尊严所在。生命不是为了放纵而是为了承担，为了一种日复一日没有止境不能讨价还价的承担。阿朗不懂得这个，婴舒也不懂得这个，但是莉莉懂得。

他是她的父亲，她的情人，她的仇敌，她的负累，她的命运。她的生命是因为他才得以延续，她生命中所有的苦难都因他而起。可是他给她的那么多的爱又在她的体内懵懂地积蓄起一种强大的力量来抵御所有的苦难。

他慢慢地站起身，对她说：“莉莉，去把巴特叫醒吧。我们一起去散步。我看不见，可是我能感觉得出来，外面的阳光好得要命。”

巴特依然沉睡着，睡相酣畅得很。只不过，已经没有了呼吸声。猎人对此浑然不觉，但是莉莉明白发生了什么事情。巴特老了，就是这么简单。当你经历过很多的离散之后，你就能很轻易地在空气中嗅出永诀的味道。莉莉走到巴特跟前，无限爱怜地，把前爪搭在了她的老朋友尚且温暖的脊背上。

威廉姆斯之墓

我小的时候，他总是说："儿子，你得勇敢。"

"勇敢"似乎是一服万灵的药，嚼碎了，咽下去：可以用来对付深夜在窗帘上颤抖发笑的树影；可以用来对付夏天悠然地从天而降的那种名叫"吊死鬼"的青虫；可以用来对付冬天清晨必须要离开被窝那一瞬间刺到人血液里去的寒冷；可以用来对付那些找我麻烦的，比我高大的孩子们；可以用来对付那些面目可憎的老师，以及，他们嘴里猥琐地宣告着的，这个世界庄严的准则。

但我至今没有想明白，为什么我从来不恨那些让我恐惧的东西，我却如此怨恨"勇敢"，或者因为"恐惧"太过强大了，所以我只好在二者之间选择一个软柿子来捏；也可能是因为，"恐惧"源于我的身体，完完全全地属于我，而"勇敢"是个入侵者，我说过我必须咀嚼它然后吞下去，它很苦。

所以，可以简洁地说，我是个不勇敢的人。"不勇敢"实在是个客气、中立，并且文明的说法。父亲是用其他的词来描述我的，比如"软蛋"，比如"窝囊杵子"，比如"鼻涕虫”——这个词专用在我掉眼泪的时候，比如“废物”。他并不是一个粗鄙的父亲，不是的，他讲话的时候抑扬顿挫，声音算得上浑厚，气息来自丹田，遣词造句间，自有一种从容不迫——他曾经作为毕业生家长代表，在我们母校的礼堂对着一千多人念发言稿，演讲结束之后我们班主任认真地给了我一个前所未有的热烈微笑。

他略略弯着身子，盯着我的眼睛，寂静之中我一边流眼泪，一边觉得自己抽鼻子的声音格外龌龊。父亲安静地，慢慢地说:“照照镜子去，看看你自己这副窝囊杵子的模样。你爸爸当年在越南战场上玩命的时候，怎么也没想到会生出来一个鼻涕虫。你记得，一个软蛋他只能等死，哪怕不是在战场上也是这么回事，他也只能输给勇敢坚强的人，懂吗？爸爸是为了你好，不想你变成一个废物。”——漫长岁月中，他总是换汤不换药地重复着这几句话，我就是这样，渐渐对那几个形容人懦弱的关键词烂熟于心——他通常在说完这段话的时候站起身，挺直了腰板，冷冷地看一眼静静站在门旁边的母亲。他们彼此用一种成年人之间心知肚明的淡漠对望一眼。母亲的神色像她纤长的手指一样冰凉。有时候母亲会皱一下眉头，慢慢合上钢琴盖上的《车尔尼教程》，有时候是《巴赫》，母亲说：“以后你想骂，就等我的学生走了再骂，不要吵我们上课。”

我从不曾盼望过母亲会救我。事实上，很多时候我只是希望母亲可以把门关得紧一点，再紧一点。让他们的钢琴声不间断地充盈在父亲的斥责的间隙里。行云流水的音乐声是母亲的，不知为何就是有种说不出的干涩的琴声，是学生的——多么好，他们完全不用理会隔壁房间在发生什么，有了这不食人间烟火的乐声做伴，我觉得我所有的无地自容都有了去处。

那是在我十四岁那年，父亲像是主持弥撒的神父那样，念完了他那几句万年不变的主祷文，只不过，在末尾的地方，因为我在长大，所以他修改了一下结尾：“你马上就要长成大人了，你不会真的打算变成一个废物吧？”——他究竟为什么斥责我，我已经忘了，多半跟高中升学考试有关吧，总之他就是有办法把我的所有缺点归结到“懦弱”“没出息”“缺乏勇气”上面，最后的结论永远是：我会成为一个废物。

我马上就要成为一个废物。我终将成为一个废物。我必须成为一个废物——不然，恐怕对不起他这么多年来持之以恒、孜孜不倦的诅咒。这时候我听见旁边房间里，琴凳摩擦地面的声音。母亲出现在客厅的门口，微微发颤的声音让人觉得她的肩膀更加单薄，她清晰地说：“我受够你了。”

母亲说：“你给我安静一点吧，我不想再忍你。你有什么资格这样说孩子？什么叫软蛋？你根本就没真的打过仗，你去越南的时候仗都打完了，你无非是在战地医院里帮忙抬了几天担架，你告诉我，这算哪门子的出生入死？别再骗孩子，也别再骗你自己了，我求你了行不行？”母亲的脸上仍旧是淡然的。

父亲毫不犹豫地扬起了右臂，然后一个耳光就这样落在了我的脸上。“什么东西！”父亲咬牙切齿，“都算什么东西！”——也不知道在骂谁。

忘记了是什么人说的，敌人的敌人就是我的朋友——这是错的。父亲和母亲在那一瞬间算是反目成了仇，我从母亲的眼睛里看见了一种深刻到振奋人心的厌恶；可我和母亲，却似乎也更加遥远了些。“你告诉我，这算哪门子的出生入死？”后来的日子里我一次次地回味着母亲这句精彩的台词，羞愧地承认了：母亲是个英雄。她用一种和父亲截然不同的方法让我自惭形秽。

便利店里的那个女孩隔着货架注视了我一眼。她站在收银台后面，头发绾在一边，她是中国人。别问为什么，总之我看得出。在周末的街头，在商场里，在校园中——我有个下意识的癖好，就是在成群结队的日本女孩子里面辨认出谁是中国人。一定要问为什么的话——恐怕，绝大多数的中国女孩子身上埋藏着一种说不出的，淡淡的潦草——不一定和化妆的方式有关，不一定和穿衣服的习惯有关，不一定和拿包的姿势有关，甚至不一定和神态表情有关。我说不好，那抹似有若无的潦草就像一缕没能及时按灭的轻烟，缠绕着她们，让她们就像没有完全熄灭的烟蒂那样，轻而易举地，就能在厚厚的、温暖的灰烬上面被人辨认出来。

她略微欠了欠身，拿过我手里的啤酒和凉茶，扫过了条码之后她用日语低声问我："就这些吗？"

"还要一包七星。"我说的是中文。

她粲然一笑，回头望着身后，手指略略地碰触到"七星"的那几个格子，问我："要哪种的？"

"0.8 的。"我答。

"什么？"她没听懂。看来她不抽烟，而且生活中也没有一个抽烟的男人。

"0.8 指的是尼古丁的含量，妹妹。"我微笑，"在你右手边，对了，再往右一个格子，这种深蓝色的，就是它。你是新来的吗？业务不大熟练。"

"没看出来。"她抬起眼睑，这个笑容比最初的大胆，"你看上去这么年轻，可是烟瘾倒不小。"

"这话听起来就外行了。"我也笑，"你怕是没真正见识过有烟瘾的人。"——是的，我见识过，父亲抽的是浓烈的"骆驼"，一天两包。

夜晚的街道由于路灯明明灭灭的影子，显得更加狭窄。

不过无所谓的，这个住宅区的房子原本就看上去像是积木搭出来的，街道再窄一些反而是那个味道。我慢慢地走，放心大胆地迈着步子，反正自己的影子拖在身后，不会被踩伤。几十米开外的地方是个含羞的公共汽车站牌，只需要两站地，就能去到横滨市区里那种宽阔的马路上。我租的地方隐藏于这些看上去表情类似的二层建筑中，一座尖顶的小楼。再拐一个弯，在宠物诊所的后面，洗衣房的斜对面。准确地说，我住在那座小楼的一个房间里。如果深夜回去的话，我通常会走悬挂于建筑物外面的那道铁制的楼梯——那是房东去楼顶喂鸽子的时候才会用到的。我会走到二楼，然后用力推开我房间的窗子，把身体变成一根晾衣绳，从楼梯的栏杆，到房间的窗台，晃悠悠地一荡，就滑进去了。有时候我会忘记事先把鞋子脱下来拿在手里，所以我窗前的那块榻榻米上，总有那么几个乌黑的鞋印。管他的，退房子的时候再说。不过我的轻功还是不够好，飞身进房间的时候，总是做不到想象中的悄无声息，因此耳边总免不了划过邻居似有若无的抱怨——是个在齿科技师学校念专业士的男生。

不过眼下，我不需要回去我的小窝，因为这街道洁净并且安宁得没有人气——没有垃圾，没有噪声，只有静静地亮着灯或灭着灯的童话般的房屋——我觉得我不能对此袖手旁观，因此我背靠着路灯柱席地而坐，拉开袋子里啤酒罐的拉环，用力拆开我刚买的“七星”——还好，牛仔裤的口袋里有一个打火机。

我坐在马路的这头，一个红色的自动贩卖机在马路那头，我们温柔地互相对望着，它宽容地看着我粗鲁地把烟蒂抛到一尘不染的地面上，然后再目中无人地点上第二支。我知道，它理解我在做什么。它看着我的样子就像是在看一个任性地在一片寂静如死的雪地上留下第一个脚印的孩子。

刚刚来日本的那年，我也曾居住在一个类似的住宅区。永远忘不了那个下午，一个身穿洁净的制服，表情平和且一丝不苟的中年男人拿着一把电锯，耐心地把整条人行道边上的灌木修剪成一个漫长的矩形。电锯持续的噪声对他就像空气一样自然，灌木们纷纷折腰的时候他脸上的祥和气息也一如既往。那个时候我心里产生了一种惶恐的错觉：为何这个国家的人们如此团结一致，齐心合力地想要清除所有尘世生活中本来该有的污垢呢？难不成这么做了以后，就可以证明自己不是凡夫俗子吗？——不过终归只是一闪念而已，后来我渐渐地什么都习惯了。

“嗨，你怎么在这儿？”不知过了多久，便利店女孩经过了我的身边，惊讶地看着我。

“下班了？”我做了个邀请的手势，于是她非常开心地坐到了我的身边，撕开自己背包里的一袋零食吃了起来，像是野餐一样，拿起我身边的半罐啤酒，用力地喝了几口——她倒是完全没拿自己当外人。

“你是新搬来的吗？”她问我，“住在这一带的中国人，我基本上都在店里见过，除了你。”

“我上个周末才搬来横滨。”我淡淡地说。

“那你之前在哪里？”她问。

“沼津。是个港口，听说过吗？”

“那里很小吧。”她惊呼，“你来横滨做什么，打工？念书？还是做生意啊？”

“念书，横滨国立大学。”我捏瘪了手里的啤酒罐。

“好厉害啊。”她笑靥如花，“那现在离开学还有两个月，你不回家吗？”

我没有回答，她也丝毫没察觉出来自己已经问得过多。她歪着头看着我说：“如果你不回家，怕是打算在开学前打一打工赚点钱吧，我在横滨有很多朋友，可以介绍工作给你的。等下你留个电话给我吧。”“谢谢。”我心里已经开始厌烦她。

“喂。”她好奇地看着我，笑容里浮上来一种微妙的迷离，“你抽烟的样子真好看，很 man 呢。”

我自然没有像很多人以为的那样，带着她顺理成章地去什么地方过夜。事实上，这种女孩子我已见过很多次了。在夜店鬼魅的灯光下面，在熟人陌生人混迹一堂心怀鬼胎的聚会上面——总是会有像她一样的女孩子，突然之间，眼神里就浮上来一种莫名其妙的贪婪、挑逗，甚至是狎昵——她们会用闪烁着珠光或者已经被无数饮料还原成本色的嘴唇贴着我的耳朵，细细的呼吸暖暖地拂着我的耳膜：“你好有型呢。”或者是：“你真的很man。”但是如果我真的将错就错地搂过她们亲吻，她们就都尖叫着躲闪开了。我真的不明白，我身上是有什么东西让人觉得我十分轻浮吗？

在我漫不经心地盘算着怎么摆脱便利店女孩的时候，我还不知道，在几十米以外的房间里，我一直开着的电脑“叮咚”一声，替我接收了一份母亲的邮件。我可以在回家以后的深夜看，也可以在天亮之后的次日看，没有区别。邮件只是要告诉我，父亲说不定快要死了。

越南的战场并没有给父亲身体上留下什么伤痕——当然了，在相当长的一段时间内我并不知道他只不过在战地医院里抬了几天担架。他身上唯一的伤疤是在日本留下的。经常，他在家里呼朋引伴地喝酒至微醺，总会对我亮出他的左臂——那上面有道长而且扭曲的疤痕，他笑着——我知道他自认为那笑声很豪爽，他说：“儿子，看看这个，这就是你爸。”他的意思是说那道死死地扒着他皮肤的蜈蚣是枚勋章，只有勇敢的人才能获得。

他从前线归来，退伍，娶了母亲——据说是经人介绍的，然后他被分配到一个什么工厂的财务科上班，在我们那个北方小城里，开始了一种人人都认为是恰当的生活。但是有一天——在大家的回忆里面，那一天并没有发生什么不寻常的事情——可父亲突然对全家人宣布说：他想出去看看世界。

当时很多人都做过非常肮脏的揣度，他们说新婚宴尔，父亲一定是对母亲怀着很深的不满才会做这种荒唐的决定，那么究竟是什么样的不满呢？我可以想象他们是如何邪恶地相视一笑——不过现在我已经走过了年少时那段最激烈的时光，我觉得还是应该原谅生活在故乡那座城里的人们。他们的恶意也并非出自真正的邪恶，只不过是出于一种对异类的恐惧。

是父亲教我明白这个的。我和他就是彼此的异类，所以我们不知不觉间，都以彼此为耻。

我是他的耻辱，这个不用他说，这点自知之明，我有。

他是个豁得出去的斗士。当他确定了自己不想要什么样的生活时，他就能一鼓作气地把它摔得粉碎。他想办法联系到了一个远得不能再远的亲戚，为他寄来了一张珍贵的担保书，他拼命地学日语，他卖掉母亲的钢琴换来了一张单程机票。然后，他像是逃亡那样奔向了东京成田机场，铁了心地以为，可以衣锦还乡。

他在那里待了六年，六年里母亲办过一次探亲签证去看他，回来以后，发现自己怀孕了。那就是我。

后来，很多年以后的后来——其实就是刚刚过去不久的今年春天，我和母亲并肩坐在医院走廊的椅子上，母亲突然像是开玩笑般地说了一句：“那时候我们是在伊豆的一个温泉旅馆。是淡季。你爸爸说，淡季过去会比较便宜。我们把拉门打开，就能看见富士山的影子。”我疑惑地看着她。她补充了一句：“我的意思是说，我就是在那几天，有了你。你去过伊豆吗？我觉得并没有川端康成的小说里写得那么美。”她眼睛里美好的羞赧令我替她觉得无地自容。好吧，在那段奋斗的岁月里，旅行是奢侈品，我就是奢侈品的账单。

我知道，她被父亲的病情弄得昏了头，不然，怎么样她也不可能这样和她的孩子谈论起她当年的性生活。父亲一灯如豆的生命让她陡然生出了源源不断的眷恋，这些眷恋又让她柔情似水——女人们说到底就是贱在这里，也美在这里。她长叹了一声：“那时候他就那么一声不响地把我的钢琴卖掉了，那是我的嫁妆啊，就让他卖掉了。我气疯了你知道吗？我一边哭一边说，你好歹要和我商量一下，可是他跟我说，商量有什么用反正你是不会同意的……”母亲的声音越来越轻，已经无限度地趋近于“陶醉”。她其实就是在那个时候，在钢琴被卖掉的瞬间，被父亲打断了脊梁骨。如今她却不断地回味着，回味着，我不知道她是否在被她自己美化了的回忆中隐约听见自己的脊梁骨“咔嚓”一声的脆响。总之，她早已习惯了，人只要肯苟且就什么都好办，屈辱的尽头其实有一潭深深的酸楚的温存，这是生活最终教给每个人的事情。

但父亲似乎是个逃脱了铁律的意外。

其实从我童年起，父亲在我们那个小城就是以传奇的形式存在的。他从日本回来了，带回来一些钱，似乎没人问过他钱是从哪里来的，那个时候人们以为国外遍地都是钱。他给家里买了新的彩电和硕大的冰箱，给母亲买了新的钢琴。他先是被一家令人艳羡的机构聘去做了翻译，半年以后不知为什么跟上司翻了脸，踹倒了人家的办公桌以后头也不回地离开——估计破釜沉舟也是件令人上瘾的事儿，他随后就认识了来我们这个小城投资的第一个日资企业的老板，从最普通的销售做起，到了今天，他是股东、合伙人——跨年的时候跟着所有的股东去夏威夷开年会。

他运气很好，总能在人生的关键转折点上摸到一把同花顺。可他自己不是这么看待这个问题的。

他中气十足地宣告着：“人生苦短，拼他娘一把怕什么？”说完，用一种我十分厌恶的方式大笑起来。姨妈和姨父中秋节来我们家吃饭，散席之后他热情地说开车送他们回去，姨父客气地推脱了一句，他毋庸置疑地说：“这么晚了，已经没公车了，坐我的车不是还能省了你们打出租车的钱吗？还客气啥？”——我不知道身边的母亲究竟作何感想，总之我觉得丢脸，非常非常丢脸：姨父失业了是因为公司倒闭了并不是他的错，姨妈家里必须供养念大学的表姐和一个卧床不起的老人并不是他们的错，生活艰难不是任何人的错，他有什么权利这样把别人的艰难当成把柄捏在手心里耀武扬威？

他点上一支烟，看着我，成竹在胸地说：“当年，我叫你姨父辞职出来跟我一起去闯荡，他偏不肯——人下不了决心就是活该倒霉，老天爷其实给每个人机会了，自己不抓住你能怨谁？有出息的人从来不会抱怨天抱怨地的，只有软蛋才抱怨……”

我心里充满了潮水一般，满满的厌倦。但我只能眼睁睁地看着他眉飞色舞的脸，也许我真的是个软蛋，我甚至做不到在忍无可忍之际像我母亲当年那样说一句“我受够了你”。当他捏着一支钢笔，坐在我的高考志愿表前面决定我的命运的时候，我说“不”。我嗓音发颤，膝头发软——我自己也瞧不起此刻的自己，但是我终于说了，我说“不”。

“你有什么不满意的？我都帮你把一切安排好了。”

“我不去。”

“你不要以为警官学院就真的要你一辈子做警察，不是那么回事。这里的法律系很有名，你日后想脱了警服去别的行业也很容易的。”

“不。”

“你以为我为什么替你选这个学校？因为你需要磨炼，明白吗？你需要过严格一点的生活，再认真地被摔打几年，你才能变坚强，才能给自己做主知道自己想要什么。”

“我说了，不。”

他把手里的钢笔冲着我丢了过来，我躲闪了，不过笔尖还是划到了我的脸。蓝色的墨水飞溅起来，我后背上有那么一两个地方凉凉的。

反正你永远都不可能以我为荣，那么，我就彻底让你以我为耻好了。

我当然还是屈服了，我最终去了那所需要整日穿着制服的大学报到——不过念大学之后，我就再没有回过家。大三那年，我因为无故旷课一个月被学校劝退了。他气急败坏地找到了我，踢开了小旅馆的房门。

那又怎样，当时我正和一个男人在床上。阔别两年半，我终于又见到了父亲。

横滨。

一八五九年，这里是日本第一个开埠的港口。所有的港口城市都有一种自然而然的苍茫。荷兰的鹿特丹，法国的土伦，中国的大连，日本的横滨——我热爱它们，就像贾宝玉爱他的怡红院里的每个人。港口城市的风景不需要多么缤纷的，因为反正水手的醉眼看过去，没有分别——横滨已经算是精致了。我喜欢这里一眼看不见尽头的笔直街道——好吧，东京也有这样的街道，但是，那滋味是不同的。酩酊大醉的断肠人不需要风景，只需要海鸟以及浪涛的声音。

中华街。

这个地方会让人忘记，我们其实离海很近。中餐馆就像是一片拥挤的麦田，营业时间热气腾腾的喧嚣就是麦浪来临的时候。“明白了，您选的是三号套餐，喝大麦茶。请您稍等。”我对客人微微欠身，殷勤地笑着，转身去后厨房的时候，那笑容还不自觉地生长在脸颊上。世界很大，讲中文的人不一定都是中国人——可是无论如何，在这世界上任何一个角落的唐人街，你都找得到那种——由华人们心照不宣的冷漠和坚韧组成，抽刀断水水更流的生命力。

“你的电话。”同事小超把油腻腻的听筒塞给我。

“谢谢，五号桌再要一瓶啤酒，你带出去吧，青岛，别拿错了。”电话那边传来的是非常熟悉的声音，冯叔叔。

他在一间茶室里等我下班。他曾和父亲同一年来到这里，后来父亲选择了回家，可是他没有。每次和他吃饭的时候，他拿起筷子那一瞬间的神情分明就是个日本人。不过只要他开口说话，就还是那个江湖气十足的冯叔叔。

“不是刚考上国立大学吗？怎么又要回去了？”他问我。

“我爸病了，肝硬化。”我说。

冯叔叔沉默了一下。和他聊天就是这点好，他永远不会大惊小怪地让夸张的表情在自己脸上作祟。

“那你回去，有什么用？”他静静地问。

“他得做肝移植。我回去试试看，能不能配上。要是能，就给他。”这家的红豆饼一如既往地美味。

“你是说，给他你的肝？”

“是。不是所有，一部分就够了，就能救活他。但是得看配型，不知道会不会成功。”

“这样啊。”他轻声地，像是下意识地说了一句日文，然后突然清醒过来，对我笑笑，换了中文，口气同样简短，“是该回去。”

“可是学业怎么办？”不知为什么，他问我这个的时候，我脑子突然想到了别的事情。中文在这种时候有种单刀直入，不惧怕任何窘境的锐气，不似日语那般缠绵——若是冯叔叔换了日文问这句话，怕是在问题开始之前一定要加上几个委婉的开场词，像是戏开场之前的铃声一样，小心提示着对面的人，“尴尬的问题还是无可避免地来了”。

“只好先休一年，明年再说了。”我失神地笑笑，“不过这样也好，明年开学之前，还有点时间，能打工攒出一点钱来。”

“还是不用你爸爸的钱？”他含笑看着我，却善解人意地不等我回答。

“你爸爸是个很妙的人。”他叹了口气，“我到现在都记得，我们那时候一起替高利贷公司做数据库，他们的人只要一打开电脑，就知道今天该去哪家逼债了……我们收费比日本人便宜得多，就这么简单。后来，有另外几个中国人想抢我们的饭碗，你爸爸随手操了一把餐馆杀鳗鱼的刀就去找他们了，我一直都怀疑那道疤是他自己划的，这毕竟不是在自己家——我不信他有胆量真的在别人的地盘上闹出什么事情来，估计是他为了耍狠，当着人家的面死命划自己一刀，见了红，那几个抢生意的人就没底气了。”

我们道别了之后，在我转身的瞬间，冯叔叔突然叫住了我：“回去给你爸带个好。吉人自有天相，我现在老了，我信这个，你别笑我。”

冯叔叔每次约我的茶屋，离“外国人墓地”，非常近。那是我在横滨最中意的地方。

餐馆中午的那班三点放工，晚餐的那班六点上工，中间的三个小时，我喜欢到外国人墓地里面，坐着。一排又一排的墓碑，记录的都是些孤魂野鬼，你有时候就会产生错觉，以为大理石的坚硬的森林会在遥远的海浪的蛊惑下，响起来阵阵林涛的声音。这里埋着的，都是外国人。从一八五四年，第一个死在这里的美国水兵开始。

他死的时候二十四岁，和我同岁。一艘叫“密西西比号”的舰艇曾经载过他垂危的躯体和另外一群年轻美好的小伙子们。他的长官要求把他葬在一个能看得见大海的地方。他的坟孤单了一阵子，才陆续迎来了其他客死横滨的灵魂，其他跟他一样，还没学会日语就死去的灵魂。他们这些始终说不惯日语的魂灵，在这个地方聚集在了一起，第一个在日本铺设铁路的工程师，第一个啤酒厂的老板，女子学校的校长……不远处的浪涛那么温柔，浪涛讲的不是日语，他们都能听懂的。

他叫罗伯特·威廉姆斯，我是说，那个从一八五四年到今天一直都是二十四岁的水兵。罗伯特·威廉姆斯，是个像颗沙砾一样，扔在人堆里就会消失的名字。

我上一次看到父亲，是四年前。没错的，就是那个我被大学劝退，然后被他撞到敏感镜头的冬天。我想，其实他比我更觉得耻辱。

难以形容他脸上的震惊。他坐在我的对面——我当然已经穿好了衣服。我看着他拿出一支烟来，于是按下了打火机，凑过去，替他点上，我不想看到那种——他因为手指颤抖所以火苗没法对准香烟的画面。

他说：“为什么？”

我说：“我早就告诉你了，我不想去那个学校，我讨厌每天早上晨练，我讨厌在校园里随时随地跟教官敬礼，我讨厌那种只需要服从就可以的生活，但是你不听。”

他厉声道：“少给老子装糊涂，我是问那个流氓。为什么？”

“他有名字的，他叫江凡。”

他突然古怪地笑了：“为什么是他？”所有的嘲讽和蔑视溢于言表。

“我爱他。”

“儿子，你懂什么叫爱吗？”他长叹了一句，随着他的叹息，烟雾弥漫在他四周，让他看上去像是在传播神谕。

我从他的烟盒里拿出了一支，为我自己点上。那是我第一次，也是唯一一次当着他的面抽烟。他一开始没有制止我，当我把第三口烟缓慢地对着他的脸喷过去的时候，他终于扬起手打掉了我的烟。“看看你自己，像什么样子！”他这样说。

“爸。”我安静地笑笑，“我早就长大了，不要再叫我儿子了。我明明是女儿。我不想再陪你玩小时候的游戏了。”

他凝视着我，一言不发。

我不是儿子，不是什么见鬼的儿子。我是女人。尽管我从小就喜欢穿男孩子的衣服，并且拒绝梳辫子和抱布娃娃。直到今天，我也是留着一头短发，男装的打扮，这就是为什么那些女孩子总喜欢对我表示那种轻佻的好感和亲昵，为什么她们总像是看猴子那样表扬我抽烟的样子很man，为什么她们中的大多数在我真的俯下头亲吻她们的嘴唇的时候就会尖叫着躲开。在她们需要解渴的时候，我是男人；在她们需要一个扮演荡妇的机会的时候，我又是女人，她们自欺欺人地向我抛着半真半假的媚眼，却不知道我像面镜子一样准确地倒映着她们欲盖弥彰的欲望。

直到我遇见了江凡。我才知道，我是百分之百的女人。我不是父亲的儿子，不是别人眼里的拉拉，不是我自己也曾怀疑过的同性恋，我是女人，我是个只爱一个男人的女人。

只爱江凡的女人。

好吧，我不怕承认，童年时我曾经那么崇拜父亲。他简短地叫我“儿子”的时候，我扬起小脸清脆地答应他，那模样就像是一株寻找阳光的向日葵。他有时候一时兴起叫我“士兵”，不管我在做什么，我都会立刻起立立正，庄严地告诉他：“长官，到。”每一次他斥责我是“软蛋”时候，我都真心实意地认为，那全是我的错。

不记得从什么时候起，我厌倦了他时刻悬挂在我头顶上的“正确”和“勇敢”，我像害怕着一把生锈的铡刀那样害怕着它们。我忍了那么多年，那么多年，就算被痛苦的恨意折磨得面无表情，也仍然在心里坚定地告诉自己，我是错的，我总有一天会走出这些痛苦，抵达父亲的“正确”

的彼岸。我一定能通过所有的考验，和父亲温暖的笑脸团聚。最成功的独裁，莫过于此了吧。但我真的想不起来，究竟是哪件事什么时候让我具体地感觉到了我不愿再承担这种窒息，也许真的什么都没有发生。那些光芒四射的人物传记里面，总会记录一些标志性的事件来证明这些了不起的人的轨迹。但是，像我这般卑贱的生命，或者用不着那么醒目傲岸的灯塔，用不着那么清晰的航标，一切都发生于混沌之中，没有光芒来提醒我。什么时候，我已遍体鳞伤；什么时候，我已脱胎换骨；什么时候，我已万劫不复。

“爸，你希望有个儿子，你以为如果我是个男孩子我就真的可以像你吗？”我清楚地记得，爱情让我无比勇敢，让我终于这样对他说，“这不是儿子女儿的问题，就算我是男生，就算我是个儿子，我也还是像现在这样的人。你想要的其实不是儿子，你要的是赢家，一个像你一样的赢家。但我不行，无论是男是女，我都不行。”

“那只能说明我从来都没有看错你，你就是个软蛋。”他烦躁地打断我。

“就算我是儿子，我也有成为软蛋的权利。”我沉静地看着他，奇迹般地以为，他没可能再打中我，“我之所以成为今天这样，是因为我只能这样；你之所以成为今天这么强大，也是因为你别无选择只能强大。一个真正强大的人有选择的余地但是你没有。你能不能试着明白这件事？”

“你绕这些圈子做什么？你无非就是想说，不管我费多大的力气想把你拉回来，你也还是要跟着那个小白脸，对不对？”

“我知道在你眼里他什么都不是。爸，我只求你能明白，我很爱他。”

“你爱的这个人是个废物。”他斩钉截铁地说，然后对自己制造出来的死寂满意地微笑了，那个瞬间我确信他恨我，“从你十几岁第一次偷偷跟男生出去玩的时候，我就看出来了，你只会喜欢废物。让你去自由地选择，你永远只会选回来一个接着一个的废物，这就是你的爱情。”

后来我还是失去了江凡。

被学校劝退以后，我就跟着江凡去了更远的城市。我们在那里过着贫贱夫妻的生活，他上班，我打工。存钱成了唯一的目的和意义。母亲一直都在往我念大学时候办的那张银行卡里汇钱，但是我从来都只让那张卡沉睡在抽屉的最底下。深夜里，我们挤在狭小的床铺上，抚摸着彼此茂盛的身体，我们从不曾好好爱惜对方，也不曾好好爱惜自己，就像两匹相依相偎，穿越荒原的小马。

最后，江凡还是走了。这也没什么稀奇的，我承认，我的个性古怪难以相处；更重要的是，致命的爱情原本就是个负伤的江洋大盗，暴尸荒野是它唯一的合理结局。

江凡走的时候，把我们一起存的钱全都留给了我。几乎什么都没有拿走，潇洒得像是赴死一般。我盯着自动取款机显示的余额数字，那些绿色的数字像是闪电一样击中了我——我知道这笔钱够我做什么：买一张单程的经济舱机票，付给中介公司最必要的签证代理费用，运气好的话，估计还能剩下第一个月的房租。

那一瞬间我想起江凡曾经跟我说过的话，他说："有些事情就是没有办法和解，想要跨过去，你就只能打败它。"那仿佛是江凡给我的临别赠言。

于是，我就来到了这个岛国。

头两年，在一个小城里，随便注册了一个短期大学的研修生的席位，所有的时间都用来拼命地工作。同时打三份工，也是有的。一天只睡四个小时，穿梭奔波在这几个地方：沙丁鱼罐头厂、中餐馆，以及深夜聚集一些不出海的渔民的酒馆。还有三个小时无论如何要拿出来，去学日语。从孩童般地牙牙学语开始，直到有一天，清晨半睡半醒间，模糊感受着骨头里面的酸痛，邻居家的早间新闻没头没脑地传进来，我居然就懂得了是有人在抗议大藏省的新政。到了第三年，知道再不去念书，移民局不会给我续签证，于是又全数拿出打工时候的疯狂来啃书，收到横滨国立大学的通知单的时候，只是平静地对自己笑了笑：毕业的时候，都快要三十岁喽。

为什么是日本？又为什么是横滨？因为这是他待过的地方，这是成全了父亲的地方。

不用照镜子，我也知道我瘦了，因为有什么东西在体内燃烧着，燃烧着。东市买骏马，西市买鞍鞯，南市买辔头，北市买长鞭。我要打败他。用我因为是女人，所以可能更为惨烈的血肉之躯，打败他。

但是他病了。

我站在他的病床前面，看着他沉睡之后依然线条严肃的脸。突然间恍然大悟，原来我从来没有像这样俯视过他。阳光里那些嬉闹的小尘埃微微地惊扰了他紧闭着的眼。他醒来，以一种前所未有的表情看着我。

“爸。”其实我并不觉得我们已经这么多年没见面了，“配型的结果出来了。没问题的，我可以把我的肝脏给你，这样，你很快会好的。”

他笑了。他轻轻地捏住了我右手的四根手指，他说：“真好啊。”

怎么这么快就结束了呢？不应该这么快就结束的。我刚刚做好了所有的准备，等待着即将开始的厮杀，我千辛万苦地修好了长城，我甚至还在习惯性地欣赏着那个动人的烽火台。但是他在这个时候宣布战争结束了。他用一种优美的姿势丢盔弃甲，我知道，我知道，你要自己从一个统治者，变成一个穷途末路的英雄。

我斗不过你。

我们是一起被推进手术室里的，分别躺在两张有轮子的床上。滑行的时候我侧过脸去看他，我们俩像是在两艘摇晃着就要起航的船上，恍惚中我觉得我该用力地对他挥挥手，扑面而来的风力道很劲。

我把能给你的都给你，反正我的血是你给的。热血，冷血，都来自你。生命有时候就像超市里的新年优惠礼包那样，不断不断不断地打折扣，是很廉价的。我随时随地都可以为了值得的人和事情付出它，何况是为了你。

可是有一些东西，比生命更珍贵。

手术很成功。我醒来的时候，他还在隔壁的病房沉睡着。怕是世界上找不出第二个女人能像我母亲这样，仅剩的两个亲人一左一右地睡在洁白的病床上，但她却如此心满意足，如此幸福地凝视着窗外的阳光。

她一边削苹果，一边低声说："其实你爸后来跟我说过了，他说等你回家以后要我告诉你。你去找那个男孩子吧。你爸很想你。他说要是你实在喜欢他，就随你了。不怕他没钱，爸爸妈妈给你嫁妆，大不了，养你们也没关系的。"

父亲始终是父亲。他以为所有的人都招之即来，挥之即去。

我并没有告诉母亲，其实我知道，当初江凡悄无声息地在一场大吵之后离开我，并不真的全是因为忍受不了我的性格。因为父亲去找过他，我都知道。

但是没有了江凡，我就没有了再跑回父亲面前质问他的勇气。

我也没有告诉母亲，就在三个月前，我收到了江凡的邮件，他在里面写了他婚礼的日期。读到信之后的第一时间，我就回复了他，使用一种亲切的、老朋友的语气祝他们白头到老，因为我知道，江凡在等。我还知道，写这封信给我，他一定犹豫了很久。曾经的深爱，如今只剩下了这点默契。我怎么样也不可以让他为难，无论如何我都记得，第一眼看见他的时候那种由衷的惊喜，就像一只奔驰在茫茫雪原上的鹿，在天圆地方的荒凉里，突然仰头发现了北极光。

也不知道在漫长的人生里，江凡和他的妻子，究竟会是谁先打断谁的脊梁骨，然后，彼此心照不宣地对外人保守着这个秘密，相濡以沫地活下去。也有另外一种可能，他们俩的脊梁骨都折断了，这其实更好，他们的感情里会多添一份同病相怜的温暖，这便是人们常说的“天长地久”需要的东西。

父亲正在康复中。疾病让他苍老，懈怠了他面部的棱角，不过，他身体里现在有了一部分年轻的肝脏。

等他的身体再好一点，我就回横滨去。回我鸽子笼一般的小屋，回我的中华街，回我的外国人墓地。父亲在横滨待了六年，他却从来不知道外国人墓地这个好地方，这便是我和他之间的区别。我会挑阳光晴朗的日子，坐在那里，安静地听着海洋上吹来的风笼罩我脸庞的声音，顺便幻想一下我自己的葬礼。

我上辈子也许是个水手，眼睁睁地看着一场大火烧掉了我美好丰饶的家园，心里却不知为何有种没法示人的欣喜。远处一艘船缓缓地靠近了我，和静谧的海岸线一起靠近了我，我还有什么可犹豫的？

我此时唯一的梦想，就是客死异乡。

圆寂

在北方，有一个古老的城市，名字叫作龙城。可以说，很多很多年前，中国历史上最绚丽、最浪漫、最张扬的一个朝代的传奇就从这个城市开始。但是如今，绝大多数的龙城人都不知道这回事了。他们有太多的事情需要关心：比方说，房价为什么会像一个青春期男孩子的身高那样不可思议地疯涨；比方说，他们手里的股票到底该不该抛；比方说，看着龙城宽阔的马路上越来越多的奔驰或者是宝马，埋怨地问老天爷为什么他们也非常辛苦地工作了却不能得到如此丰厚的回报。总而言之，很多东西都比他们的城市年轻的时候更重要。

当然，当然，总有一些人是例外的。比方说，袁季。袁季用不着操心大多数人关心的大多数问题。因为袁季是一个乞丐，他什么都没有，所以不用担心失去任何东西——也不能这么说吧，袁季还是真心地期盼着市面能繁荣一些的，若是萧条下去了，对他的收入也有影响。想到这儿的时候袁季就会自我调侃地微笑一下，真是不得了，卑微如自己，也不得不关心……国民经济的走向。袁季并不知道自己算是一个幽默的人，他认为他只不过是对生活有自己的那么一套，而已。

袁季算得上是资深乞丐，已经入行二十多年了。人们对于乞丐，往往有一句充满蔑视的评价:“自己有手有脚的，干什么不好。伸着手跟人讨，要脸不要脸？”但是这句话对于袁季来说是没有用的，因为他还真的是没有手，没有脚，连胳膊和腿都没有。他的肩膀下面本来应该长胳膊的地方长着两团小小的肉球，身体下面本来应该连接着大腿的地方长着另外两团小小的肉球。没有人知道这件事情是怎么发生的，除了上苍。总之，它就是发生在袁季身上了。他的身长也就是一个四岁的孩子的高度，因为那只是正常人的一半。他乞讨的时候坐在一把小小的椅子里，可是外人看上去，他像是被塞进这把儿童座椅里面似的。这把小椅子有扶手，这对扶手卡着他，真正地帮助他保持了平衡。用外人的眼睛看过去，他长着一个苍老的黝黑的脸庞，以及一个幼儿的身体。这么多年了，袁季对每个从他眼前经过的人注视他的眼光，早已司空见惯。那些眼神，惊愕的、同情的、怜悯的、厌恶的……若是想要精确统计出来大家第一眼看见袁季时的眼光的种类，说不定还用得上排列组合的公式。因为，很多人的眼神，云集了很多种不同的情绪。没有办法，袁季对自己苦笑，真的没手没脚的时候，只好不要脸了。

他只记得很多很多年前，有那么一个小姑娘，第一次看见他的时候，惊讶甚至是无限惊喜地问他："你是变形金刚吗？"他肯定地对面前这个笑靥如花的小人儿说："我是。"准确地说，那是十九年前的一个秋天，那天正好是袁季出来乞讨五周年。时间，对他而言，是一样难以记忆的东西。他总是说不清自己究竟多大，本来嘛，岁数这个东西，年年变，谁记得住。反正他倒是可以不假思索地说出自己的出生年份来，因为每年去街道居委会领救济金的时候，都会在表格上看见这个年份。真那么想知道自己几岁的话，算一下减法就好了。减法袁季还是会算的，事实上，袁季虽然没有上过一天学，但是母亲活着的时候，用哥哥的课本，教他念过书。母亲自己也并没有上过多少学，但她教得无比地认真。他们似乎是慢吞吞地在不知不觉间念完了小学五年级的课本。然后，母亲就死了。

袁季小的时候，并不很清楚自己的残疾。他只记得，自己的婴儿期似乎特别长。当他已经拥有十分清晰的记忆的时候，却还是整日坐在一辆褪色的婴儿车里，在自己家门口晒太阳。凝视着自己肩膀以及大腿根部的四个小小的肉团，他觉得它们非常亲切。母亲告诉过他，他的手和脚就在这四个肉团里面，到了一定时间，自己就会长出来的。他的手脚确实是比别的孩子长得慢一点，但是总有一天会长出来。小时候的袁季丝毫不怀疑自己的四肢会在某一个清晨像发芽的植物那样从自己的身体里破土而出，因为他知道非常英勇的三太子哪吒就是从一个肉球里面出来的。只不过，当他回忆起母亲当初那种毋庸置疑的眼神和语气的时候，他觉得母亲如果不是演技太好，就是真的也和自己一样相信这个。

母亲临死的时候，没力气再说话，慢慢地，无限留恋地抚摸着他肩膀下面的两个肉团。那时候他十六岁，他知道这是什么意思。他知道母亲是在告诉他，总有一天他的手脚会长出来的。就算是母亲要去了，从此没有人来陪着他一起等待，他也不能忘记，终究是会长出来的。母亲闭上眼睛的时候，手指还停留在他右肩膀下面的那个肉团上。那个时候他不觉得母亲已经死了，因为她的手指还是暖的。

办完母亲的丧事，哥哥走了，搬到了一个据说是死了老公，带着一个孩子的女裁缝家里。哥哥临走之前说，母亲把这两间胡同里的小小的平房留给了袁季。哥哥还说，要袁季放心，没有人会来跟他抢这两间房子的。他要袁季自己当心，然后就走了。每个月会回来那么一两次，替袁季打扫一下房间，搬一点蜂窝煤，或者修好一些坏掉的东西什么的。只是，他没有给袁季留下过一分钱。每一次，临走的时候，都是说一句注意安全什么的。从没有问过袁季吃什么，喝什么，怎么生活，似乎真的把袁季当成了神仙。袁季也从来不跟哥哥提任何要求，不跟他要钱，不说自己是需要人照顾的，每一次见着哥哥，笑笑，哥哥要走的时候，还忘不了跟哥哥说一句，路上慢点，似乎自己把自己当成了神仙。他们兄弟之间恪守着这个默契，谁都不提的事情，就是不存在的，似乎哥哥是这么看待这个问题的：袁季既然活着，那么他就是可以自己活着的，就让他像株植物那样自生自灭地活着，没什么不好。

有一些事情，当然是哥哥不知道的。比如，在他离开的第三天早上，袁季自己像个沉重的不倒翁那样从床上栽了下来，然后他一点一点地挪动到了对面的邻居家门前，在这艰难的挪动中艰难地掌握着平衡，跟着俯下头去，用脑袋敲了门，他说："陈奶奶，我饿。"

袁季是在那一天开始乞讨的。每一天早上，胡同里的邻居在上班的时候，顺便把他和他的小椅子一起搬到街口，傍晚下班回家的时候再搬回来。袁季自己就在喧闹的街口度过一个漫长的白天。多年以后，他依然清晰地记得自己第一天上班的情景。从阴暗、狭窄的胡同里的小屋，一下子到这宽阔的马路边上，真有点不适应。总觉得长长的马路明晃晃的，像条反射着无数阳光的河，刺眼得很。袁季于是总低着头，整天整天地低着头，不去看所有印在他身上的目光。有人把硬币或者是一张毛票丢在他面前的铁盒子里的时候，他才抬一下头，跟人家说："谢谢。"他觉得除了"谢谢"自己似乎还应该说点什么别的，可是终究什么都没说出口。若是在他抬头说“谢谢”的时候，人家已经走了，他倒是会松一口气，例行公事一般，对着远去的背影用低得只有自己能听见的声音说一句“谢谢”，然后，就有一点落寞，他总还是希望人家能听见他的道谢的。他虽然是乞丐，可是他的感激也是真心的。

结束了第一天的工作，袁季觉得，脖子很疼。夕阳已经降临了，晃眼的长长的街道有了温暖的颜色，以及表情。袁季的小椅子就在如水的余晖上面漂着。袁季想，回到家里以后，母亲一定可以帮他揉一揉这个因为整天低着头，所以僵硬得要死的脖子。但是他一瞬间想起了什么，于是就嘲笑自己，猪脑子，什么都记不住。来带他回家的邻居的身影已经出现在远远的，街道的尽头处。袁季对自己微笑了一下，短短的三天里，十六岁的袁季觉得自己好像苍老了很多年。

回到家里的时候，袁季又一次用他的头敲了邻居的门，他愉快地用应该是自己左腿的那个肉团拨弄着铁盒子，弄出了叮叮当当的声响，他说：“陈奶奶，这是我交给你的伙食费。”

就这样，过了很多年。熙熙攘攘的街口看熟了，也不再觉得晃眼，反倒有了家的味道。袁季跟大家一样日出而作，日落而息。胡同里的邻居们总是自然而然地像搬一袋面粉一样把袁季和他的小椅子搬到街口，傍晚再搬回来。

总是有邻居会给袁季做饭或者洗衣服。后来居委会的人也来了，带来了好多看着让人眼花的表格，说这些表格都是用来帮他的。他们问袁季：“你会不会写字？”袁季有点难为情，因为他觉得他应该是会写的，那些字的面孔他都记熟了，可是他没有办法证明自己会写。居委会的人笑了，说：“不要紧，我们替你填。”不知不觉地，有一天袁季突然发现，他活下来了。他习惯了像狗和猫那样直接用嘴吃盘子里的饭，习惯了用自己身体的力量在地上挪动着前进，他没有四肢的躯干变得像条蛇那么灵活。他甚至可以自己穿衣服——他一年四季的衣服都是厚薄不同的套头衫，邻居的孩子们都很喜欢看袁季给他们表演穿衣服：袁季就像一只不倒翁那样弯下身子，用嘴和连着肩膀的残肢把衣服罩在脑袋上，然后身子非常奇妙地扭着，扭着，衣服就穿上了。孩子们总会在袁季黝黑老成的脸庞从圆领里露出来的时候一起开心地鼓掌欢呼，袁季也会在这清澈干净的欢呼声中露出满足的笑容。

在自己行乞的第五个年头，袁季第一次见到普云。

那是一个初夏的早晨，阳光明媚。

一个有一对水灵灵的大眼睛的小姑娘惊喜地出现在他面前，问他：“你是变形金刚吗？”她应该只有四五岁那么大。难得地，袁季可以不用抬头，就能看着她的脸。那正是那部名叫《变形金刚》的动画片风靡的时候，在每一天的某个特定的时刻，主题曲都会在这个城市的每个角落响起。袁季看着她美好娇嫩的脸庞，笑了，用一种非常肯定的语气说："我是。"

小女孩笑了，露出来了两颗尖尖的小虎牙，迟疑地走近他，一不小心，她的小鞋子碰到了袁季放在面前的铁盒子，她仔细地看了看铁盒子里的几枚硬币，然后看着他的眼睛，坚定地说："你是在卖钱，对吧？"

"卖钱？"袁季愣了一下，顿时明白了她的意思，在她的逻辑里，既然有人卖雪糕，有人卖面人，有人卖苹果，那么如果有一个人支个小摊子卖硬币或者钞票，也不是不可以理解的。于是他说："算是吧。"

这下小女孩满意了，因为她所有的疑问都有了合理的解释。她伸出小手，轻轻地碰了碰袁季露在汗衫外面的残臂，她说："这个是什么呀？"

但是她马上找到了答案："你要用手的时候，你的手就会从这个里面伸出来，对不对？"

袁季摇了摇头，突然间，悲从中来："我的手从来就没有从这里面伸出来过，我从来就没有见过我的手到底是什么样子的。"

"怎么会呢？"她歪着脑袋，"可能你出了什么故障了，得送去修。"

她柔软的小手轻轻地抚摸着他肩膀下面的肉团，那种微妙的轻柔的感觉让袁季突然间觉得深深的惆怅。他低下头，仔细地打量着她的小手，白皙的、嫩嫩的，五个小小的指甲盖上残留着凤仙花晕染过的暗红色。那是他有生以来第一次如此放心大胆地凝视别人的手，没有人知道他对这样人人都有的东西存着多么巨大的好奇。可是他从来没有对任何人说过：让我好好看看你的手，行吗？他不敢。他从来不敢这么说。他从来就不敢放心大胆地把自己心里的盼望对别人说出来。

“你叫什么名字？”他问小女孩。

“我叫张普云。”小家伙一板一眼地说出自己名字的样子很可爱。

“你家住哪儿？”

“普云巷。”小女孩似乎对关于自己的事情一点兴趣也没有，于是转移了话题，“你的手长成这样，你怎么吃饭呢？”

“像动物那样，直接用嘴。”他说。

“那要是你的后背痒了，你该怎么挠痒痒呢？”普云瞪大了眼睛。

“忍着。”袁季笑了。

“忍着？”普云点了点头，“真了不起。”

“没有办法，很多的事情我都得忍着。”袁季解释着。

“那——”普云脸上突然有点不好意思，她把嘴凑到他的耳朵边，悄声地问，“那你怎么擦屁股？”

“这是我的秘密，不能说。”袁季的样子一本正经。于是普云就自然而然地被唬住了。

就这样，他们算是认识了。

普云的家离袁季行乞的地方并不远。那个普云巷也是类似于袁季住的胡同那样的，集中了很多的平房的小巷。之所以叫普云巷，是因为那个地方有个龙城非常著名的寺院：普云寺。很古老的庙宇，很旺的香火。不过这些都是袁季后来才知道的。

从那之后，普云常常到袁季这里来玩一会儿，不一定每天都来，但总是隔三岔五。直到有一天，袁季不得不离开了平时行乞的地点。那个时候他遗憾地想，也不知道当普云找不到他的时候，会不会失望。

事情的经过是这样的：那一天，袁季遇上了几个过路的小流氓。他们往袁季的头上吐痰，往他的衣领里扔瓜子皮。然后拿走了袁季铁盒子里所有的硬币。袁季默默地闭上了眼睛，一动不动。他觉得这场煎熬总是会过去的，他们闹够了自然就走了。可是他们临走的时候踢翻了袁季的小椅子，看着袁季像个不倒翁那样在地上挣扎，几乎要打起转来，他们爆发出一阵惊天动地的笑声。

然后他们走了，留下袁季一个人在地上挣扎着。那个时候，他觉得耳朵边上突然间一片澄明的寂然。整个世界变得前所未有的苍白和安静。他的小椅子近在咫尺，但是他一次又一次地坐起来，歪下去，坐起来，再歪下去，就是无法靠近它。小椅子似乎变成了死亡，看似必然的终点，可是到达的过程真是辛苦并且毫无意义。那是袁季此生第一次问自己，到底为什么要活在这世上。

那一天，是袁季生命中的转折点，因为他遇上了镜通法师。镜通法师带着几个徒弟，碰巧路过此地。看到了一身污垢，满脸擦伤的袁季。徒弟们把他扶起来，让他重新回到小椅子上。镜通法师对他笑了，镜通法师的笑容让他不知所措。镜通法师问袁季，愿不愿意到他们寺门口来乞讨。庙里人多，若是再有人来欺负袁季的话，总是有个照应。镜通法师说话的时候，眼睛里的平静就像他身上的红色袈裟一样温暖。他让袁季自惭形秽。袁季低头看了看自己，嗫嚅着说："师父，我还是不去了。我，我长得像条虫了一样，我这么脏。"

镜通法师笑了："这世上，谁不脏？"

简简单单，醍醐灌顶的六个字，把什么问题都解决了。然后徒弟们搬着小椅子，把袁季一路抬到了他们的寺庙门口。袁季看到了，原来这里就是很多龙城人嘴里的普云寺。

普云寺的门口，绿树成荫。

从那以后，袁季就整日端坐在普云寺门口的绿荫下面了。每天，他都对每个进出寺庙的和尚说一句："阿弥陀佛。”不知不觉间，当有人往他的铁盒子里放钱的时候，他就不再说“谢谢”，而改成说“阿弥陀佛”。袁季觉得，这两句话，都一样。

很多年后,《龙城晚报》上刊登过一篇文章，讲的就是普云寺门口的“残疾丐帮”。说是普云寺门口的一道固定风景，几个天天在普云寺门口乞讨的残疾人。但是这篇文章没有提到，袁季是这个残疾丐帮的第一人。当然，当然，这是后话。

最初来到普云寺门口乞讨的袁季，是寂寞的。终日只是一个人，闻着庙里飘出的香火的味道，那也是一种寂寞的气味。在这寂寥中，他开始想念普云。他怕自己再也见不到普云了。不过他转念一想，普云既然说过，她的家就在普云巷，那么就是在普云寺附近了。所以说，她现在离他其实非常近；所以说，他一定会碰到她的。这个念头让袁季安心。有了这个念头之后，他就开始了无比漫长的等待。岁月一点也不难熬。他有的是时间，有的是耐心。无论等多久，他相信，她总是会出现的。不管是一周之后，还是一年之后，还是三年五年之后，对于袁季来说，根本就没有差别。

可是袁季没有等到普云，他等来了自己的哥哥。

哥哥到来的那一天，普云寺不知有场什么法事。一天一地诵经的声音，然后，哥哥就来了，踩着一地斑驳的树影。他已经很久很久没有见到哥哥了，自从哥哥知道左邻右舍都在默契地照顾着袁季以后，他就越来越少在胡同里露面，直到踪迹全无。哥哥站定在袁季面前，蹲下，很久都没说话。袁季也没说话，他本来就是不善言辞的人。

后来，哥哥终于开了口，说："回头，我给你的小椅子装上四个轮子。这样人家送你来这里方便一点。"

袁季笑了，说："好。"

然后他们回到了袁季的小屋，哥哥环顾着越来越破旧的四壁，问："你知道不知道，这个胡同要拆了。"

袁季听说过这么一回事。大家说这个胡同拆掉之后，原来的全体街坊就要搬到一栋离市中心远些的楼房里。按道理，袁季也可以分到一套两居室，五十几平方米。他们会照顾袁季，把他安排在一楼。

袁季点头："听说了。大家都要住楼房，可是就是远一点。"

哥哥说："她怀孕了。"看着袁季迷惑的脸，补充了一句，"你嫂子。"

袁季说："噢。"

哥哥说："她原本已经有一个孩子了，现在再添上这个，我们那里也不够住了。你没去过我们那儿，我们是住在裁缝铺上面，就那么一小间。现在，现在既然分了房子，我，我就是来跟你商量的，咱们还是住到一块儿去，反正新房子有两间，你一个人也用不着。我们从此也能照顾你，你愿不愿意呢？”

袁季说：“行。”

哥哥愣住了。他没想到，原先认为很困难的一件事情居然这么容易就解决了。半晌，他结结巴巴地说：“居委会现在每个月能给你多少钱？够用吗？”

“不太够。”袁季有点不好意思，“够用的话，也不用上街去要了。”

哥哥说：“反正跟我们住，你不用再去要饭。”

袁季摇头：“不，还是照旧。你们只要每天把我送到普云寺门口就行，晚上再接我回来。”

哥哥说：“算了吧。你天天在我眼皮子底下进进出出地要饭，你让人家怎么看我？”

袁季说：“那你看这样行不行。你们去住新房子。我去住你们的那个裁缝铺。反正我只能算半个人，用不了多大的地方。不过住到裁缝铺去就没有这些街坊了。你们必须得给我做饭，洗衣服，送我去普云寺。怎么样？”

不知道过了多久，他听见哥哥说：“我知道，我对不住你。”

袁季说：“没有。你也不容易。”

就这样，袁季的小椅子下面多了四个轮子。椅子的扶手上也系上了绳子。他的小椅子被改装成了一个雪橇。这是这么多年来，哥哥为袁季做的，唯一一件事情。

袁季住到裁缝铺的阁楼上去了。搬过去的第一晚，一只大老鼠带着四五只小老鼠排着纵队从屋子的一个墙角走到另一个墙角去。跟袁季擦肩而过的时候，袁季想："咱们现在是街坊了。"

其实袁季并不在乎自己住在什么地方。他自己也说不好从什么时候开始，普云寺门口的树荫才是他真正的家。虽然那里没有屋顶，没有墙，没有可以开关的门，可是那里让袁季安心。那里集结着袁季跟这个世界所有的联系：他的营生，他的朋友，他的恩人，他认识的可以跟他闲聊解闷的人，他熟悉的气味，还有他的牵挂，统统聚集在普云寺门口那一小块树荫的下面。

有一天，袁季跟打扫寺庙门口的小和尚闲聊，他装作漫不经心地说起，他见过一个小姑娘，也叫普云，真是巧了。小和尚问："是住在普云巷的那个小姑娘吗？"得到肯定的答复以后，小和尚说："她的名字是我们方丈给起的。"袁季于是知道了，他的朋友普云是个几年前被扔在普云寺门口的弃婴。镜通方丈于是给她起了这个名字。后来她被住在普云巷的一对夫妻收养了。最后小和尚说："他们好像是搬走了。"袁季心里一惊："搬到哪里去了？"小和尚摇了摇头："我不知道。"

然后，很多年过去了。

这些年中，普云寺的门口慢慢聚集了一些身体有残疾的人。最开始来的是一个算命的瞎子，他是袁季的第一个同事。他非常热情地要帮袁季免费摸骨算命，袁季道着谢拒绝了，因为他觉得自己的命没什么好算的。后来，又来了只有一条腿的人和脊背弯曲得像骆驼的人。他们和袁季一样，都是乞丐。这下有人陪袁季聊天说话了。其实袁季依然是个少言寡语的人，但是不知道为什么，每一个旁观者都看得出来，他是这群残缺不全的人的中心。他不倒翁一样的身体和沉静的脸庞，就像块磁石一样，让瞎子、瘸腿、驼背都愉快地和他团结在一起，状如兄弟。

那是一九九九年的年末。为了迎接一个新千年的到来，那几天，龙城的夜空中总是蒸腾着绚烂的烟花。袁季固然对新千年没有任何的概念，但是他依然是欣喜的，他知道无论如何，这是个喜庆的时候。特别是，有一天中午，一个推着自己的炉子在普云寺门口卖烤红薯的小贩给了袁季一个又大又软、烤得恰到好处的红薯。他说："我没有钱，只能给你这个，要过阳历年了，图个吉利。"这个红薯让袁季维持了整整一天的好心情。

那天晚上，袁季在普云寺门口待到很晚。瞎子、瘸子、驼背他们都走了。普云寺的门也关了。可是哥哥一直都没有来接袁季。大概是因为年底裁缝铺的生意太忙了，哥哥忘记了。小和尚说："师父交代过，实在不行你今天晚上就睡寺里。”袁季慌忙地道谢，说:“我再等等看。”

夜深了，万籁俱寂。袁季觉得很冷。这个时候，清冷的路面上传来了一阵高跟鞋玲珑的声音，一张脸从惨白的路灯下面浮出黑夜的水面。袁季看清了，那是普云。

多少年过去了，袁季不知道。虽然他一眼就认出了她，但是从她那张长大了的脸上，袁季才惊慌地发现，岁月如梭。

她完全地出落成了一个女人。浓妆艳抹，短短的皮裙，长长的靴子。头发染成了麦穗的颜色，松松垮垮地绾在后面。一脸憔悴的气息，但是她的眼睛其实一点都没有变，还是清澈的。突然间，袁季觉得害怕了。他害怕她会像个路人那样走过去，可是他更害怕她把他认出来。

“是你？”普云终于发现了他，她犹疑地眯起眼睛，仔细地打量他，这个简单的表情漾起了她满身的风情，“真没想到会遇上你。”她笑了。

袁季想说，我等了你很多年。可是没有说出口。他只是说:“这么巧。”

普云蹲下来，两手拢着她的皮裙，她的两个美好的膝盖离他这样近。普云说:“这么多年你一直在要饭啊？”

袁季点头。普云也点头:“苦了你了。”她轻轻地说:“我第一次看见你的时候才五岁。现在我已经十七岁了。”

“这么说，是十二年。”袁季不敢相信已经过去了这么久。

“对的。十二年。”普云的脸上风情万种，她说到底不是个寻常女子，就像多年前，她根本不是一个寻常的小姑娘。

“你还记得吗？”袁季说，“你最开始的时候，以为我在卖钱。”

“记得。”普云点头，“你现在还是在卖钱，可是我，我在卖身。”

“大家都不容易。”袁季平淡地微笑。

“跟你说话真好。”普云伸出手，像拍小狗那样拍拍他的脑袋，“我什么都可以说。你什么都见过了，你什么都看得惯。”

“客气了。”袁季有些羞涩，“我最多只能算是半个人。人家都看不惯我，我还有什么是看不惯的？”

普云孩子气地仰望着灰蓝色的夜空，她呵出的长长的白气在寂静的街道上都是漂亮的。普云说：“你不冷吗？我又冷又饿。”接着她就看见了袁季放在铁盒子的盒盖上的烤红薯，她惊喜地说：“你有这么好的东西呀。怎么不早说？”

“你拿去吃。你尽管拿去吃。”袁季不知道自己为什么那么激动跟心急，他甚至有些语无伦次，他说，“可惜了，真糟糕，都冰凉了。”

“我们一起吃好不好？”普云瞪大了眼睛，“我住的地方离这儿很近，你跟我回去，我把它烤热了，我们来分。”然后她甩了甩头，自我解嘲地说：“我真是没救了。我居然和乞丐抢吃的。”

袁季用力地说：“好。”

一九九九年年末，凌晨的普云巷不再是白日里那个堆着一排排火柴盒一样的房子的陋巷。它那么光滑，平坦，一望无际，跟没有尽头的天宇相连。普云拉着小椅子的绳子，带着袁季在黑夜的普云巷里欢乐地奔跑。袁季觉得有点害怕，他从来没有试过这么快速地移动。耳边只剩下了四个小轮子吱吱嘎嘎的声响，还有普云靴子的清脆的声音。她一边跑，一边笑。她其实一直都是当年那个五岁的孩子。袁季在这疾速的滑翔中闭上了眼睛。他想，原来天上的鸟的滋味不怎么好受。

普云的家就和袁季的裁缝铺一样狭窄破旧。这个房子跟她那身绚丽的衣服一点都不搭调。她把冰凉的手贴在脸颊上暖暖，嫣然一笑，然后生上了炉子。一九九九年的龙城，已经没有多少人生蜂窝煤的炉子了。可是这样的炉子有个好处，就是可以烤出非常香的红薯。普云一边生火，一边跟袁季絮叨，就好像袁季是常常来这里做客的。

“好啦。”普云把热好的红薯一分为二，把红彤彤的半截举到袁季嘴边，“趁热吃，多香呀。”

“不，不。”袁季几乎是惊慌失措了，“你先吃你的那一半，不用管我。我自己能吃的，我可以。”

“少啰唆。”普云瞪圆了眼睛，“你连手都没有，你怎么吃？我替你拿着，赶紧吃完。不然我的那一半就要凉了。”

袁季只好听她的，狼吞虎咽地开始吃她白皙的手擎着的红薯。耳边，她细声细气地说：“哎呀，又没人跟你抢。等一下，你要把皮也吃到肚子里去了，我替你把皮去掉。你怎么这么笨，你咬了我的手了——”

红薯很烫，很甜。热气蒸腾起来，袁季知道自己在一边吞咽，一边流眼泪。他从来不知道原来除了母亲，世界上还是有人可以这样对待他的。还是有人想得到，没有手没有脚的袁季吃东西的时候需要别人帮一把。原来还是有人知道，袁季自己其实不愿意像猫像狗一样地吃东西，袁季也愿意自己能像个人那样，堂堂正正地，有尊严地进餐。袁季从来没有跟人说过这个愿望，因为他不愿意给别人添麻烦。可是普云知道，普云怎么会知道呢？他们失散了这么多年，可是普云似乎什么都知道。

普云深深地看着他的眼睛，丢掉了红薯皮。用手指轻轻在他脸上抹了一把。“可怜。”普云叹息着，声音轻得像是耳语，“可怜呀。你只不过是手和脚是残废的，可是其他的地方没有毛病对不对？”

然后普云就笑了，双颊微微泛红，像是微醉。眼睛里波光潋滟的，嘴唇也鲜红。普云问他：“你从来，就没有尝过做男人的滋味吧？”

袁季愕然地摇头：“不行。我，我没有钱给你。”

“我不要你的钱。”普云笑了，“你是我的老朋友，你还分给我红薯吃，我怎么能跟你要钱呢？”

“你赚的也是辛苦钱。”袁季很坚持。

“好了，少啰嗦。”普云似乎特别喜欢说“少啰嗦”，她坚定地对他笑着，“听我的，把你的眼睛闭上。剩下的事情，交给我。”

“可是，不行，我身上脏得很。”袁季的脸红了，“我，我一年也洗不了一次澡。我不能弄脏你。我——”

普云忍无可忍地微笑着，说：“你有完没完？我说了，把眼睛闭上。”

于是袁季知道，这是命令。他闭上了眼睛。

窗外的北风不紧不慢地在陋巷里面呼啸着。可是袁季觉得，炉火一路蔓延，不声不响地把他这个人当成了另外一块蜂窝煤。温暖，似曾相识的温暖，就像是他有生以来第一次行乞的那天黄昏的夕阳，水波荡漾，让微不足道的小椅子和残缺不全的袁季都漂起来了。这种温暖让袁季不自觉地想起遥远的，童年的时光。他小时候，母亲给他讲故事书的时候，最让他兴奋跟激动的，不是每个故事大同小异的情节，而是母亲不紧不慢的那一句：从前呀。这简单的三个字让他汗毛直竖，全身上下都漾着紧紧的，就要破土而出的快乐。从前呀。从前呀。从前呀。从前呀。从头皮，到大腿下面的残肢。有那么一个瞬间，袁季觉得，自己的手和脚从那四个肉团里面不管不顾地，莽撞地长了出来。老天爷，从前呀。

他大汗淋漓地睁开了眼睛，普云安静地告诉他：“从现在起，你算是真的长大成人了。”

那个夜晚之后，袁季再也没有见过普云。

一晃，又过了一些年。这些年中，普云在龙城销声匿迹，普云巷一如既往地嘈杂和萧条，可是普云寺的香火，倒是越来越旺了。发财的人越来越多，求财的人也就越来越多。普云寺整日车水马龙，小和尚们也总是忙忙碌碌的。所以，这些年，袁季的收入，一直都还不错。当然，不像大家口耳相传的“丐帮帮主”那么传奇般地富，但是，能吃饱穿暖了。

普云寺门口的这几个残疾乞丐变成了这个寺庙的风景。这些年中，不是没有一些四肢健全的乞丐看中普云寺这块总是出入善男信女的风水宝地的，但是，一个四肢健全的乞丐，在这里，总也待不长。不用袁季和他的伙伴们自己动手，普云寺周边的一些小店主就不会给他们好脸色，然后普云寺附近的派出所也总是有大盖帽来请这些健康人离开。也不知道为什么，袁季他们算是牢牢地在这里扎下了根。

袁季依然是个少言寡语的人，依然是他的残疾伙伴们的中心。这些年，袁季多少胖了一点，有了肚子。眉宇间渐渐地有股安逸的气息，似乎没有什么事情能激怒他，也没有什么事情能让他大惊小怪。下雨了，他就那么安稳地在雨地里待着，他知道反正天总是会放晴的；有过路的坏孩子往他的衣领里扔苹果核，他照样纹丝不动。当他的伙伴们义愤地咒骂这些丧良心的行为时，袁季会笑笑说，算了，小孩子不懂事。有人往他生了锈的铁盒子里扔钱的时候，他会怡然自得地抬起头，深深地注视着对方的眼睛，说：“阿弥陀佛。”他渐渐地变成了普云寺在这个纷乱的俗世里的眼睛。庙门口一家新开的素斋馆的老板娘经常给袁季送点吃的过来，因为这个老板娘觉得，没有四肢、肚子鼓鼓的袁季看上去像是个罗汉，或者金刚。袁季心里窃笑着，对，我是变形金刚。

某个深秋的清晨，打扫院子的小和尚推开大门，跟寺庙门口的袁季说：“袁季，我们方丈，就是镜通法师，昨天夜里，圆寂了。”袁季当时愣了一下，因为他不明白这句话的意思。小和尚说：“就是说，镜通法师走了，不在了。我们出家人不说死。我们出家人死了的话，我们就说圆寂了。”袁季惊讶地说：“那，不是和我的名字一样吗？”

小和尚摇头，弯下身子，拾起一根木棍在一棵树下面的土地上慢慢地写下了“圆寂”两个字，告诉他：“你看，是这两个字，和你的名字音一样，可是不是一样的字。”袁季的手开始颤抖，舌头也开始不听话了："真不好意思，我，我读书读得太少，我没有文化。我不知道，我不知道这个说法。我第一次听说。"

是凑巧吗？袁季问自己。袁季，圆寂，一定是碰巧了。镜通法师教了自己那么多的东西，临走的时候，还给他揭开这么个天大的秘密。圆寂，真好，袁季长叹了一声，真好啊。

二〇〇八年。鼠年，大年初一，大吉大利。

普云寺在每年的大年初一都热闹得不得了，今年尤甚。因为这个大年初一的普云寺要开法会，为南方雪灾祈福，并且募捐善款给佛祖释迦牟尼重塑金身，功德无量。成捆成捆的高香像年货一样被搬进搬出。庙门口停了很多辆闪闪发光的汽车，也有很多人拖家带口地来进香，男女老幼的脸上都充盈着希冀。当然，挣扎在苦难和困顿中的人，也是有的。他们在佛祖和菩萨面前像个委屈的孩子那样长跪不起，进行着没有外人知道的倾诉。

诵经声响起来了。为了祈求佛祖保佑那些在大雪里挣扎的人们，保佑冰天雪地里的中国南方，保佑所有正在忍耐苦痛的一切生命。

只有袁季旁观着这一切。

快到正午的时候，一辆宝马 730 停在寺门前。从上面走下来一个裹着银灰色轻软的裘皮大衣的年轻女人。她神色肃穆，身段却是袅袅婷婷。袁季目送着她走进敞开着的朱红色的大门，目送着她给了负责收善款的小和尚一个大大的红包，然后低下头认真地写下自己的名字，目送着她上了几炷最普通的香，在佛祖面前，深深地，寂寥地磕头。

然后，她走了出来。她停在袁季面前，把一张钞票轻轻地放在袁季的铁盒子里。袁季抬起头，他们在短暂的一秒钟的对视里认出了彼此，也找到了彼此。袁季微笑，他没有像平时一样说“阿弥陀佛”，他说：“过年好。”

“过年好。”女人笑笑，上了车，绝尘而去。

宝马 730 里面，张普云的眼泪不知不觉间，流了一脸。八年来，这是她第一次回到她爱死了也恨死了的龙城。八年过去了，现在她有了钱，她有了很多的钱。这钱多到会让八年前那个十七岁的，在深夜里跟一个乞丐分食烤红薯的小妓女尖叫。没人知道为了这些钱她都做过什么。现在的她总是毫无节制地一掷千金，可是就算这样她也没法忘记这些年来深藏在心中的所有屈辱和羞耻。不可能。可是现在，她似乎可以释怀了。她觉得她往后可以试着让自己平静地生活下去。因为，因为她又见到了她的老朋友袁季，因为她的老朋友袁季眼睛里盛着满满当当的安详，因为她总算是知道了，那个曾经跟她同甘共苦的老朋友，袁季，现在是幸福的。

广陵

第一次看见他的时候，他在锻铁。准确地说，是他们几个人一起在锻铁。可是真遗憾，我第一眼看见的是他，于是便再也看不见其他人。所以，直到很多年以后我都觉得，当一个人已经光芒四射却还不自知，或者说装作不自知的话，那就是罪过。

洛阳城外的树荫下，始终是幽绿色的、绝对的寂静。也因此，那一声又一声单调、规律并且铿锵有力的打铁声渐渐地听出一种岁月一样安然的忧伤。

他赤裸着上身，壮丽的身体被晒成了古铜色。他如云的黑发松松地绾在侧面，总会有几缕头发轻轻地在他的脸前飞溅着。他把铁锤举起来的时候，胳膊突然收得紧紧的，就像两条伤痕累累的河。然后他用力地砸下去，眼睛里突然闪电般地，掠过一丝凶狠，还有柔情。我不知道一个人的眼睛里为什么能够同时拥有这两种神情，但是他就是做到了。被他敲打的那块铁看上去柔弱无骨，是红色的，像残阳。

然后他像神一样若无其事，但是端然地转过脸，再然后他就看见了我。

我站在藩篱外面，不知所措。

他一怔，然后微笑，问我："是来找我的吗？"

我很紧张地说，我听人家说，这里有一间铁匠铺。

"没错，就是这里。铁匠就是我。"他说。

好吧。他真的就是那个酒馆老板嘴里会写诗的铁匠。或者是我够幸运，我不期然间撞上了误入凡间的、专司打铁的神。他不够彪悍，但是足够凌厉和肃穆，完全符合我心目中神的形象。我吞吞吐吐地告诉他，我想要他帮我锻一把刀，很锋利很锋利的那种短刀，我要把它带在身上赶路。可是他还是以刚才的神情专注地看着我，似乎完全不在意我在说什么。

于是我心虚了，结巴着说："您不用担心，我身上，我身上有很多银子。真的。我就是想要最好的一把短刀，我付得出钱。"

这个时候他又一次地微笑了，在他身边，那个刚刚为他拉风箱的男孩子也站直了身子，抹了一把脸上的汗，对我说："别误会，小兄弟。我们这间铁匠铺是不要钱的。"

这时候另一个人拾起他扔在地上的铁锤，非常热情地接近我，拍了拍我的肩膀："好俊俏的小兄弟，要不是这身衣服，还以为是个美娇娘呢。"

就是在那一天，我认识了他们三个，这群风流倜傥、徇徇儒雅的铁匠。拉风箱的最年轻的男孩子是向先生，向秀，他们叫他子期。那个上来拍我肩膀，说我像美娇娘的是吕先生，吕安，他们叫他仲悌。

他，那尊神，他是嵇康，他说我也像朋友们那样，叫他叔夜就好。

然后他问我："你叫什么？"

我摇头，我没有名字。我从小长大的那座目不识丁的村庄里，人们都叫我老三。

"那么——"他略微沉吟了一下，他沉思的样子真是好看，幽深的眼睛似乎是在眺望无穷尽的苍天，但是其实什么都没有看见。就是这样美丽的一秒过去以后，我就有了名字。他叫我藏瑛。向先生和吕先生都说这个名字配我的人，可惜他们不知道，那个"藏"字对我来说很难写，我认得的字不多。但是那一瞬间我就决定了，我一定会好好地练习这个字，把它复杂的笔画记下来，因为这是我的名字，因为一个有了名字的人应该从此懂得自尊。

"你从哪儿来？你要短刀干什么？"他扶着我的肩膀，他的手很大，有力而且温暖，隔着薄薄的衣衫，我能感觉到那几颗被铁锤磨出来的老茧。我略带惶恐地摇摇头，我不想说。那不是他们能够理解的生活。虽然他们在打铁，虽然他们都穿着很朴素的衣衫，可是我仍旧知道，他们跟我是不同的。他们是群尊贵的人。他们脸上的神情、说话的声音里都充满了那种知道自己会赢得别人尊重的味道。

我不想在他们面前提起我的家、我的爹娘、我曾经的生活。有什么好说的呢？乱世之中，赤贫如洗并不新鲜。全家人都是要吃饭的，所以，所以当那辆从城里驶来的漂亮马车停在我家茅屋外面的时候，我一点都不怨恨爹和娘。马车上下来一个衣饰考究的男子，但是据说，这个光鲜亮丽的人只不过是我未来主人的仆人。他看着我，然后让我转过身，然后摸摸我的脸，再捏捏我的肩膀跟腰，最后要我张嘴，看我的牙齿。我从不知道买一个人和买牲口一样，都是要看牙齿的。

我的爹和娘在一旁恭顺地垂手而立，连带着的，看我的眼神里竟然也沾染上了一抹卑屈的谄媚。男子说，我这么精致的脸怎么会长在这么一个穷乡僻壤里。他还说，他家老爷一定会宠我的。然后他留下了订金，说再过两天就来带我走。

我也不知道为什么，自打那男子走了以后，爹和娘突然对我客气了起来。但是我的兄弟姐妹们团结一致地不跟我讲话了。那天晚上，哥哥突然从炕上转过脸，恶狠狠地盯着我："有什么了不起。"他照我脸上吐了一口唾沫："你不过是要去做人家的——"

我如梦初醒，天不亮的时候，我就逃走了，带了一点那个人留下来的订金做盘缠。我要去买一把最厉害的刀，要是谁追来了，我就刺死他。要是有很多人一起来追我，我就在输给他们之前刺死自己。

能走多远，就走多远。这世界上不知有没有一个地方，既没有那些令人窒息的贫穷，也没有那些随便把人玩弄于股掌之中的富贵。也许是我痴心妄想，怎么会有这么好的地方呢？直到我遇见了他们，遇见了他。

当然，当然，他没有为我锻打我要的刀，因为我不走了，他收留了我。他救了一个逃亡中的娈童，并且给娈童取了一个好听又值得珍惜的名字。我喜欢这个地方，喜欢这群奇异的人。后来，很多年以后的后来，我才明白，是他们为我打开了一扇门。那扇门里的精致与一般人心里想要的温饱或者安康的生活没有特别大的关系，它只是符合每一个愿意做梦的人的绝美想象。

其实，打开这扇门未必是一件好事情，因为这终究会妨碍你过正常的生活，可是我真庆幸我遇见了他们，因为，当一切都灰飞烟灭的时候，我还可以拥有那段跟他们在一起的日子的回忆。我从不知道，回忆也是可以给人无穷无尽的力量来支撑人活下去的。

我曾经觉得，这个世界上只有两种人，就是富人和穷人。富人能够拥有所有我和我的爹娘不能拥有的安逸；而穷人，就要沉默并且顺从地忍受所有的苦难。但是现在，我知道不是那么回事。他们是贵族，对我来说也是从传说里走下来的文人墨客，倒是未必都有奢侈的生活，事实上，窘迫的日子也是经常的，但是他们都活得高尚。就连打铁、种菜这样的活儿，到了他们那里都变成了很美很雅致的事情。他们说，做体力活才能真正贴近自然，才能恢复人的本性。反正他们都那么会说话，能把所有不可思议的事情都变成合理的。我从来都没有见过这样一群恣意任性的人。谁都不放在眼里，什么都是粪土，别提什么功名利禄了，就连圣人的圣训到了他们那里也变成了玩笑。最开始的时候我目瞪口呆，因为我根本就不知道人可以活得这么奢侈，这么聪明，这么自以为是，这么放心大胆地为自己建造一个理所当然的世界。到后来，也就习以为常。他们教我读书识字，教我唱歌，我帮着他们打铁种菜，也陪着他们度过一个又一个彻夜狂欢的、美丽的通宵达旦。看他们喝酒真是叫我胆战心惊。那种毫无节制的酒量让我相信他们的身体里流淌的不是血，而是香气四溢的佳酿。当他们都醉了的时候，当他们吃了那种名字叫作“五石散”，说是会让人像神仙那样飞起来的药的时候，总得有一个像我这般清醒的人来收拾残局。

“瑛郎。”他总是喜欢这么叫我，尤其是在他喝醉的时候，他的眼睛里总是有一种柔情似水的迷离。那个时候我会有种错觉，觉得他是需要我的。这个尊贵的，即使是在这一群尊贵的人里也是中心或者焦点的嵇叔夜，他需要我。

他说："瑛郎，你知道那个时候我们七个人经常这样通宵达旦地喝。那段日子真是开心呀。可是——"他叹息了一声，"那都是很久以前的事情了。"

他总是在很多时候提起他们七个人，我不知道他指的是谁，因为我明明只看见他和吕先生，还有向先生这三个人而已。不过我不问。那个时候我不知道，他无限神往地追忆的，就是那段被后来的很多人津津乐道的"竹林七贤"的时光。

无论是七个人，还是三个人，反正都是些和他一样的，并且折服在他的光芒之下的人吧。我这么想。那天晚上，天气很凉，应经是秋天了，满室肃杀的气息。那天晚上他们一起喝酒，自然到了深夜，都有一点醉了。

那天晚上，我自己也不知道为什么，可能是因为这种很凄凉的秋意，我心里有点难过。吕先生和向先生在一边行酒令，输了的唱歌，他们唱的东西我全都听不懂，但是都拖着婉转而悠长的调子，所以我觉得那首歌一定是在讲述一个人正在全心全意地思念着什么东西。

"瑛郎，你怎么不说话？"他修长并且有力的手指轻轻地摸了摸我的脸，他喝醉的时候特别喜欢微笑。平时他不怎么笑的，可是我也不知道为什么，就算他冷若冰霜地板着脸，我也觉得，他眼睛里还是埋着很深很黑暗的温柔。

"瑛郎，你眼睛真大。"他随意地卧在地上，托着腮帮，他的头发就这么安静地垂下来。天气明明阴冷，可能是因为喝酒喝热了吧，他依然像打铁的时候那样，赤裸着上身，灰白色长袍已经很旧了，旧成了月光的颜色，随随便便地拖在地板上。他总是这么不修边幅，可是向先生说过，曾经，他们的一个好朋友说，嵇叔夜这个人站着的时候像棵挺拔的孤单松树，可是醉了的时候，摇摇欲坠的，就像是玉做的山要塌了。这个朋友一定跟他一样，是有学问的人。有学问真是好啊，我瑛郎就无论如何都说不出这种话来。

“瑛郎，你是不是有一点想家？”他就是这样的，每次都猜得到我在想什么。我轻轻地点了点头。

“不必想，瑛郎。”他拍拍我的脑袋，说，“你知道你自己是再也不会回去的了。想又有什么用？”

“嵇先生，你说我是不是个恶人？”我问，“我明明知道爹娘也是因为实在没有办法了才把我卖掉。我也知道卖了我可以给他们换来足够的钱过一阵子温饱的日子。可是为什么我还是要逃跑呢？不仅逃跑了，我还偷了一些人家付的订金。我也不知道对于我爹娘来说，到底要怎么收场了。也不知道那些人会不会让我爹娘遭殃。嵇先生，现在全家人一定都恨死我了，我是不是很不孝？是不是很该死？我知道的，按照律法，不孝如我，应该被关进牢里去的。”

“瑛郎。”他很认真地告诉我，“放心好了。没有人能把你从我这儿带走关到牢里去，除非他先杀了我，你懂吗？”

“嵇先生，瑛郎不过是条丧家之犬，你们为什么都对我这么好？”

“因为你对我们好。”他回答，“多简单的一回事。”

“嵇先生，你不会觉得瑛郎自私、罪孽深重？”

“是你的爹娘先把你往火坑里推的。你有什么罪孽？”

“可是他们是我的爹娘。不是说，就算他们把我往火坑里推，我也得顾及着他们的难处高高兴兴地往下跳吗？”

“谁这么说？”他问我。

“他们说，是圣人说的。”我突然间有些胆怯。

“这绝不是圣人的原话，都是些愚蠢之辈的曲解。”

“那，那就是，就是皇上说的。”我有些心虚地低下了头，“不是说，皇上是以孝治天下的吗？”

“皇上。”他冷笑，“谁都可以做皇上，现在的一个天下就有三个皇上。皇上有什么稀奇。”然后他托起我的脸，问道：“瑛郎，你是相信皇上说的，还是相信我说的？”

我大惊失色，突然觉得寂静的夜晚里暗藏着无数的杀意。我嗫嚅着说：“我，我相信皇上。”

他却微笑了，棱角分明的笑脸有种凛冽的艳。他又问我：“那你更愿意相信皇帝，还是愿意相信我？”

我犹豫地看了看四周，吕先生和向先生正在一起唱一首他写的歌，唱得淋漓酣畅尽兴无比。夜风从厅堂里穿过来，黑夜中埋伏着无数个静默着的、没有恶意的灵魂。除了它们，没有人在听我们俩的对话。

于是我看着他的眼睛，告诉他："当然是相信你。"这个时候，我清晰地听见了吕先生和向先生的歌声，他们跟我说过，那首歌在唱几个朋友一起出游："轻车迅迈，息彼长林。春木载荣，布叶垂阴。习习谷风，吹我素琴。交交黄鸟，顾俦弄音。感悟驰情，思我所钦。心之忧矣，永啸长吟。"

他跟着轻轻地哼："交交黄鸟，顾俦弄音——"

夜很深很深了，他一把扯下了雕花卧榻上的帐子。他抱紧我，抱紧我，他说瑛郎你真美。他不知道，其实我也想对他说一样的话。岁月似乎在这个瞬间停顿了，这座孤单的，已经在慢慢荒凉的乡间别墅变成了一片没有边际的海。

我从来没有见过海，瑛郎是穷乡僻壤的孩子，本该在同一个地方出生跟死亡。能够遇见他，并且跟他们这样的人朝夕相处，是瑛郎天大的运气。我知道海就是世界的尽头了，那么我现在就在海上。我是心甘情愿的。我真的是心甘情愿的。他就是我的海，是我的尽头，我的漂流，我凄怆而又温暖的无法逃避的命运。

我真心爱着这样的生活。每天清晨，他在一片鸟鸣声中，教我还有他的儿子读书写字。他的儿子十岁，可是认识的字要比我多太多了。那是个聪明的小家伙，有一双和他一样的、秀美如鹿的大眼睛。这个孩子对我有很深的敌意，我看得出。到了下午，向先生或者是吕先生多半会过来，我们打铁，或者种菜。邻居家很穷苦的老婆婆过来，有些不好意思地送来一篮子新鲜的蔬菜，因为我们帮她家打造了一套新的农具却分文不取。他们开心并且客气地笑纳邻居家的馈赠，并且因此维持了一整天的好心情。

这个家，其实已经凋零。但是我依然能够从房檐上的装饰，或者是屋里的什么器皿中觉察出曾经的辉煌跟不可一世。他过去到底是什么样的人，我不得而知。他到底经历了什么样的事情，我同样一无所知。但是有一件事是我可以确信无疑的，就是不管生活是奢靡还是清苦，都不可能改变他这个人的辉煌。有钱的时候他可以一掷千金，没钱的时候他照样潇洒自如地把锻铁变成一个美轮美奂的游戏。可能正因为如此，才会有很多人能够心甘情愿地追随他，比如我，还有，向先生。

向先生总是沉默寡言，但是你会在他那种腼腆到有些羞涩的微笑里理解他的沉默。向先生可以为了他做一切事情，哪怕他总是肆无忌惮地嘲笑向先生酒量很小，总是嘲笑向先生的文笔不好，总是嘲笑向先生是个俗人。向先生把他当成神。你别管我是怎么知道的，反正我就是看得出来。有很多次，很多次，我都注意到了，在他一下一下挥舞着铁锤、淋漓酣畅地敲击面前那块铁的时候，向先生拉风箱的手指都在微微地颤动。

他当然是不知道的，他那个时候在乎的，只有那块仿佛从夕阳上面掉下来的残渣，他的手臂跟着那沸腾的温度一起舞蹈。夕阳默默地忍耐着这种钝痛，天地因这种忍耐而分外寂静。他根本就不在乎谁是拉风箱的人，他根本不在乎是他点燃了那个人的脸颊跟眼神，并不是炉中的火。而问题恰恰在于，就算他自己浑然不觉，也永远都会有一个人为他拉风箱，永远都会有一个人愿意默默无声地把自己的心脏变成那块通红的铁片，忍受着他单调的击打，以及寂寥。

有一回，当向先生仰起脸，不期然地撞上了我的眼睛时，他愣了一下，然后，还是微微一笑，腼腆，甚至是羞涩的。向先生知道我什么都了解，向先生也知道他可以信任我。有一回，他甚至对我说了一句我一点都不懂的话："瑛郎，有的时候我真羡慕你。"

话音刚落的时候，我听见外面传来辚辚的马车声。我承认，我很害怕马车，因为它总是让我想起那个人来到我家茅屋外面时的情形。更何况，今天的这辆马车看上去就和那个时候的一样豪华，一样绚丽。

那个时候，我的第一反应就是或者我又要上路了，我必须离开这儿。可是等我回过神来的时候，却发现自己正急急忙忙地逃往屋子里面。

他的儿子在屋檐下奇怪地看着我，一言不发。

这个时候，他走了出来。他拍拍我的肩膀，说：“瑛郎，不要怕。他们都是我原先的朋友。”

朋友，就是说，乘坐这样的马车来的贵客，也属于他嘴里的“我们七个人”。

来客是两个身穿官服的人。胖一点的是王大人，王戎；瘦一点的是山大人，山涛。我躲在屏风的后面，看着他们几个人在厅里饮酒、叙旧。也不知道是不是我太多心了，跟这两位来客说话的时候，显然他是开心的。那种愉快无法掩饰，不可能被装出来。可是他的眉宇间还是有着挥之不去的萧条。

和他一起跟客人们寒暄的，还有他的妻。说真的我害怕这个女人。他们都说她是个公主。除了这高贵的出身之外，在我眼里，她还真没有什么配得上他的地方。不过她看上去不那么像一个人，而是像一尊美丽的玉石雕塑。其实在这栋房子里，我并不是常常跟她碰面。偶尔见到她，也恨不能躲着走——尤其是，尤其是在那些嵇先生从我的房间走出去的清晨，我尤其害怕见到这个女人。她永远都是一脸的清冷，似乎所有刻骨的狂欢跟哀痛都会冒犯她冰清玉洁、高高在上的尊严。所以他们夫妻不是一种人，我相信他们两个人对同一件事情往往会做出截然不同的判断。

我躲藏的这扇屏风已经很陈旧。但正是因为我第一次离它这么近，我才发现它上面的图案原来是用极其昂贵的金银丝绣成的。在屏风的右下角，我才看到那一方并不起眼，却是不怒而威的、皇室的徽章。

那是他们结婚的时候，她的嫁妆。

屏风的那一边，觥筹交错。我第一次看见这个女人绽放出非常得体的笑容来。过了一会儿，吕先生也加入了他们。我第一次看到那个平日里嘻嘻哈哈、爱开玩笑的吕先生穿上一身华美官服的模样。那让我陌生跟惶惑。

于是我一个人悄悄地来到了静谧的院落里。芍药花在拼尽全力地冶艳绽放。我坐在槐树的阴影中，我知道，或者我该离开。我自己也没有想到，那辆华丽的马车，和那个一身官服的陌生的吕先生会这么深、这么重地刺伤我。

我以前知道他们是群比我高贵的人，我知道当有客人来的时候，我根本没有像平日里那样跟他们同桌吃饭的资格。可是以前我从来没觉得有什么不妥，从来都不曾自惭形秽。但是我今天才知道，原来他们跟那些拿着钱来买我的人，才是真正的同类。我当然知道，在他们这样的人中，有好人，也有坏人，自然不能一概而论。可重要的是，无论是赞美还是厌恶，无论是痛恨还是眷恋，所有所有这些深刻的情感都只能在同类的人之中产生。我曾经以为，上天真的可怜我，让我找到一个世外桃源。但是不可能，不可能的，打铁、种菜，闲云野鹤、放浪形骸，都是假的，都是假的。或者他们不过是非常投入地演了一出给自己看的戏，只有我这个小龙套当了真。我逃了那么远的路，我丢弃了所有该负的责任，我把什么都押了进来，我的确没有让那家人把我买走，但是我分文不要地把自己卖到了他的同伴手里。藏瑛，你真傻，你连一两银子都没有要，人家只用一个漂亮的名字，就买走了你的心。

我还是走吧，还是现在就走吧。有一种撕心裂肺的疼痛在胸口那个地方像眼前的芍药花一样，鲜血淋漓地怒放。瑛郎卑贱，可是瑛郎不可能摇尾乞怜。

“你叫什么名字？”一个陌生的声音问我。

是刚才来的王大人。也不知他是什么时候来到屋外的，他似乎已经站在回廊里很久了。我想起来了，我听向先生说起过他。向先生说他们七个人里，就是这个王戎王大人最为精明。还说过他在自己家的李子核上凿洞的故事，因为凿过洞以后别人就算偷了他们家的种子也不可能种出和他们家一样甜的李子了。向先生给我讲这个故事的时候一脸的鄙夷，可是我却被逗得哈哈大笑。我怎么样也无法把这个耍小聪明的人跟眼前的王大人联系到一起。

“藏瑛，我叫藏瑛，不，不是，我叫瑛郎。”我手足无措。

王大人看着我笑了。他肥厚的嘴唇绽放微笑的时候给人一种莫名其妙的信任感。王大人说：“没有办法，嵇叔夜真是江山易改，本性难移。”

这句话我听懂了，但是我觉得我自己没有资格回应他没有恶意的奚落。

他又说：“瑛郎，你今年多大了？”

我说：“十六岁。”

“十六岁。”王大人点点头，眼睛里有种迷离的东西一晃而过，“我刚刚认识嵇叔夜他们的时候，比你大不了几岁。”

他似乎根本不在乎我有没有在听，自顾自地说着：“那个时候叔夜是我的梦想。可能不单单是我吧，对我们几个人来说都是。他就像是个从梦里走下来的人，聪明绝顶，才华横溢，桀骜不驯。更难得的是，俊秀得不像是个真人。可能吧，一个人的身上拥有太多的仙品不是什么好事情，你看嵇叔夜，上通天文，下晓地理，可就是不知道该怎么做人。那时候我们年轻啊。”王大人长长地叹了口气，“王戎有的，能够引以为傲的东西，嵇康都有；王戎没有的，梦寐以求的东西，嵇康也有。中散大夫，皇亲国戚，全都不在话下。任何错事到了他那里都能变成卓尔不群。我知道，这辈子，我都只能仰着头看他。可是啊，瑛郎，叔夜他忘记了一件事，一个人，有的东西再多，他终究还是势单力薄的一个人而已，你看楚霸王，力拔山兮气盖世，那又怎么样？无论你是怎样的英雄，单枪匹马终究没有可能力挽狂澜。可能任何人终究是不一样的吧，对我来说，低头算不了什么，因为我是低着头长大的，所以知道人生在世总得低头；可是他不一样，你可以说他是一身傲骨，但若是让我来说，那不过是因为他从来没尝过低头的滋味，所以才把低头当成耻辱。瑛郎，你明白吗？”

我当然明白，只是我不知道他为什么要跟我说这些。这让我有一点受宠若惊，但是我沉默不语，没有点头或者是摇头。

“我为什么要跟你说这些呢，瑛郎？”他摇摇头，“因为他现在谁的话都听不进去了。他一向如此，没有办法。瑛郎，你是他身边的人，我只想要你答应我，无论如何，你跟他到底。实话告诉你瑛郎，山雨欲来风满楼呵。像你们这样自由自在、锻铁务农的好日子，没有多少了。想当年，项羽穷途末路自刎于垓下之时，尚且有一匹乌骓马跟了他去。我不忍心，眼睁睁地看着叔夜穷途末路的时候，身边一个人都没有。他一生一世都是卓尔不群，不能走得那么凄凉。瑛郎，你懂我的意思吗？”

“王大人是说，万一嵇先生会有什么不测的话，要我跟着他走。我懂的。”我面无表情地回答他，“瑛郎卑贱，能誓死追随嵇先生，是瑛郎的福分。”

说这话的时候，我心里在滴血。我知道，我知道，能把我看成是一匹通人性的名驹，已经算是我的荣耀。这个时候屋里传出来一声酒盅摔碎在地上的声响。然后我听见山大人激动的说话声：“叔夜，没有谁是存心想要害你的，你何必那么固执？”

他说：“山巨源，你自己要去拿屠刀我管不了，你想要我也沾上一手的腥气那就办不到。”

山大人说话的速度也越来越快了：“叔夜，你我是至交。你心里最明白不过。如今这世道已经变了。难道我不知道曾经竹林里的日子是最好的吗？难道我不想永远过当初那种旷达不羁、放浪形骸的日子吗？可是这世道不容我们。叔夜，你扪心自问，你不愿意亲近司马氏，是因为你誓死也要效忠大魏吗？你若真的是大魏的忠臣，那当年你为什么要隐居竹林不肯为朝廷效力？身为皇亲国戚，当年那些离经叛道的事，哪一样是你嵇叔夜没有做过的？你我之间，我不怕说些该砍头的话，改朝换代，江山易主，从古至今，现在不是头一遭，也绝不会是最后一遭。聪明如你，怎么连自保都不懂得？当年你任性妄为，我们大家都放纵你，可是叔夜，你以为你自己是谁，你以为出了竹林，你还是那个人人奉为神明的嵇康？明明有人翻手为云覆手为雨，碾死你就像碾死一只蚂蚁一样不费吹灰之力。可是你就是视而不见掩耳盗铃，你知不知道你这叫自作聪明，你知不知道你——”

“巨源兄。”他安静地打断了山大人，我听得出来他的声音里隐藏着深深的沉痛，也不知为什么，在这个撕心裂肺的下午过去后，在王大人跟我说过那番话之后，再一次听到这个熟悉的声音，我的心在一瞬间缩成紧紧的一团。所有的血液似乎都结成了冰，我身体里面似乎有根琴弦被深深地拨了一下，疼得我指间都是冰冷的。

他不疾不徐："我想你再清楚不过，当年我娶长乐亭主，不是我自己说了算的。由不得我点头还是摇头，是大魏宗室看上了我，我只能谢主隆恩。如今司马氏对我虎视眈眈，所以你就要我去当那个什么吏部郎。你不是在跟我商量，我知道，你最清楚不过，我现在已经是岌岌可危。可是巨源兄，你还记不记得，当年我们七个人为什么要入竹林？至少我嵇康不是为了自保，而是为了不再去过那种任由这个世道摆布的日子。我没有野心，不敢奢望自己能改变这个世道，可是我不明白，为什么我想要过简单的日子都不可能？我可以不做官，可以过苦一点的日子，若是再清贫下去，我无非真的靠打铁维生。但是，居然没有人相信我是真的无欲无求，居然有那么多的人因为我无欲无求而想要我的命。这么多年，我身体力行，我不要功名利禄，我日出而作日落而息，可是他们却认为我是孤傲难驯，我韬光养晦胸怀狼子野心。算了吧，由他们去。嵇康就剩下这么一条命了，谁想要谁就拿走吧。我已经跟我的心魂纠缠得太久了，我已经没有力气再去为了什么而改变，哪怕是为了活下去。"

"叔夜。"山大人的声音有些莫名其妙的悲凉，"你我来这世上一遭，总不是为了不明不白地冤屈而死。”

“巨源兄，什么是生？什么是死？道可道，非常道。名可名，非常名。在你眼里那是生和死，在有些人眼里这两样东西原本是一回事。”

“我替你不值。”

“有些人天生喜欢威逼别人低头。”我听见他笑了，“并且乐此不疲。嵇康不了解这种嗜好，也不愿意奉陪。”

客人们走了以后，这寂寥的院落寂静到了寒冷的程度。无边无际的寂静中，我听见了琴声。

那是我第一次听他弹琴。向先生和吕先生都说，他的琴艺精湛，余音绕梁。可是他自己其实是很少弹琴的，今天例外，他弹了很久。他说过的，他弹奏的曲子，叫作《广陵散》。向先生不止一次跟我说过那首曲子和他的琴声是如何美丽绝伦，向先生说话自然是很好听，我学不来，也记不住。我慢慢地走进屋里，静静地注视他弹琴的背影。

他的手指曼妙地轻抚那些琴弦，可是脊背端正得纹丝不动。说真的，我不懂得怎样的一首曲子算是好听，或者说，怎样的琴音算是美丽，我只知道，微微颤动和舞蹈手指的时候，我才发现，他不能算是弹琴的人，是冥冥中有什么东西在拂动那张琴，他就是流淌而出的音乐凝结在人间的模样。

半个时辰以前我还想着要永远离开他，但是现在我知道那是不可能的。不，准确一点说，在我发誓我要离开的时候我就已经知道那是不可能的。他永远在那儿，在我眼睛里，在我周围的空气里，他改变了我，他让我成为我，他把我整个人变成一缕源源不断的温柔和辛酸，迟疑地萦绕着他。

琴声停了，他说："瑛郎。"

我走过去，跪下来，紧紧地抱住他的脊背。其实我根本就不怕他死，因为我已经答应过王大人，无论怎样，我都随他去。我只是不忍心看着他那么寂寞。不可能的，我怎么可能丢下他，是他让我懂得了什么叫作牵肠挂肚。

有两滴温热的水珠打在我的手背上，我惊愕地发现，他在哭。

他说："瑛郎，你知不知道，大祸就要临头了？"

我说："知道。"

他说："江山很快就要易主了，瑛郎。"

我愕然："谁来坐天下，关我什么事？不管是什么人，我反正不能直呼其名，还不一样都得叫皇上？有什么区别？"

他流着泪笑了："对，瑛郎，讲得对。"

"你是带着仙气来到这世上的。"我告诉他，"所以这和皇上或者天子无关。这个世道容不下你，你不管怎样都会让他们害怕。"

“瑛郎，”他轻轻摩挲着我的手指，“你叫我怎么、怎么放心得下你？”

“大不了一死，怕什么？”我笑了，“瑛郎无牵无挂，孑然一身，正好陪着你上路。”

“瑛郎，你跟我多久了？”

“三年。”

“才三年而已。”

“已经够长了，就像楚霸王那匹马。或者我来到这个人间，就是为了跟你见上一面。”

“傻孩子，你怎么会是马。”他低下头来，亲吻我的手，“只有你，才跟我相依为命。”

为了“相依为命”这四个字，我也哭了。我们紧紧地相拥，眼泪流到了一起。我们为了不同的事情而哭，说到底，都是为了命运。

第二天清晨，当屋外又响起辚辚的车声，我打开屋门，手捧一卷白绢，走了出去。如我所料，山大人站在藩篱外面。看到我，他微微愣了一下。

我说：“嵇先生说，这封信交给山大人。”

当着我的面，他抖开了这卷白绢。那上面的狂草龙飞凤舞，美不胜收。只有我一个人知道，其实字字都是泣血而就。他只扫了一眼那触目惊心的标题，就把白绢折起来放入怀中，那标题是：与山巨源绝交书。

山大人看上去像是释然了一样，对我说：“带我进去，我想再见他一面。”他坐在回廊上，背对着山大人，面前放着他珍爱的琴。山大人笑了，说：“你还记不记得，那一年，我们碰上一个姓孙的道士？他说你才貌均无可挑剔，就是不会做人。”

“当然记得。”他也微笑，“我还记得你那个时候喝酒只喝八斗。”

“那是多少年前的事情了？”山大人皱着眉头。

“很多年。”他说，“有一件事想要拜托你，如果我死了，请你照顾我儿子。”

“这个自然。”山大人说，“我也有最后一件事情求你。”

“讲。”

“我想再听你弹一次《广陵散》。”山大人微笑了，“我一直都记得你说过，世间万物都有盛衰枯荣，这是自然的循环，可是只有音符没有盛衰，也无所谓荣枯，所以音乐才是恒久永远的。其实你说得不对。因为这世上，只有你一个人会弹《广陵散》。我想听，可以吗？”

他说：“可以。”

最终的劫难是在我们日复一日的平静等待中降临的。他自己也知道那是陷阱，所以他跳得坦然。

我早就说过，他天生就是一个光芒四射但不自知的人。

那一天的刑场上，人头攒动，哭声震天，但是他的表情依然清冷。他的长发散开了，身上依旧穿着那件灰白、陈旧的长袍。

他抱着琴坐在断头台上，为自己，也为世人最后一次弹了一次《广陵散》。从此以后，这世上就再也没有人会弹这首名叫《广陵散》的曲子了。

那一天，我没有去刑场。我独自待在我们的房间里，在行刑的那一刻，把头伸进早已套好的白绫中，踢翻了脚下的凳子。在黑暗降临的那一瞬间，我听见了《广陵散》。那首曲子只是讲述了一个梦境，它其实已经包罗万象了。

在最后一个音符消失的时候，我看见了他。他像个神明一样，微笑着，端然地对我挥挥手，那一瞬间我对所有刻骨铭心的离散都已释然。他依然那么美，那么壮丽，那么安静，那么超然。断头台上的血丝毫没能弄脏他的脸。他的宽袍大袖被风吹起来，吹到我的脸颊上。他说："遇上你，一定是我的一个梦。"

然后，他就静静地变成了一只绚烂的蝴蝶。

他的双翅上有你在这个世间看到的所有的颜色。你在这个世间看不到的颜色，也有。

我说："不是梦。不是的。我是瑛郎，你的瑛郎。这个世界上只有一个能跟你同生共死的瑛郎。"

话音未落，有一种摧枯拉朽的疼痛在我的体内燃烧着。

我整个人都被撕裂了，往日所有肝肠寸断的眷恋，所有不顾一切的牵挂，所有肝胆相照的不舍，所有撕心裂肺的柔情，全都被一股巨大的力量硬生生地从我的身体里面拽出来。我难以置信地想为什么我已经死了还能感受到这么剧烈的痛。

就在这时，所有这些被生拉硬拽出来的东西变成了一只雪白的蝴蝶，带着些零星的、猩红色的血点，跟着他飞走了。飞到一个黑暗的幽深处，飞到一个幽深到你以为它根本不存在的幽深处，飞到一个沉睡着那首永远不存在了的《广陵散》的地方。

我站在原地，带着我空荡荡的身体。筋疲力尽。

你在那里，我也要去，然后我们就相逢了。

然后我睁开了眼睛，我看见了向先生的脸。向先生告诉我说，是他把我从房梁上解下来的。我昏睡了三天三夜，终于从鬼门关回来。准确地说，只有一部分回来了。生命里面那些最柔软最绚烂的东西，已经永远地陪着他去了。

从此以后，藏瑛活了下来。但是他的容颜再也没有长大，再也没有变老。他就像一个妖孽一样，在很多很多年间，保持着一个绝美的十六岁少年的模样。

只是有一件事我仍旧不明白。明明心魄已经跟着他走了，明明已经心如止水不以物喜不以己悲了，明明已经对任何人和任何事没有任何眷恋了，为什么还是会想念他。还是会一次又一次地回想起那个若干年前狼狈的黄昏，他问我："你从哪儿来？你要短刀做什么？"还会想念那另外一个黄昏，我用尽全身的力气拥抱他，因为我答应过王大人，他绚烂了一世，我不会让他走得那么凄凉。

行尸走肉般地活着也有一个好处，那就是我替他看到了所有的事情。看到了江山终于换了姓氏，司马家族终于变成了至高无上的。看到了向先生在某个心碎的黄昏，写了一篇短短的《思旧赋》，为了纪念一个曾经和我分享的秘密。

我也看到了他的儿子嵇绍在山大人处心积虑的保护下长大。事实上山大人吩咐过我，我的职责就是在有生之年里守护这个有着跟他父亲一样的秀美双眼的男孩子。万一有不测，我唯一要做的事情就是带着这个孩子逃亡。

我还看到了他最终长成了一个翩翩美少年，有人跟王大人赞美他，说嵇绍这孩子出众得简直像鹤立鸡群。王大人微笑着回答说这话的人："那是因为你没有见过他的父亲。"

但是我们谁都没有想到，这个一样美丽的男孩子长大之后，变成了他的杀父仇人司马家族最最忠诚的臣子。只因为，只因为，当他是个清俊少年的时候，他就见过那个后来莫名其妙成了皇帝的小男孩。那个小男孩就是后来臭名昭著的晋惠帝。当全国闹饥荒时，他天真地说百姓们没有饭吃的话为什么不吃肉。他们第一次见面的时候，小男孩在哭，他问小男孩为什么哭，小男孩说他丢失了最心爱的东西，但是他想不起来那样最心爱的东西是什么了。这个小男孩的脑子有毛病，是谁都知道的，至于他后来做了皇帝之后闹了多少笑话，那根本就不是他的错。

一直到最后，嵇绍都愿意不遗余力地用生命保护这个无助的、连自己最心爱的东西是什么都忘记了的小男孩。因为小男孩让他想起童年时同样无助的自己——永远冷若冰霜的母亲，永远高高在上的父亲，父亲最眷恋的，居然还是一个低贱的娈童。这一切的一切，都让他困惑。因此，不管在外人眼里这个后来继承皇位的小男孩多么可笑，嵇绍永远耐心地回答他所有愚蠢的问题，就像是一个父亲，虽然他只比小男孩大七岁。

后来，他为了这个小男孩而死，死在八王之乱的乱箭之下。那个时候小男孩已经是大人了，但是他的心智依然是当年那个哭得很无助的孩子。他不许别人洗那件战场上的御袍，因为那上面沾着嵇绍的血。他害怕自己又会像小时候那样忘记嵇绍，他不能允许自己忘了嵇绍。

所有的岁月在我的身边疾驰而逝，就像流星。只有我，我的容颜不老，因为我已经没有了心。我想嵇康若是知道了他儿子的结局，应该会高兴的。因为这个孩子跟他一样，毕竟用生命捍卫了一样他认为重要的东西。至于那样东西是什么，大可忽略不计。

我自己就像晶莹的鹅卵石那样，沉在时间的河底。从他死了以后，我就再也不做梦了。只不过偶尔，有那么一些场景总会在我的眼前猝不及防地出现。

活着的人都已经死了，我呢，我的心死了，但是依然活着。不过我挺喜欢这样，因为这种永远阴冷的感觉，让我能够体会他躺在墓穴里的感觉。我们的心魂已经那样绚丽地离去，而躯体们同样以这样一种方式相依为命。

请你保佑我

在我很小的时候，我就知道，等我长大以后，我会颠倒众生。

我不知道这个想法是从什么时候诞生的，总之它根深蒂固。当然了，非常小的时候，我并不知道“颠倒众生”这个词的存在。我只不过是固执地相信着，我总有一天会从我生活的这个衰败的、陈旧的世界里飞起来，并且毫不留恋地把这个世界抛到身后。但是，就算是我真的可以飞走，我又将奔向一个什么样的终点，我却不知道。或者说，我总结不出来我真正想要的东西。

我只是近乎偏执，并且厚颜无耻地坚信着，我根本不属于我生活着的这份生活。我生活里的所有问题，以及生命里的所有苦难，全部缘起于此。我知道奇迹终有一天会降临在我身上。我等了很久，很久。后来我发现，我等不及了。于是我选择了尝试着自己去创造奇迹。所以我开始写作。

我有责任告诉你们，这篇文字会是一篇非常难看的小说，因为它没有任何的虚构，它忠于现实的程度就像是一篇自传，但是它的确不是很多人理解的那种自传，如果你想在这里面看到一个“80后”美女写手究竟跟多少男人上过床，那么很遗憾，这篇小说里没有你期待的东西。

女士们，先生们，非常感谢你们能够读到现在的这一行，非常感谢你们对一个平凡甚至是卑微的生命感兴趣。现在你们可以关掉所有的灯，然后让我登场。请你们保持肃静，关掉手机，并且在忍无可忍中途退场的时候尽可能地保持安静。

由众人的屏息静气组成的寂静总是魅力无限。我就在这性感的寂静中，在海面一般的灯光中，对你们粲然一笑，我说过的，我将颠倒众生。这不是一个梦想，这是我的信念。

一

我想我必须从我的父母开始。因为这对给了我生命的男女做了一件非常了不起的事情，那就是在我的灵魂深处埋下了一个天大的错觉。我的爸爸妈妈从事一种比较特殊的职业，他们是作家。不必惊讶，你们没有看错，两个都是。也许是因为所谓的见鬼的遗传基因，也许是因为他们俩在我还完全懵懂的时候给了我非常好的早期教育。总之，大人们说，我在一岁半的时候会背若干首唐诗，在两岁的时候把《快乐王子》和连环画版的《爱丽丝梦游奇境记》一字不差地背下来，两岁半的时候认得了差不多五百个汉字，四岁的时候，由于妈妈是《红楼梦》的忠实粉丝，她总是给我念那本千古绝唱里面某些吃喝玩乐的片段，然后有一天，她突然发现，我把那些她常常重复的片段都背出来了。

不要误会，我绝对不是在炫耀，我只是想说，这其实是我所有的伤痛，甚至是悲剧的开始。

我拥有一对聪明、敏锐、骄傲，并且杰出的父母。我为此而感到骄傲。可是由于职业的关系，他们俩不约而同地用一种无意识间雕琢过，并且精心修饰过的方式感受这个世界。很多时候，他们俩都不大能够意识得到他们自己和他人之间的区别。他们常常旁若无人地使用非常书面，以及非常抒情的语言在人声鼎沸的公共场合聊天，并且丝毫不理会周围的人投射过来的惊异的、用来注视异类的目光。比方说，在污浊的清晨的菜市场，发现某种新鲜的蔬菜，妈妈会自然而然地说某个古人曾经用什么样的句子形容过这种菜，然后爸爸长叹一声，非常配合地感叹中文真是博大精深，这个古人真是细致入微，等等，等等。非常不幸的是，我爸爸和我妈妈说话的声音都非常好听，纯正的普通话加上他们那种不属于日常语言的抑扬顿挫，以及他们丝毫不控制的音量，在这个清晨的菜场上，当然是吸引了非常多的菜农的注意。当我稍微懂一点事的时候，类似的场景总是让我羞愧到无地自容。

我不知道我是否表达清楚了我想说的话。我的意思是，当一个年幼的小孩子身处菜市场的时候，她当然也看到了在这个清晨的菜场那些尘世的喧嚣，那些自行车的水泄不通，那些讨价还价的声音，那些赶着时间送儿女上学的爸妈，那些因为缺斤短两等原因而起的争执，那些看热闹的人。可是如果她的父母总是漫不经心地从不关心蔬菜和蔬菜间那一点点的价格的差别，而且他们还硬是要对着一棵新鲜蔬菜赞美中国文化，那么他们的孩子，理所当然地就会认为，那些围绕在身边的属于尘世的喧嚣全部与自己无关。因为，那看上去与她至亲至爱的两个人无关。

所以，从一开始我就搞错了一件事，我不知道我其实也活在那个别人眼里的唯一的、真实的世界里。我对别人眼里的这个唯一的真实异常淡漠，直到现在。这其实是一个很可怕的谬误，我的父母绝对要负很大一部分责任。

我的妈妈总是教我背唐诗，天气好的时候的诗，刮风下雨时候的诗，友人离别时候的诗，甚至是带着我去儿童公园荡秋千的时候，背古人写的关于美女荡秋千的诗。我的爸爸总是喜欢用一些非常精练甚至是精彩的句子为我总结人生，比方说，我三岁那年，他就告诉我："这个世界上的大人都是坏人，可是小孩都是好人。但是再坏的大人也要生小孩，再坏的大人生出来的小孩也是好人。所以这个世界不会全部都被坏人占领的。"他们俩吵架的时候更是精彩，总是使用一长串一长串的、排山倒海气势逼人的排比句。因此，我一直都笃定地以为，这个世界就是这样对仗工整。我以为万事万物都有精致的平仄在里面。任何一种生活的场景，任何一种人世间的感情都是押着韵的。在我还根本就没有完整地确立起来“我”这个观念的时候，我已经被他们抛到了文字的世界制造的幻觉里。或者说，抛到了文字制造的关于这个世界的幻觉里。

文字是世界上最大最大的弥天大谎，这是我非常非常惨痛的切身经验。

你不会想象得到，这个虚假的、由文字创造出来的世界，是怎样蛮横地影响了我的生活。对我的父母来说，这个世界或多或少，都是他们自己在长大成人的过程中自主的选择；可是对我，这个世界跟我的灵魂盘根错节地纠缠着，我把它当成了坚如磐石的真实。当我真正发现了它是个骗局的时候，我已经二十一岁了。没错，我是在二十一岁那年真正明白这件事情的。但是，二十一岁的我已经来不及纠正所有的错误。

二

我寻求的东西很简单，只不过是奇迹而已。

所谓奇迹，就是指庸常到不能再庸常的生活里，一些非常奇妙的瞬间。在那样的瞬间里，我们生活的世界跟文字里的世界产生了一刹那的无比优美的重合。在这样的瞬间到来的时候，我能清楚地听见这两个世界“咔嚓”一声，像两个金属的齿轮，准确无误地连接上了。

比如说，我三岁那年，某一天中午，当时家里请来带我的阿姨像平时一样给我围上吃饭用的小围嘴，但是突然间，我在阿姨的眼睛里看见了两个小小的、淡淡的自己。我于是非常惊喜，甚至可以说煽情地跟她说：“阿姨的眼睛里有宝宝。”我想这个阿姨注意到了我的语气里那种微妙的变化，因为这种孩子的煽情在很多情况下都会感动一个大人，于是阿姨非常配合地看着我的眼睛，慢慢地，并且专注地说：“宝宝的眼睛里也有阿姨。”那一瞬间我幼小的身体里感受到了一种非常庄严的东西。用我现在的话来说，那是一个大人和一个孩子之间感情的交流，以及互相的信任。但是当时，我只是模糊地知道，这个时候我不是那个平时跟阿姨耍赖或者哭闹的我，阿姨也不再是平时那个威胁我说要把我的恶行告诉我爸爸的阿姨。我们两个人在这简短的对话里，不约而同地化腐朽为神奇。三岁的孩子不知道什么叫感动，她只知道这种东西在生活里其实非常稀少。

是的，非常稀少。但是她笃定地相信这才是生活本来的面目。小的时候她有的是耐心来等待这种奇迹的降临。稍微大一点的时候，她慢慢懂得了在空气中嗅出奇迹的味道。

五岁那年，爸爸把我放在自行车的横梁上，我们一起从一个斜坡上飞速地滑行下来。爸爸故意不捏闸，任由自行车没头没脑地冲到面前的院子里。我开心地尖叫着，然后我看见，那个院子里面开满了槐花，我和爸爸是在满地落着的槐花上边飞翔。那个时候自行车变成了一个饱满的弹弓，而它刚刚发射出去的那颗石子，就是我的心脏。奇迹来了，又来了。我又一次地活在了化学实验室的真空里面。没有日常生活的烦琐，没有所有那些我厌倦的东西，只有奇迹，只有干干净净的激动、狂喜，还有满地落花，还有满院子默契的静谧。这种奇迹原本只存活于文字所创造出来的幻境里，但是它终究还是会在我的眼前出现的。我才五岁，但是我已经非常清楚地知道了，这就是我要的东西。除了这样的奇迹，我什么都不想要。

于是，自然而然地，我就天真地，并且无耻地认为，我自己也是一个奇迹。

虽然我并不漂亮，虽然小时候大家都认为我是个神童，但是我上学以后就没人再这么认为了。虽然我长大的经历，跟中国城市里的绝大多数同龄人一样没有任何的出奇之处，虽然我的身上并没有发生过任何荡气回肠的故事，可是我就是知道，我终有一天会变成一个文字的意境。我终有一天会变成我所痴迷的那种瞬间的一部分，然后，我就可以全心全意地、瑰丽地绽放。

只可惜，为了实现这个目标，我不知道自己该如何努力以及如何奋斗，我甚至不知道这究竟能不能算是一个目标。我活了二十四年，这二十四年我就像是一个蹩脚的考古学家，一丝不苟，或者狼狈不堪地鉴定每一个奇迹的真伪，鉴定真实的世界和文字的幻象之间那道让人抓狂的、微弱的分界线。当我在这种无望的鉴别中间心力交瘁的时候，我不由得暗暗地叹气，觉得人生真是一件艰难的事情。

三

我是在幼儿园里看见上帝的，那也是我第一次看见他。

那间幼儿园非常让人失望。那里的老师成天训斥我们，好像我们是一群牲口。那里的孩子们似乎非常不在乎自己被当成了牲口，嬉笑、打闹、争执等都还在没完没了的呵斥声中照常进行。再加上他们还要发给我们一种难吃到恐怖的橘子酱面包，并且强迫我们吃得干干净净。那一天午后，我非常沮丧地坐在小板凳上失望地想：为什么在这里没有奇迹？我已经非常努力地去跟着大家唱歌、折纸，努力地做一个好孩子，能做的我似乎都做了，可是奇迹依然没有降临。

然后我就听见了一声尖厉的刺耳的哭喊，再然后就是一群小朋友此起彼伏的惊呼。

我们班的一个小女孩从滑梯上摔了下来，血流了一脸。

那是我第一次看见那么多的血，活生生地流出来。我周围的小朋友的脸上呈现出整齐划一的恐惧。周围的空气突然间变得黏稠，传递着活灵活现的惊慌。那个女孩子一直在哭，她的那些血让我在一瞬间失去了感觉和反应的能力。

我怕，但是就是在这巨大的恐惧中，我惊慌失措地发现了一件事，我眼前的这一切，居然也是个奇迹。因为这个瞬间里，这间幼儿园里所有令人无法忍受的东西都已经悄然退场，粗暴的老师，麻木的小朋友，以及惨无人道的橘子酱面包都不存在了。恐惧这个东西，就这样干干净净地出现在我眼前，从文字那看不见摸不着的幻觉里走下来，带着新鲜的、一点都没有被这个世界污染过的气息，赤裸裸地跟我面对面。

原来奇迹并不只是令人愉悦的，原来奇迹并不只是令人激动欣喜让人拼了命也想要握在手心里的，原来奇迹也可以以这样难看的形式存在。我无条件信任的东西第一次在我眼前呈现出丑陋的一面，我不知道原来奇迹也可以伤害我。可是当时我太小了，我表达不出来所有这一切，我只是努力忍受着小腿肚子微微的震颤，然后对自己说：我讨厌这个幼儿园。

上帝就是在这个时候出现在我的眼前的。他是个中年人，高大有力，穿着一件很旧很旧的粗花呢外套，推着一辆满大街都看得到的自行车。他对我微微一笑，然后把我抱起来，放在他自行车的横梁上。然后他非常潇洒地跨到自行车上，我们扬长而去。

我的小脑袋正好可以碰到他的下巴。他温热的呼吸吹在我的脸上，他说："好孩子，你为什么这么讨厌这个我创造出来的世界呢？"这个问题对当时的我来说有些过于深奥，所以我只好真诚地、抱歉地看着他，一筹莫展。

"我承认。"上帝有些沮丧地说，"这个世界有很多糟糕的地方。每一年，我都会碰到一些像你一样无论如何都不喜欢它的人。孩子，你知道，其实有时候我也会怀疑自己的。不过我还是希望你能欣赏，或者说理解我的作品，你明白吗？"

我安静地摇摇头，为自己的愚蠢感到羞愧。

他突然笑了，他的笑容很温暖，不像我熟知的、成年人脸上常见的那种微笑。他说："我给了你一对很好看的大眼睛。"

我是个有礼貌的孩子，于是我说："谢谢。"

接着他说："我也没有办法，孩子。因为只有我才能创造一个世界，可是你不能。你没有办法选择，你只能待在我的作品里面。"

我说:“是因为你是个大人，可我只是一个小孩儿吗？”

他说：“不是，就算你变成了大人，也做不到这件事情。”

我说:“那我该怎么办？”

他说：“这没什么，等你长大以后，你就习惯这件事情了。你会觉得这件事情就像天是蓝色的、太阳是红色的一样自然。”

我摇头:“太阳不是红色的，太阳是白色的。”

他点点头:“那好吧。”

我认真地看着他的眼睛，我问他：“太阳到了晚上就变成月亮了，你说是不是呀？”

他再一次温暖地笑了，他对我说:“是的。”

在送我回幼儿园的路上，上帝给我买了一支四角钱的奶油雪糕。我很迟疑，不知道该不该接受，我跟他说我妈妈从来都不准我吃雪糕，因为她说雪糕很脏。然后上帝就非常诚恳地说:“不要紧，回头我去惩罚她。”

我立刻对他肝胆相照了，我说:“我过四岁生日的时候，你一定要来吃蛋糕。”

他说：“我就不去了，我很忙。不过你记住，我有礼物给你。”

然后他推着自行车走到夕阳里面去了，半路上转过身来跟我挥手，挥了很多次，很多次。夕阳里面是他的轮廓，是他清晰地挥手的样子。可是大人们都兴奋地说，那天有日食。

后来我收到了上帝给我的生日礼物，我的弟弟。

四

我的弟弟不是人，是一只玩具小熊。二十年来，他是我最亲的弟弟。我发誓要尽我全部的力量来保护他，因为我和他之间，血浓于水。虽然他的身体里没有血，只有棉花——但是这只是细节，可以忽略。

当然了，这个世界上没有几个人能够理解这件事。小的时候他们管这叫孩子气，长大了以后他们也不知道这叫什么了。二十一岁那年，我的弟弟已经很陈旧了，身上很多地方的毛都已经脱掉。一只耳朵已经被缝过很多次，并且依然摇摇欲坠。但是在我心里，他仍旧是那个四岁那年娇嫩欲滴的弟弟。我当时的男朋友跟我开玩笑说："如果你不做晚饭的话我就蘸着蛋黄酱吃掉你的这只小熊。"于是我勃然变色，我恶狠狠地告诉他："你敢碰他一下我就杀掉你。"

接下来发生的，当然是一场战争。其实我能够理解他，因为一只玩具熊受到性命的威胁，对于一个男人来说当然是难以接受的。最后他很冷静地对我说："你是一个冷血动物。”

我无辜的弟弟呆呆地坐在小床上，他不能理解因为他而起的这场纠纷。我把小小的他抱起来，贴在脸上。弟弟，有你冷血的姐姐在，你什么都不用怕。

冷血动物。从小到大，不止一个人这么说我。有那么一段时间，我是真的以为他们都是对的。

因为我很少被什么东西感动。年龄越大，可以感动我的东西就越来越少。我自己也不知道问题究竟出在了什么地方。也不是单纯的感动吧，我不知道该怎么概括。你也许没法想象，在十四岁以前，我并不认为我真正见过一个“美女”。我身边当然出现过漂亮的女孩子或者女人，但是当别人说起什么人是个“美女”的时候，我最直接的反应往往是略带嘲讽地微微一笑。因为“美女”这个词，首先让我想起来的是两个非常美丽的词语，“沉鱼落雁”还有“闭月羞花”。我想人世间一定真实存在这样的风景，一定存在着那样的女子，就像是从两个极尽夸张的形容词里面走出来。但是这样的奇迹，一定不可能是那么容易就能碰到的。所以，美女，这样一个词语，为什么要乱用？

我当然是犯了一个很愚蠢的错误。可是，这又是奇迹惹的祸。我总是在等待奇迹，等待生活里出现一个可以和文字的幻觉吻合的场景，一件事情，或者一个人。只有奇迹才能让我激动，才能让我毫不吝惜地对这个世界发生深刻的情感。一个人在跟集体相处的过程中，总会碰到一些大家心照不宣地发泄共同的感情的时刻。比方说，电影院里大家对着一部滥情片子淌眼泪；毕业典礼上每个人都忘情地拥抱，每个人就好像他们真的要生离死别。诸如此类的时候，我总是缺席的。我在角落里看着眼前上演的这些如假包换的悲欢离合，非常惶恐，我恨我自己为什么不能参加这悲欢离合的演出，我恨我自己为什么无动于衷，我恨我自己为什么是个冷血动物。

冷血的同时，我越来越吝啬。有非常非常多的词语，我都不愿意使用。比如“刻骨铭心”，比如“撕心裂肺”，比如“海枯石烂”，比如“坚如磐石”，当然还有“沉鱼落雁”和“闭月羞花”。我像个守财奴那样在心里小心翼翼地存放着无数的词语，宁愿它们烂在那里生霉，也固执地不肯使用。所以在十几岁的少年时代，我无论如何也想象不到自己竟然会写作——让我这样的人去写作就像让葛朗台去血拼一样荒唐。

我想，这个世界上怕是没有多少人，像我一样把词汇当成瓷器，当成金银财宝那样来珍惜的。直到有一天，我遇见了宁夏。

五

到今天我也依然觉得，宁夏不是一个人，而是一个故事里的人物。这多么符合我自从有记忆以来就对奇迹的那种不屈不挠的期盼。可是宁夏和我不同，她从头到尾对她生活的世界都毫不怀疑。她自然是骄傲的，那是因为她觉得自己卓越。她不用像我一样，那么小心翼翼、如履薄冰，或者说可怜兮兮地衡量自己为眼前的世界付出的感情究竟是否值得。不用像我一样，如同一个卑微的守财奴，一心一意地认为只有奇迹发生的时候我才可以毫不吝惜地挥霍所有的感觉、感情，乃至激动。这些总是困扰我的问题却从来不能困扰宁夏，所以，在很多时候，面对着宁夏，我无数次地清晰地听见两个世界的链条准确无误地契合的声音。宁夏挥金如土地浪费自己的激情跟柔软，这样的挥霍跟“潇洒”这个词重叠得准确无误，就像小时候临字帖那样天衣无缝地重合。所以，宁夏也是个奇迹。

亲爱的宁夏来到我的面前的时候，我们都是十二岁。那个时候，世界已经不像我们童年时代那般匮乏、单调，以及简单到无欲无求。那个时代已经过去了，形形色色的繁华扑面而来，带着精致、缤纷，以及奢靡的气息。在我们长大的那个名叫龙城的城市里，繁华最开始是无声无息地破土而出的，就像某种坚韧而无人问津的野草。在我和宁夏相遇的那年，繁华还没能真正动摇这个城市荒凉的根基。相反的，似乎势单力薄，总遭受着这个古老的、灰色的、钢铁的城市一种怪诞的白眼。它真正地耀武扬威是几年后的事情了。

宁夏一个人静静地坐在操场的一角，浓密的树荫下面她裸露在运动短裤外边的腿就像是洁白的冰雕。她的手也是，苍白、纤丽，就像在放大镜下面看到的雪花。其实她从来不跟着我们上体育课，不过每一节体育课的时候她也会和我们一样一本正经地换上运动服，然后矜持地坐在树荫下面，看着我们挥汗如雨。有一天，我实在忍不住我的好奇，就走过去问她："你为什么从来不上体育课？"

她歪着脑袋看了看我，微微一笑，突然把她晶莹的右手贴在了胸口上："因为我这里有毛病。你听说过先天性心脏病吗？就是一生下来心脏就有缺陷。我的心脏比你们的心脏少了一样零件，所以我可以不用上体育课。"

那几句非常简单的话，从宁夏嘴里说出来，就是不一样。

我也说不上来是什么地方不一样，我只是知道，她真真切切绽放在我的眼前的那个微笑才能称得上是货真价实的嫣然一笑。我的意思是说，只有在面对像她这样的微笑的时候，"嫣然一笑"这个词才拥有被使用的资格。宁夏漂亮吗？漂亮。当然不是沉鱼落雁以及闭月羞花。但她的美丽证据确凿。你看，我已经在放心大胆地使用“美丽”这个词了，而不只是小心谨慎地使用“漂亮”。

我想我的心情是很复杂的。我一直都在等待，在寻找，在盼望着奇迹。现在奇迹来了，宁夏就在我的眼前，嫣然一笑。可是我突然间有点失落。我承认我是有一点忌妒的。她看上去并非不食人间烟火，相反的，她跟每个人都能谈笑风生，哪怕是一些在我看来跟宁夏根本不可能产生“交集”的人。但是，她似乎就是能够做到以她自己的方式，跟眼前的万事万物发生她想要的那种关系。自由自在，游刃有余地选择她要的和她不要的。这是一种天赋，可是我没有。我只能在僵硬的、亦步亦趋的追逐中慢慢地蜕变成一只冷血动物，一只必要的时候也不肯使用相应的感情的冷血动物。

我艰难地，几乎是痛苦地承认了，我喜欢宁夏，我想要常常跟她待在一起。被她影响，反射她的光芒，在她日复一日地潜移默化下变得和她心心相印——这实在不是什么代表缘分的默契，而是一种有意识的自我改造。不过，我不准备让她知道这个。冷血动物的自尊比谁的都珍贵，因为除此之外她没什么值得捍卫的。

在跟宁夏成为朋友不久之后，我路过我们龙城的闹市区的时候，看到一幅巨大的、精美的广告，是一个新建的别墅区的广告。那个巨大而美丽的画面上，有一幢很好看很好看、像是图片里面的房子。那个别墅区的名字叫作新天鹅堡。小小的精美的三层城堡，是一种非常纯正的铁锈红。那种红看上去与被我们平时日复一日地损耗着的生活无关。尖尖的屋顶，以及象牙色的窗棂。这个房子的周围是一片碧绿的草地，绿得毋庸置疑，就像是坚不可摧的历史。草坪上有一个雪白的秋千架，那上面坐着一个女孩子，她很尽兴地荡着秋千，她的裙子被风吹得千姿百态的。还有一件很重要的事情：我觉得这个女孩子长得特别像宁夏。

没有人知道，那个别墅区的广告对我来说到底产生过怎样的意义。

要知道，那幢画上的房子，那个女孩，对我来说，就是奇迹。现在想来，那座新天鹅堡实在不是什么高明的设计，充满了拙劣的模仿以及暴发户的气息。可是在当时，它却货真价实地迷惑了我。它静悄悄地盘踞在我们这个北方的灰色的城里。放眼望去，我，还有我周围所熟悉的所有人们，都在过着一种不断折旧的生活。在这座已经像是一张因为流通过一百次而变得脏乱不堪的人民币的城市里面，我从没想过我还可以碰上一座这么纯粹，像是梦境一样的新天鹅堡。但是事实是，只要一个人拨出去广告右下角的那个电话号码，这个看似是童话故事制造的幻觉就可以属于他了。我痴痴地凝望着那个广告上荡秋千的女孩，她和宁夏一样有对幽深的大眼睛，以及满脸恰到好处的漠然。没错的，“墙里秋千墙外道，墙外行人墙里佳人笑”，就是这个。我心里隐隐地觉得不安了，因为我模模糊糊地意识到，新天鹅堡只是一个开始，说不定从此以后，我在这庸常发霉的生活中，会有机会碰到越来越多的奇迹。文字的比喻也好，夸张也好，这些比喻或者夸张造就的那些瑰丽的“不可能”会被越来越频繁地描摹下来。

那时候在我们这个闭塞的城市里，大多数的人对新天鹅堡的存在还无动于衷，认为那是与他们的生活毫不相关的东西。可是十二岁的我，略带恐慌地明白了，繁华终将打败这座古老的城市，把这座城里的所有人收服为它的忠实子民。因为，它的确拥有强大到近乎原始的力量。

现在想来，我觉得童年时代的我，之所以对文字的幻觉那般痴迷，之所以那么执着地追逐着文字的描述在人的头脑里造成的绝美想象，有一个很重要的原因：我在童年里从没有见过扑面而来的繁华跟绚烂。我说过，我小时候，八十年代的龙城，满眼所见，皆是陈旧、匮乏、简单，日复一日的生活里没有人把奢靡当成一个明目张胆的梦想。因此，当我想要绚烂可是现实又不能告诉我什么是绚烂的时候，我只能求助于奇迹，求助于美丽的文字带来的虚幻。

可是当时，十二岁的我没有能力想明白这个。我只是坚定地在心里对自己发了一个誓。那是一个会让大人们听了以后非常惊讶的誓言：等我长大了，我一定要有很多、很多，比很多还要多的钱，因为钱可以创造出来那些我想要的奇迹。

六

“没错呀，等我们长大以后，当然会有很多很多的钱。”宁夏愕然地看着我，似乎是在惊讶我居然这么晚才领悟到人生的精髓。

“嗯。”我用力地点头，“一定要有很多钱才可以。不然我就去死。”

我们俩并排坐在校园的双杠上，让两条腿在半空中晃荡着。夕阳西下，微凉的风微妙地拍打着我们的裙摆。那个时候，我和她已经是无话不说了。所以她就自然而然地把她的秘密告诉了我：她根本就没有先天性心脏病。

她之所以撒谎只不过是因为她不想上体育课，于是她就编出来这么个一劳永逸的理由，好让老师在这三年内都不会来找她的麻烦。按道理说，她是必须要给老师出具医院证明的，但是宁夏厉害的地方就在于：她总是轻而易举就能让所有的人都相信她。

“其实很简单呀。”宁夏跟我解释说，“我就跟老师说，我没有家，没有爸爸妈妈，我的家里没有一个大人愿意带着我去医院开证明。”听到这里我们俩一起开心地大笑了起来，我们的笑声很容易就落到金属的双杠上面清脆地碎裂了。

宁夏说的是真话。有生以来她就从来都没看见过她爸爸。后来她妈妈又一次地结了婚，只不过在那个妈妈的新家庭里，没有宁夏的位置。她从童年起，就像个英勇的游击战士那样，在形形色色的亲戚家里东住一年，西住一年的。虽说没有什么人是在十全十美的情况下来到这个人间的，可是对宁夏来说，这个人间给她的欢迎仪式也未免太过寒碜。不过还好，她长大了，并且在这与生俱来的不断迁徙中学会了很多生存的本领，例如撒谎。

“那个新天鹅堡的广告里面的女孩，特别像你。”我告诉她。也不知道为什么，那几天我总是想找机会跟我身边的每一个人讲讲新天鹅堡的广告。似乎在潜意识里认为只有语气平淡地跟人说起它，才有可能化解掉它给我带来的那种冲击，而且似乎是想要跟自己表示，既然可以不动声色地说起，说明我并不那么在乎它。

她很认真地歪着脑袋想了想：“你说的是不是解放路口的那个大广告牌？上面画着一个红房子和一个荡秋千的女孩子？”

我点头。她沉吟了片刻，跟我说：“告诉你一件事，你答应替我保密吗？”然后不等我回答，她就深深地注视着我的眼睛，慢慢地说：“那个广告里的女孩，是我的姐姐。”

关于那个神秘的姐姐，她不愿意再多说了。其实从那时起我就在怀疑，她到底是不是真有那么一个姐姐，她有时候一时兴起就喜欢编个故事。无非是希望让自己看上去不像我们日常生活中随处可见的人而已。我真的是很羡慕她，因为她看上去毫无瑕疵，所以才能无所顾忌地拿自己当主角来编故事。可是我不行，我个子很矮，我的皮肤不够白，我的牙齿上戴着令人伤心的牙箍。总之，就算我自己故弄玄虚地告诉别人我自己的故事是个传奇，别人也不会信的，或者说，没有人会对一只丑小鸭的传奇感兴趣的，如果她还没有变成白天鹅。

后来，那是很后来了，我和宁夏在失散多年之后意外地重逢。我们像小时候那样面对面地坐着，中间隔着宁夏鼓得像只皮球的肚子。她温柔地抚摸着她的肚子，然后很坦然地承认了她根本就没有姐姐。孕育让她宽容地原谅了自己过去所有的错误，她说："你知道吗，我跟你一样，那个时候，站在新天鹅堡的广告牌下面发了好久好久的呆。我在想我到底要怎么样才能跟那个新天鹅堡的生活产生一点什么联系。然后我就告诉你说，那个广告里的女孩，是我的姐姐。"

原来我们俩都是一样的，新天鹅堡，是我们的伊甸园里的蛇。不过当我们相亲相爱地并肩坐在双杠上的时候，我们俩都还没有意识到，我们已经不知不觉地走在一条通往堕落的路上。

“等我将来长大了。”我信誓旦旦，“我一定要买一个新天鹅堡那样的房子。”

“我也买。”宁夏斩钉截铁地说，“我们一人买一座，要买紧挨着的，然后做邻居。”

七

我想提前告诉你的是，若干年后，宁夏真的住进了新天鹅堡。我说过的，她能做到任何她想做到的事情，因为她肯付出那些你不能想象的代价。

不过还是按照正常的顺序，来回忆我们共同的那些日子吧。在那些日子里我一点一点，十分艰难地发现，其实我和宁夏想要的是同一种东西。只不过，我们用不同的方式给它命名。对于我来说，那是只有文字才能企及的幻境；对于宁夏来说，那是所有她命里没有的一切。我固执地想要把生活跟奇迹划清界限，而宁夏觉得生活本身就是一个大奇迹。可能就是因为这种定义方式的区别才导致了我和宁夏最终成了截然不同的两种人。我总是把时间浪费在思索上面，她则用她的血肉之躯身体力行，追逐着生命中永远存在的那些“不可能”。

一个像宁夏那样美丽，那样不甘于平凡，那样缺乏家教的女孩自然是早熟的。如果早熟，她必然很早地就会拥有爱情。

那个人的名字叫金龙。这个名字总是令我联想起那种武侠动画片里面的人物。所以当宁夏一往情深地说起这个名字的时候我总是憋不住想笑。可是宁夏不知道这有什么可笑的。在她描述金龙这个人的时候，她对那些美好的词语的挥霍总是令我惊讶。那些珍藏在我心中，我觉得重若千钧的词语被宁夏用来形容一个街边的小混混，这让我觉得尴尬和难堪。

事实上，宁夏是有这个习惯的。她总是用一些在我看来珍贵的词语来形容一些生活中非常平凡的场景。比方说，一阵风吹过我们操场边上那棵歪脖子柳树的时候，宁夏会喜悦地说："多妩媚啊。"比方说，我们年级有一个很早熟很丰满的女同学，是很多男生的性幻想对象，她总是喜欢斜着眼睛微妙地瞟人一眼。我承认，她身上是有那么一点风情，可是我没有想到宁夏会说："你不觉得吗，她真的是挺妖娆的。"最开始的时候，我总是胆战心惊地听着她这样挥霍着我的宝贝，然后在心里痛苦地想着为什么文字是大家共用的一样东西而不能独属于我一个人。后来，慢慢地，我也开始跟着宁夏，尝试着使用一些我原来打死也不用的词了。我发现，当你可以像宁夏那样挥霍词语的时候，这个我们生活的世界在你眼中确实会丰富很多。可是我不喜欢那样，因为那样的话，奇迹就消失了。

扯远了，我原本是想回忆金龙的。那个在宁夏嘴里，英俊潇洒、风度翩翩、很酷、坏坏的，有时候温柔如水有时候残忍嗜血的金龙，在我眼里不过是个我们这条街上很常见的那种小混混。

那时候我们这座城里的小混混都是一身非常荒谬的打扮：里面穿黑色或者深色的运动背心，紧身的那种，外面却穿一件西装外套，下边是牛仔裤，然后再配上一双雪白的袜子以及懒汉鞋。这身可笑的衣服像勋章一样带给了他们无尽的自信与荣耀，他们在大马路上肆无忌惮地冲漂亮女孩子吹口哨，学着周润发那样点烟，再学着郭富城那样甩头发。

金龙就是他们中的一分子。我承认，他长得蛮好看，两道浓浓的眉毛有一种让女人动心的味道。可是对于宁夏来说，金龙不是一般的小混混。金龙聪明勇敢，懂得什么时候该心狠手辣。“金龙将来一定会出落成一个非常有出息的坏人的。”这是宁夏的原话。宁夏对于人生的设想是，金龙有一天会变成一个叱咤风云、铁血柔情的黑帮老大，而宁夏就是那个老大身边倾国倾城的红颜知己。没错的，你用柔情刻骨，换我豪情天纵。当金龙最终被警察包围，大势已去的时候，宁夏认真地对我说：“我会用一把最漂亮的左轮手枪，先打死他，再打死我自己。”她说这句话的时候，我们已经十四岁了。十四岁的宁夏已经为自己的未来设计了一幅最完美的图画。虽然金龙那身可笑的打扮让我没法把他跟这样一个故事联系在一起，但是我不得不从心里承认，宁夏的人生本该如此。我为我自己不能参与这样的奇迹而感到懊恼。于是我脱口而出：“我一定会替你们俩把你们的小孩养大的，放心吧。我会告诉他，他的爸爸妈妈是霸王和虞姬。”

天，霸王和虞姬，这居然是从我嘴里说出来的话。看来我真的是被宁夏同化得不轻。我使劲地甩甩头，但是一不小心就被这满室困顿的烟味呛到了。

那间阴暗的台球厅永远都是烟雾缭绕，不管白天还是晚上，台球厅里面的人是没有可能看到上帝的，因为他们根本不关心现在天上挂着的是太阳还是月亮，他们面前的绿色案子上面的那些滚来滚去、编着号码的球体才是他们的太阳系。每一次，当金龙漂亮地把那只孤单的黑 8 打进洞里去的时候，宁夏总是用毫不含糊的力道捏一下我的手臂：“看见了吧？看见了吧？他一杆就可以清台，他就是了不起嘛。”一片惨白的灯光中，自然有小喽啰巴结地凑上来，给金龙大哥把烟点上。于是一缕轻烟从他的嘴角袅袅婷婷地升起来，他斜着眼睛往我们这里瞟了一眼，非常利落地用台泥擦着球杆。他当然知道，安安静静地坐在 旁的宁夏的眼睛，飞蛾扑火似的亮。

当年我们脑子里的奇迹基本就是由这几种元素组成：钱，钱带来的尊严，用钱可以换来的每一样像是梦境的生活道具；爱情，死了都要爱的爱情；还有飞翔一般的堕落，义无反顾的堕落，像是一颗被打出银河系的黑 8 那样头也不回转瞬即逝的堕落；然后就是死，自觉自愿干净利落的死。当时我们都觉得，如果一个人能想办法让自己的人生同时拥有这些，那他这个人，就可以当之无愧地被称为奇迹。他就可以像是一个瑰丽绝伦的蝴蝶标本那样，只需静默在那里，不管有没有生命，轻而易举地就变成了一首唐诗的韵脚，或者一阙宋词的词牌。

但是究竟要怎么样才可以创造这样的奇迹，我一点都不知道。我只是一个十四岁的小孩子，我很想拥有很多很多的钱，很想变成一个至情至性的女人，很想变成一只凄艳到死的蝴蝶。可是我除了做完那些永远堆积如山的作业之外，还能怎么努力呢？至少，作业是我现在该做的事情啊，努力做完眼下该做的事情总是不会错的。很多个晚上，当我看着面前那些蜘蛛网一样的平面几何题，就自然而然地在想宁夏现在在干什么。宁夏多么幸运，没有人逼着她好好学习，她现在一定在一些云集了这个城市的所有坏孩子的场合出没。烟雾弥漫，满耳朵充塞的都是那些小混混的污言秽语。可是宁夏就是能从所有这些下流话中分辨出金龙的声音来，然后她脸上就会荡漾起骄傲的微笑，金龙的粗话讲得真好听呀，从来不说脏字的男人怎么能算是男人？

想到这里我就深深地叹了一口气。我能像宁夏一样爱一个人吗？我不知道。我真的能够做到像宁夏那样心甘情愿地把所有美丽的词语毫不吝惜地堆砌在一个原本平凡甚至平庸的人身上吗？再杰出的男人，跟我头脑中固执的奇迹相比，都会黯然失色。那我还能死心塌地地去爱谁呢？一个女人，要是不能像宁夏那样爱一次，那还不如趁早跳楼去算了。可是，可是，那种熟悉的、深深的自卑又一次地涌上来，开始啃噬我的心。我自己知道的，我是个冷血动物。冷血动物真的能够奋不顾身地爱吗？长这么大，除了对奇迹，就没有任何一样东西让我刻骨铭心过。算了吧，我轻轻地叹口气，要是实在不行，我就认命，随便嫁一个差不多的男人，安心地养大宁夏和金龙的小孩好了，这也是 件需要长久隐忍的事情呢。

八

那一天，宁夏告诉我说，她已经变成了大人。看着我迷惑不解的样子，又自动加上了一句：“笨蛋，就是变成了女人。”然后，满意地欣赏着我恍然大悟的脸。

我问她：“疼不疼？”她点点头：“有一点。”然后停顿了一下，用一种十分内行的语气说："不过还好，金龙比较有经验。"

当时的我自然是听不懂这句话的，不过我一定要装出了解的样子点点头，不然在宁夏面前我就抬不起头来了，可是我也不知道怎么回事，一句话像是没有经过大脑就从我的嘴里冲了出来："咱们又不是大人，做这种事情是不是不大好啊？"宁夏大笑了起来，一边笑一边捏我的脸蛋："你真可爱。"

那段日子是宁夏最幸福的时光，她完完全全地把自己沉溺在一种痴迷里面。我记得，当时我常常想，是不是当一个人像宁夏一样把自己不管不顾地抛到一个什么地方去的时候，都会在这种摆脱了地心引力的沉醉里变成一个传奇呢？或者说，她根本已经不在乎自己变成了什么东西，鉴定的任务本来就是属于旁观者的。可能吧，宁夏才是真正可以创造什么东西的艺术家，但是我什么时候能摆脱我亦步亦趋的评论家的身份呢？我不知道。

但是意外总是会发生的，就像所有的天灾人祸一样，你只能接受它。那个意外我没有目睹，是宁夏讲给我听的。有那么一段时间，我和宁夏不常见面了。因为我要考高中了，可是宁夏放弃了继续升学。她开始到我们龙城那些悄然出现的几个私人会所去应征服务生的工作。因为那里赚钱多，因为她家的那些亲戚们已经不愿意再负担她的教育了。

那个时候，我正坐在中考的考场上写那些令人绝望的化学方程式，宁夏一如既往地去那些小混混们的据点找金龙。她、金龙，还有跟着金龙混的几个小跟班一起看一部香港的警匪片。看到一半的时候金龙说他要出去买烟，那个时候电视屏幕上响彻了枪声，她没有听见金龙从外面锁门的声音。

小跟班之一坐到了宁夏的身边，笨手笨脚地抚弄着她散落在肩膀上的头发，她起初没有在意，只是嗔怪地打了一下他的手。但是小跟班似乎把这个举动看成了默许，更大胆地上来揽着她的腰说："夏姐，你头发好看，咋就不能摸一下。"

小跟班之二这个时候站了起来，挡在了电视的画面前面，蹲下来摸她裸露着的小腿："夏姐，鞋带开了，龙哥不在，我帮你系上。"她惶恐地回头的时候，发现小跟班之三以及之四都从原来的座位上站起身来。小跟班之三微笑着点燃了一支烟，说："夏姐，你看他俩有没有出息呀？我就不像他俩，我有耐心。一个一个地来，自觉排队。"宁夏对准蹲在她面前的小跟班之二的肚子踹了一脚，骂道："你活腻歪了，不怕你龙哥把你那玩意儿剁了喂狗？"之二揉着肚子，突然给了她一个天真无邪的微笑："夏姐，宁在花下死，做鬼也风流。"一直沉默着的小跟班之四这时候走了上来，用一种微妙的威胁的力度按着她的肩膀：“夏姐，你是聪明人，上的学比我们都多。你咋不想想，要是龙哥不知道，就是借我们个胆子我们也不敢。”之一附和着说：“就是夏姐。龙哥对我们好，有他的一份，就有我们的一份。不然我们凭啥跟着他混？”

宁夏坐在我的面前，紧紧地抱着膝盖。我握着她的手，我觉得我们俩的手在一起变得冰凉。可能是我的表情太可怕了，宁夏轻轻地拍了拍我的脑袋，跟我说：“还好，现在都过去了。”

我只是想知道，只是想知道，我刚刚听到的这件事情，到底是不是奇迹？如果是，为什么我听不见两个世界合而为一的那种链条的声音？为什么我看不见它的极致的光芒？如果不是，为什么它的力量如此强大，强大到我在一瞬间觉得有什么很冷漠、很残酷的东西迅速地侵占了我的灵魂。我的灵魂就投降了。我曾经在内心深处珍藏着的，所有美丽的神奇的奇迹变成了手无寸铁的圆明园。外边的夏夜凉风阵阵，我耳边清晰地听见了旌旗无光日色薄的声音。

亲爱的宁夏，你总是以各种方式让我惊讶。

这之后的两个礼拜，我都没有去找宁夏。我也不知道为什么，内心深处我总是羞耻地自问，我为什么在这个时候抛弃了我的朋友？抛弃了我唯一的、最好的朋友？在这两周里面，我家的电话响了很多次，但是没有一次是宁夏打来的，她似乎已经不再需要我了。没错的，就是这个意思，经过了这件事情，我们彼此都似乎不确定是否还像往日那样需要对方。因为宁夏已经脱胎换骨，而我在不屈不挠地跟我内心里无穷无尽的惶惑作战。我曾经相信的一切像是顽童的积木一样顷刻间就被推倒了。过去，我觉得我只不过是对这个世界无比苛求而已，我在追逐我想要的幻觉的时候并没有打扰任何人，没有妨碍任何人。所以我理直气壮地捍卫着我的苛刻。但是我头一回知道，原来它是这么脆弱，这么可笑，这么不堪一击的。原来这个世界上有那么多东西都是手无寸铁的，包括一个陷入爱情的女孩子的尊严，包括一些人确定自己存在的方式。

两周以后宁夏终于来找我了。站在我家的楼下，四目相对的时候我们都读出了彼此眼睛里沉淀着的煎熬。她现在真瘦呀，瘦得让我担心，她的脸也那么白，嘴唇甚至都是白的。她是不是生病了？可是，她整个人看上去前所未有地玉洁冰清。我走近她，我们紧紧地拥抱着。我说：“宁夏，宁夏你是傻瓜。”

她说：“再陪我最后一次，好不好？我就去找他这最后一次，把他以前送我的东西都还给他。我发誓这是最后一次了。”

我说：“当然。”然后看着她漆黑的、看上去很狂乱的眼睛说:“除了我，你还有谁呀？”

我们走到台球厅门口的时候，宁夏迟疑了一下，但是还是勇敢地跨了进去。可是就在我的眼睛还没能习惯这个地方突如其来的黑暗时，耳边就听见一阵凶猛而又剧烈的嘈杂声。宁夏熟练地抓着我的手腕带着我跑了出去，我们一直跑到对面的街上，一张椅子似乎是擦着我的头皮在我们面前的水泥地上四分五裂。宁夏焦急地看着我:“没事吧？还好，没砸着。”

台球厅里面的战火已经蔓延到了外面，几个头破血流的人冲了出来，摇摇晃晃地沿着马路飞奔，路边的小商小贩们都不约而同地给他们让了一条路。我认了出来，其中有一个是金龙的小跟班之三。后面几个气势汹汹的追兵抄着啤酒瓶或者砖头跟在后面，嘶喊的声音传得很远很远，这条我平日里再熟悉不过的街此时变得面目狰狞，还有点惊心动魄。宁夏像是在自言自语:“也不知道他们得罪了哪里的人。”

然后宁夏就毫不犹豫地往店里跑去了，我跟在宁夏的后面，我很害怕。我不知道里面究竟会是怎么样的血流成河，我从来都没有见过这么火爆的场面。可是我必须要跟着宁夏，因为宁夏不可以再出任何事情了。

屋里面一片狼藉，反正就是没有一样东西是完好无损地在它该在的地方。有那么一刹那，几乎是寂静的。有五六个人围成一个半圆，金龙就在这个半圆的中间。他被两个人架着，狼狈不堪。那是我第一次看见金龙狼狈的样子。他的白色背心被撕坏了，沾着好几滴血，嘴角也是肿的。一个个子跟他差不多高的人站在他对面，胳膊上文着英文字母的刺青:“霍利菲尔德”。很放肆地，把烟喷到金龙脸上。当他把烟蒂抛在地上的时候，三四个人就像看到了接头暗号一样一拥而上，我听见拳打脚踢砸在金龙身上的沉闷声响，就好像一个运动过度的人有力可是杂乱无章的心跳。

宁夏的眼睛亮了。她的嘴角在微微地上扬，就好像是挂着一抹奇异的微笑。可是这一次，她的眼睛不再像过去那样飞蛾扑火地闪烁着，而是变成了一种寒冷的色泽。那是复仇的快意，我知道的。她心满意足地听着他们殴打金龙的声音，就像当初听着金龙那恣情恣意的粗话。她轻轻地自言自语:“老天有眼。”

那时候我还不知道，这个来收拾金龙的人，就是龙城当初新崛起的一霸，大名鼎鼎的“霍利菲尔德”。很多人都不知道他的真名，可是这个诨号却是一天比一天响亮。

“霍利菲尔德”做了个手势，那几个喽啰很听话地散开了。金龙像是一件坏掉的家具，散了架似的，勉勉强强地摊在地上。“霍利菲尔德”顺手从地上捡起一个台球，在金龙面前晃了晃。“这样吧。”“霍利菲尔德”笑着说，“你把它吃下去，我今天就放了你。”

周围响起了一阵轻轻的哄笑，“霍利菲尔德”显然为自己的绝妙设想非常得意。刚才的三个喽啰重新激动了起来，其中的一个走上来，非常熟练地捏紧了金龙的下颚，逼着他把嘴张开。“霍利菲尔德”于是用力地把台球往里塞。我看清了，那是一只黑 8，一只象征着游戏结束，象征着胜负的黑 8。现在这只骄傲的黑 8 非常不情愿，金龙的嘴实在要比球洞小太多了。金龙的喉咙里传出来一种像是待宰的牲畜一般的呜咽声。那真是一种奇妙的景象，我看见“霍利菲尔德”的手掌就像一把锤子一样一点一点地把黑 8 钉进了金龙的嘴里。黑 8 一点一滴、不动声色地深陷着，金龙的两个嘴角流下来两行非常对称的血，就像是春联一样地对称。我居然听见了一种奇异的，就像是一个人在厚厚的雪地里行走的脚步声。

“活腻啦。”“霍利菲尔德”骂着。黑 8 无论如何不可能再陷得更深了，于是“霍利菲尔德”俯下了身子，对金龙说：“你看这样好不好，放你一马，你把它吐出来，我给你换个小一点的球，斯诺克，你说怎么样？”金龙的眼睛里已经没有了任何算得上是神情的东西，似乎对这个提议无动于衷。

“你倒是快点吐出来呀。”“霍利菲尔德”在金龙的脑袋上狠狠地拍了一下，“你要是吐不出来，我也可以帮你。”

他狞笑着从地上捡起一只空的啤酒瓶，然后用一种非常漂亮的速度把它砸在金龙胀鼓鼓的腮帮子上。一下，再一下。啤酒瓶粉碎的时候，黑 8 终于也应声落地了，像是一个经历过非常艰难的分娩的婴儿那样落地了。一股血跟着黑 8 一起喷涌而出，在空气里画了一个完美的抛物线，落地的时候带着清脆的响声，还带着一起飞溅出来的几颗牙齿。

金龙的嘴终于自由了，可是他已经无法让它闭上，他的脸上敞着一个空旷的血淋淋的洞。这张无法关闭的嘴，和他两只空洞的眼睛把他的脸庞撕扯得十分狰狞。就在这个时候，一行血从他的右眼角流下来，不知道是不是因为飞溅的啤酒瓶的玻璃划伤了他的眼球。我看呆了，我在心里告诉自己说，不要怕，要冷静，你现在最该做的事情就是跑到马路对面的公用电话亭去报警。可是我的膝盖在羞耻地打着战，我迈不动步子了。

“霍利菲尔德”用一种非常平静、非常耐心的口气说：“我看呀，你的喉咙实在是太细了，所以你才吞不下去。我就好事做到底，再帮你把喉咙松一松。”然后他对自己的那群喽啰们吆喝了一声：“给我拿一根球杆来。他的喉咙就像处女一样，太紧了。”

一片哄堂大笑中，他把一根球杆伸到了金龙一直张着的嘴巴里。“你还挺配合的么，嘴一直张得这么大。”他轻轻地把球杆往里一探的时候，金龙的嗓子里传出来一阵类似咆哮的声音。然后，理所当然地，在一片过节一样的欢呼声中，金龙呕吐了。

宁夏像颗子弹一样冲到了“霍利菲尔德”的眼前，不管不顾地。其实只是几米的距离而已，但是她在舍生忘死地狂奔。她白皙的手抓住了“霍利菲尔德”的手臂，她说：“霍哥，求求你放了他。”

“霍利菲尔德”歪着脑袋，饶有兴味地盯着宁夏：“你刚才说什么？我没听清。”

“求你放了他。”宁夏重复着。

“凭什么？”“霍利菲尔德”杀气腾腾地微笑着。

“他是我老公。”宁夏绝望地喊着。

他们再一次地哄笑了，“霍利菲尔德”也笑弯了腰：“妹妹，你咋敢违反国家的婚姻法呢？你几岁了，把你的身份证拿出来给哥哥看看。”

宁夏安静地微微一笑，艳若桃李。宁夏说：“我给你跪下。”

然后她洁白的、伶仃的膝盖就跪在了满地鲜血上面。那是金龙的血。她的脊背依旧冰清玉洁地挺直着，她漆黑的眼睛固执地注视着“霍利菲尔德”：“他就是我老公，我求你放了他。”也不知道为什么，这下似乎没有人再笑了。

在宁夏下跪的那一个瞬间，我看见了窗外的夕阳像颗闯祸的篮球那样砸了进来，把台球厅的玻璃全部砸碎了，无数的碎片反射出来的万丈光芒让我窒息。在这突如其来的光芒中，我脑子里一片炙热的空白。只依稀记得，“霍利菲尔德”似乎是意兴阑珊地把金龙一脚踹到了旁边，然后对着满屋子的人挥挥手，说：“走吧。”

我不大记得后来究竟发生了什么，我只知道，当我糊里糊涂走到外面的街上的时候，拐弯的地方有一个卖水果的小贩，一身农夫的打扮。但是我一眼就认出了他，不管他穿什么样的衣服我都认得他。他微笑着，用那种一贯的神情看着我，他是上帝。

九

他的水果摊卖的是苹果。一个又一个的苹果娇艳欲滴，看上去苹果们是因为无知才快乐。我怔怔地抚摸着它们，我想对上帝说：好久不见。可是我说不出来，我想我刚才看到的那种场景让我丧失了语言的能力。

上帝把一个苹果放在我手里。“拿去吃。”他笑着说，“不要和我客气。”

我干涩地说：“谢谢。”然后低下头去，轻轻地咬了一口。

他意味深长地看着我，他说：“所有吃过了我的苹果的人，将来都会变成艺术家。”然后他笑着补充了一句：“太晚了，你已经咽下去了。”

我看着他，说真的，我已经没有什么力气来理解别人的玩笑。

“为什么是我？”我问他。

“因为艺术家只爱一样东西，就是自己的天赋跟才华。他们只对这一样东西才有百分之百的热情。对别人和别的事情，他们都足够冷漠甚至是冷酷。这么多年来我看着你长大，我觉得你完全符合条件。”

我听不懂他在说什么，可是我隐隐约约觉得那不是什么好话，我为自己申辩着：“我只是想要奇迹。这是一件坏事吗？有什么不对吗？”

“奇迹是吗？”他说，“你刚才已经看到了。”

“那不是奇迹。”我摇头。

“那是。”他安然地说。

“它怎么可能是奇迹呢？它让我恶心。”我勇敢地凝视着他的脸。

“你渴望的奇迹是什么呢？不就是你所生活的世界和所谓的文字的世界重合的部分吗？可是你看看，它们的确重合了。你刚才看到的一切，就是暴力，是残忍，是侮辱，它完全符合你给奇迹定下来的标准，它们为什么不是奇迹？”

“奇迹是不会让人恶心的。奇迹让人喜欢，奇迹让人觉得自己活下去是值得的。”

“对了。”他满意地微笑，“你想要的东西根本不是你说的奇迹。你想要的东西无非是让你喜欢的东西，让你觉得你自己活下去是值得的东西。”

“不是。”我倔强地坚持着。

“我想告诉你，这也是一种贪欲。”

“我只是觉得我的生活不应该是这样的。”

“所以你就想要幻觉？你看，这不是贪欲是什么？你不仅是自己想要幻觉，你还希望你身边的人全体变成符合你自己的意思的幻觉，实在不可能被你变成幻觉的人或者事情你便讨厌。你喜欢的人或者东西全部需要跟着你的意愿存在。包括我送给你的弟弟，包括你现在的朋友。那个时候你才三岁，可是我已经看出来了，你的灵魂里有一种很可怕，但是很艳丽的贪婪。所以你自私，并且冷酷。”

“所以你很讨厌我吗？”我问。

“所以我要你成为艺术家。”他像我小的时候那样拍了拍我的脑袋，“好孩子，你不可能变成我在这个世界上的传道人，因为你对这个世界太缺乏善意。可是你本身又一点都不邪恶，你又天真又无助。我只能提供给你一种可能，但是最终你能不能得救，我也不知道。”

“你也有不知道的事情吗？你不愿意跟我说。”

他挑了挑眉毛：“好吧。我现在的确不能说。不过孩子，我想告诉你的是，你要勇敢一点。一个像你一样把瞬间的幻觉当成是真实的人应该是最坚强的。记住我的话，亲爱的，祝你好运。”

“你要走了吗？”我说，“谢谢你的苹果，还有小时候的奶油雪糕。”

“都是小事，不值一提。”他对我挥了挥手，突然像想起来什么似的问了我一句，“苹果好吃吗？刚才给你的那个会不会太酸了点儿？”

十

那个难忘的夏天过去以后，我上了高中。而宁夏如愿以偿地到一间私人俱乐部去当服务生了。我们不再像过去那样可以天天见面，但是只要有时间有可能，她都会来找我。

我妈妈跟我说过很多次不要再跟宁夏来往了，因为她现在的生活环境太复杂。不过我只当是没有听见。

宁夏现在比过去漂亮多了。因为工作的关系，她必须化妆，也不可能再留着学校里的那种清汤挂面的发型。她的头发变成了栗色，并且打出了层次。当她涂着紫红色唇膏，挥舞着十个亮晶晶的指甲在街对面跟我招手的时候，我觉得她就像是一张贴在离我五米远的地方的海报。

在我上高中的那几年，繁华这个东西已经凛然不可侵犯地控制了我们这座古老的城市。新天鹅堡很快变成了小儿科，豪华和缤纷的盛景层出不穷，更新速度胜过Windows 系统。因此，无论是对这座城市，还是对宁夏的变化，我都已经学会了一件事情，就是不惊讶。

我想所有在生长的过程中，见证了繁华蔓延或者繁衍的孩子们都有一个共同点，那就是很难有什么事情让他们惊讶。因为在尚且来不及惊讶的时候，另一个更令人惊讶的东西就出现了。人总是不可能持续不断接二连三地欢呼或者尖叫吧，那样又累人又不好看，所以干脆再也不惊讶了。这个世界似乎已经甩掉了自己的历史，甩掉了成千上万年的负担，变得像焰火一样轻盈跟虚幻，可以随意摆出想要的造型。这么多年了，它总是这么重，现在终于可以变得轻一点。这样很好，这样可以让我们变得冷漠，并且不再轻易为什么东西献身。

对于我自己来说，当年新天鹅堡带给我的震撼已经永远地变成过去了。曾经，它准确无误地再现了我的奇迹，它就是我的奇迹，可是现在，越来越多的新天鹅堡降临到了我的生活中，我曾经以为只能存在于模糊幻想中的景致被身边这些层出不穷的繁华逐一描述。渐渐地，觉得没什么新鲜，然后渐渐地，觉得还是应该存在一些这些繁华都没有能力描绘的东西。道高一尺，魔高一丈。我的奇迹们像艳丽的木棉花，顽强地开在比这些繁华更高的地方。

十七岁那年，宁夏成了一个四十八岁的男人的情妇。

她告诉我这件事的时候，我当然恪守了不惊讶的原则。我只是说：“你要自己当心。”她说好。然后她又问我，等她搬了新家以后，我还愿不愿意来看她。我说为什么你总是说傻话。然后宁夏就开心地笑了。

世界上没有什么样的女人，可以比一个十七岁的情妇更艳丽。这本来就应该是宁夏的人生。我确信这一点。

高二那年的末尾，我在准备高中毕业会考，宁夏在忙着搬家。她最终住进了新天鹅堡。那也是我第一次，离新天鹅堡这么近。作为一个高级住宅区，它已经陈旧。我穿越了那些花圃，那些草坪，那些圆圆的石子铺成的甬道，一栋栋童话里的房子已经黯然失色。可是这毕竟是宁夏曾经的梦想，宁夏最终还是做到了。你通常是在得到一样东西的时候永远失去它，因为新天鹅堡已经不再是奇迹。

我按门铃的时候，心里有点紧张。我不知道来开门的会是怎样的一个宁夏。该是怎样的浓妆艳抹，或者风姿绰约。情妇，是个曼陀罗花一样的词语呀。

可是我惊呆了。因为宁夏素面朝天，并且穿着一条格子棉布的连衣裙，看上去比我都还要像一个高中生。她微微一笑，然后紧紧地拥抱我。“谢谢你愿意来。”她在我耳边说，“你看，”她有点沧桑地对我说，“我终于到新天鹅堡来了，可是，不过如此。”

宁夏的家并不像我想象中的那样戏剧化，跟“华丽”自然是一点边都沾不上，只不过是宽敞而已。淡青色的大理石地板像是结了冰的湖，没有多少家具，至少客厅里除了一张长沙发和一个茶几之外就什么都没有了。我们俩就像很久很久以前那样，肩并肩地坐在沙发上，抱着膝盖聊天。我们聊了很多事情，很多我们共同认识的人。当然，除了金龙，我们非常默契地再也不谈论金龙了。

“他是我们俱乐部的会员。”宁夏这样说起她的男人，“那天我到他们的包房里去送酒水。第一次遇上他。他说我长得好看，然后他就拍了拍我的手背，再摸了摸我的脸。我没有躲，因为如果我不躲，他会给我小费的。就在这个时候他的手机响起来，只是‘喂’了一声，他的表情就全都变了。我在旁边特别好奇地看着。因为我不知道我还可以在他的脸上看到这样的表情，既暖和，又纵容，好像脸上的线条都跟着这个表情融化了。他对电话里的人说他现在在工作，不过放心吧，家长会他不会迟到的。他把手机收起来的时候看着我，笑着说，是他女儿。他女儿上高二了，学校要在分文理科之前开一个很重要的家长会。我就说，要是我还在学校里我也要上高二了。他就看着我说：‘那你和我女儿一样大。’”

“你是不是觉得，人和人的命运，真的是没有公平可讲？”我问。

“不。”宁夏摇头，“我现在能过这样的日子已经很满足了。在我拿不定主意是买这样东西还是那样东西的时候，我可以把两个一起买下来。我现在才知道，原来人不是每时每刻都必须要选择的。”

在我们小的时候，我和宁夏都发誓总有一天会拥有新天鹅堡。不过现在，我还没长大，可是宁夏已经长大了。我环顾四周，打量着这个宁夏的家。在这个跟电影里的香巢没有任何关系的地方，宁夏终于愿意认命了。我没有见过那个可以做宁夏父亲的男人，事实上，就是因为他今天没可能到这里来，宁夏才会叫我来的。我当然不奢望这两个人之间会有什么了不得的感情，不过我希望他不要害了宁夏。但愿在无穷无尽的岁月之中，这个四十八岁的男人和这个十七岁的女人之间，会降临一点点真正的爱。

可是半年以后，那个男人破产了，他死在新天鹅堡，是在一个深夜里，看着宁夏睡着以后，才走到浴室里把自己吊死的。我听说这件事情的时候，宁夏已经不知去向了。我到新天鹅堡的时候，那座房子的门上已经被贴了封条。宁夏就像是月光一样，在太阳底下消失得无影无踪，没有和任何人告别。

在那栋贴了封条的房子前面，卧着一只狗。纯白色的，不过已经很脏，长毛，尖尖的耳朵，和一对漆黑的眼睛，仿佛洞悉所有的人间事。我见过这只狗，宁夏曾经跟我提过它无数次。这只狗是那个男人的，不过男人的妻子觉得这只狗的存在严重影响了他们女儿的学习，要男人把狗送走，于是男人就把它带到了宁夏这里。可是现在，它孤单地卧在门口，它以为里面的人终究会给它开门。

我把这只狗带回了我的家里，给它洗澡，喂它吃东西。曾经，我以为我会养大宁夏的孩子，然后骄傲地告诉这个孩子他见证了一段缱绻刻骨的爱恋。但是最终，我只是收留了宁夏的狗，而且，这只狗属于她和另外一个可以做她父亲的男人。

“你可不可以告诉我，宁夏到哪儿去了？”我问这只狗。

它只是很懂事地看着我，用一种恳求我谅解的神情，忠实地保守着秘密。

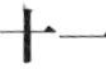

十一

某一个黄昏，我看见了金龙。

他在我们学校门口等我放学，在我想要装作若无其事地跟他擦肩而过的时候，抓住了我的胳膊。他依旧英俊，不过瘦了一些，眼睛也不像过去那样张扬。他对我说：“求求你，告诉我宁夏现在在哪儿？”

时光在那个瞬间倒流了，宁夏也曾经对“霍利菲尔德”

说，“求求你，放了他”。

我告诉金龙：“我不知道。”

可是他不相信我。那段日子对我而言变成了噩梦，每天放学的时候都有一个人阴魂不散地等在校门口，到后来，逐渐发展成了跟踪我，跟着我回家，再跟着我上学。我的好言相劝，以及报警的威胁全都不顶用。他翻来覆去只有那一句话：“你一定知道她在哪儿，求你告诉我。”

北方的冬天寒冷得像是一把剑的剑锋，金龙就是在这样的寒冷中在我家楼下的路灯那里固执地不肯离开，似乎路灯那一抹惨淡的光线可以让他取暖。天黑透了，夜深了，凌晨了，他依然在那里，像一棵被移植过去的植物。

第二天的清晨，当我走下楼来的时候，第一眼就看见了金龙。他维持着昨晚的姿势，在已经熄灭的路灯下面，像是飞蛾的尸体那样一动不动。我想这个人简直是疯了。他倔强地望着我，很小声，甚至是沙哑地跟我说：“我得找到她，你就告诉我吧，我求你。”

“要是我知道，我早就告诉你了。”我说，“可是我不知道。她走的时候根本就没有跟我说。”

“你说的是真的不是？”他的眼神依旧绝望，可是语气里却莫名其妙地充盈了一种希冀。大概是我的语气和表情让他确定了这世界上并不是只有他一个人永远地失去了宁夏。

“你看这样好不好，一旦我有了她的消息，我第一时间告诉你。”说出这句话的同时，我已经决定了一笔勾销所有的往事。

“谢谢你。”我还以为他从来不会跟人道谢。

“要是她跟你联系了，”金龙说，“你就告诉她，‘霍利菲尔德’被我赶出龙城了。现在他在他们老家的电厂当司机，再也不敢混了。”

我虽然完全没有兴趣了解这句话的背后又隐藏着什么样的暴行和血腥，但是我出乎意料地对金龙微笑着，像是一个宽容的姐姐，望着她整日淘气闯祸的小弟弟。我说：“我会告诉她，你放心吧。”

金龙的背影消失在我的视线中。他怕是永远都不会知道，那一年，很久很久以前的那一年，我比宁夏更早看见他。当我路过那家台球厅的时候，我正好看见他骄傲地把最后的黑8漂亮地打进洞去。我从没见过那么有力，那么潇洒，又那么粗野的男孩子。于是第二天，我拖着宁夏重新找到这间台球厅。看到金龙的那一瞬间，宁夏的眼睛亮了。我知道，昨天我自己的脸上，也有一模一样的神情。

十二

在随后而来的春天，我遭遇了爱情。

不是什么惊天动地的故事，没有什么缠绵悱恻的情节，乏善可陈，没有任何讲述的必要性。至于我这个人究竟有没有在这场爱情里分崩离析，那是我自己的事情。

不过我倒是因此确定了一件事情，我其实不是一个冷血动物。我就像曾经的宁夏一样，一掷千金一般，把所有美好的词语堆砌到一个原本平凡的男人身上。曾经，面对这个世界时所有的举棋不定全部都成为往事，我第一次勇敢地把我的狂欢跟痛苦毫无保留地暴露在这个世界赤裸裸的阳光下面。再也不用去思考值得不值得，再也不用去亦步亦趋地界定自己跟这个世界的关系。十七年来，那是我第一次撒野。这种感觉真好，哪怕它其实也不过是场幻觉。

为什么会对这场爱情抱有永远的好感？因为那是我有生以来第一次，被奇迹之外的东西激发出刻骨的温柔与悲喜。我清楚地知道那个男人不是奇迹，我清楚地知道我们的故事不是奇迹，我还清楚地知道我自己的感情也不是奇迹。但是在我心里一个非常非常深的地方，依然会重重地颤抖着。我终于摆脱掉了奇迹对我的统治，我终于摆脱掉了文字的世界对我的统治。这种如风的自由难以形容，我也不愿意形容，放弃把细微的感情付诸语言这种徒劳无功的事情，我依然可以这么快乐。

最核心的秘密就是这个，至于那场爱情的开始、过程，乃至结局，都是无聊的事情。

那个时候，我迫切地需要有人分享的时候，我格外地想念宁夏。有的时候我甚至都在想，要是我心无杂念地把宁夏的名字默念一百遍，她说不定可以在远方感应得到。然后她就会打个电话给我，或者写封信过来，但是我试了很多次都失败了。

再然后，我离开了家，去往一个位于欧洲，以时装、香水，以及大胆的爱情而闻名于世的国家。我亲眼看见了罗浮宫、凯旋门，还有埃菲尔铁塔。我原先以为，当我可以离这些历史课本里的地方这么近的时候，我就可以变成历史课本的一部分。可是我错了，因为当我触摸到它们的时候，它们依然矗立在历史中，我依然是我。

那一天，我坐在协和广场的台阶上，看着来自埃及的福科索斯方尖碑，就像一棵挺拔的胡杨那样大气地戳破了晚霞遍布的天空。它那么美，那么肃穆，那么寂寞。它是个奇迹。可是它与我无关，与这个城市所有熙熙攘攘的人都无关。你离它再近也没有可能变成它的意境的一部分，你离它再远也有可能参与它绝伦的美妙。

我这才知道我犯了多大的错误。曾经我和宁夏用尽了全力，跌跌撞撞，头破血流，只是为了追逐奇迹，只是为了寻找成就一种至情至性的完美的可能。可是我忽略了一点，就是在这场飞蛾扑火的追逐中，就算我可以得到钱，可以得到爱情，可以得到致命的或者非致命的冒险，可以得到美丽的堕落以及结局；这一切的一切改变的都是生活的外套，都是最表层的那些符号。没错的，通过这些，我的确是得到了更好的生活，可是我想要的东西不是这个。好的生活和坏的生活的内核原本是一种东西，就是我那千疮百孔、苍白贫瘠、在日复一日地损耗里单调到无可救药的生命。上帝是对的，我想要的东西或者不是奇迹，而是一种更好的生命。我想要更好的生命，但是我得不到，亲爱的宁夏，你知道吗？我永远都得不到。

坐在协和广场旁边，我终于懂得了这件事。那时我已经二十一岁，我惶恐地问自己，如果我二十一岁的时候就发现了这个秘密，往后的日子，是不是只剩下了无穷无尽的忍受？生，是一场大苦。或者当我知道这个的时候，我反而不会轻易对什么东西失望。但愿吧，但愿。

十三

亲爱的上帝：

你最近好吗？我很好，我们很久没有见面了。

给你写信是因为我觉得我应该跟你坦白一些事情。我只告诉你一个人，你不要告诉别人，让这些事情，变成我们两个人之间的秘密，好不好？

上帝，你还记不记得，你送我苹果的那一年，你说我是一个自私冷酷的人，因为我希望所有身边的人和事情都按照我自己的幻觉运转，我想，你说的是对的，虽然我总是不肯承认。

其实当初，在我们十四岁那年，第一个喜欢上金龙的人，是我，然后我才带着宁夏去看他的。我为什么这么做呢？因为我觉得金龙根本不是我想要的奇迹，可是我居然喜欢他，我很害怕这件事，我心目中的爱情是留给奇迹的呀。所以我把宁夏拉进来了，我觉得宁夏说不定可以恶毒地嘲笑一下这个人，好让我打消对他的喜欢。可是我害了宁夏。

上帝，是不是如果我不带着宁夏去那间台球厅，宁夏后来就不会被人轮奸呢？这个问题或者只有你才能回答。我明明知道金龙是个地道的小混混，我明明知道宁夏跟金龙在一起可能会遇到不好的事情，但是我一直都没有阻止宁夏，因为我想看看宁夏是不是能够创造奇迹。我知道，你是对的，我那么贪心，我没有替宁夏的幸福着想，我只是想着自己，把宁夏当成了实现自己愿望的工具。我太自私。可是你为什么让宁夏受了那么多的苦，却不来惩罚我呢？

我想我潜意识里一直想要好看的、完整的故事，于是我就把宁夏当成了一个故事里的角色。很多时候，在我希望她去做什么事情的时候，我脑子里面想到的只是故事的完好或者动人，我却没有想到宁夏是一个有血有肉的人。

对于任何一个人来说，也许平静和没有跌宕起伏的人生是最难得的。可是，我忘记了这个。上帝，我是不是真的很无可救药？

其实，当初，那个男人想要宁夏做她的情妇的时候，宁夏很困惑，也很犹豫。她是很需要钱和稳定的生活，可是她同样不甘心扮演一个这样的角色。那个时候，宁夏来征求过我的意见的。宁夏说她需要有一个人来告诉她应该怎么做。我告诉她，她应该跟那个男人在一起。我这么说的时候是因为，我觉得宁夏的人生本来应该如此的。她本来就应该享受不按常理出牌的生活，她本来就应该成为一个最娇艳的、十七岁的情妇。

可是上帝，结局就是如此，现在宁夏丢了，我们都想知道她究竟去了什么地方。请你相信我，我不是故意要害宁夏的，那个时候我只不过是装了一脑袋的故事和文字，而我的年龄又太小了，我不懂得文字的世界跟真实的世界的区别。我只是想要奇迹，我也是现在才体会出来，当初，为了奇迹，我真的是不择手段了。文字其实妨碍了我体会赤裸裸的人生。可是上帝，文字多么美啊，它们是你创造出来用来抚慰我们的吗？

上帝，你可不可以保佑我，在我如梦初醒的这一刻？

也请你保佑宁夏，还有可不可以让我们俩再见一面呢？我的要求好像有点太多了。如果你不能满足，那么你可不可以宽恕宁夏的所有罪过？她是我见过的最美好的人。我永远都忘不了她为了金龙给“霍利菲尔德”跪下的那一瞬间。你知道吗？那个瞬间会永远地提醒着我，宁夏永远都不会真正变成我的故事里的角色，因为她比我了不起。

还有，谢谢你给我的弟弟。虽然我可能真的是完全把我自己的意愿强加到了他身上，但是他一直都是我最爱的弟弟。

最后就是，之所以写这封信，是因为，我很想念你。

十四

每一年夏天，我都要搭九个多小时的飞机和八个小时的火车，才能回到我的龙城来。在漫长的、无所事事的暑假里，走过我从小长大的那条街。浓荫下面，很多标志着往昔的建筑已经不存在了，比如台球厅。

我在异乡已经生活了五年，我的身上，已经散发不出故乡的气息。

那一天，我的手机没有电然后自己关了机。于是我只好走到街边的一间卖烟酒的小店去打公用电话。狭小的店面里没有人，只有一条又一条五彩缤纷的香烟像整齐的砖块那样码在那里。中华、熊猫、红塔山、芙蓉王、白沙、红河、七星……井然有序、不动声色的芳香。

“老板在不在啊？”我叫了一声。

“在。”从里面传出一个年轻女子的声音，“就来了。”

我首先看见的是一个硕大的肚子艰难地挤进了柜台后面。我说：“打电话。”

话音刚落的时候，我看到了，她是宁夏。

那已经是十二年前的事情了，我们俩并肩坐在双杠上，风吹着我们的裙摆。我们不知道长大以后会发生什么样的事情，对我们来说，长大实在太遥远了，遥远得似乎跟我们无关，遥远得让我们觉得长大以后的自己根本就是两个陌生人。

现在我们都长大了。她艰难地挺着硕大的肚子，头发剪短了，眼睛还是如往日那么明亮。她下意识地整了整她那件松松垮垮的孕妇装。她说：“我没想到。”这么说的时候，她的脸居然红了。

我说：“我也没想到。”

我没有拥抱她，我觉得那个大肚子似乎间隔开了我们的距离。不过这个正在孕育着的孩子让她温柔如水，现在她看上去似乎要比我的年龄大一点，我想那是因为她的眼神里沉淀着比我多得多的岁月。

我问她：“什么时候生？”

她立刻笑了，提起孩子，她的笑容变成了一种无条件的喜悦。她说：“十月。预产期是十月八日。”

“那好啊。”我说，“天秤座是好星座。”

“嗯。”她用力地点着头。

这个时候店门外传来一阵搬动重物的嘈杂声。有人走了进来，宁夏用两只手托着腰部，朝着门口的方向说了一句:“你看看谁来了？”

是金龙。他已经不是当初的英俊古惑仔，他变胖了，因为发胖，脸上曾经的英气已经荡然无存。猛地看过去，他已经是一个大街上似乎随处可见的男人，线条随和，表情茫然。已经成了人家的丈夫，一个家庭的男主人，马上就会是一个年轻的父亲。他拘谨地对我笑了笑，点了一下头，然后说:“她现在身子不方便，我到对面去给你们买几瓶水。”

宁夏在一边悄悄地欣赏着我有些惊讶的表情，脸上露出当年的微笑。

“你们现在，还好吧？”我不知道该说什么。

“好。”宁夏习惯性地抚摸着她圆滚滚的肚子，“其实我们原本也打算买个冰柜放在店里，夏天的时候也卖冷饮和雪糕，可是我怀孕了。只好等明年把他生下来再说。”然后她突然像想起什么似的，眼睛陡地发亮了，“对了，那个时候我记得你的语文是很好的。你帮孩子起个名字，好不好？”

那天我在他们的店里一直坐到了傍晚。我和宁夏像小时候那样说了很多的话。我们向对方讲述了自己这些年漂泊的经历。不过，我没有问关于她和金龙的事情。我不知道她是否经历过别的男人，我不知道金龙是怎么找到她的。

我不知道她是如何淡忘了过去的屈辱。当然，当然，我知道，她从来没有恨过金龙。也许当她走过了很多地方之后，她才发现，原来这个世界上没有人能代替他。所以她就嫁给了他。他不是霸王，她也不是虞姬。他们终究愿意和对方一起，变成一对等待婴儿降生的饮食男女。

当然，所有这些，都是我的猜测。

十五

我的家叫龙城。它位于一片广阔但是贫瘠的高原上。每年春天，黄沙散漫，所有的历史都在这萧索的风中垂首而立。它们是奇迹，可是风沙中的我们很卑微。

我在那里生活了十八年半，在离开它的第一个年头的末尾，我开始写作。

曾经，我一直在追求的那种，被我命名为“奇迹”的东西，其实只是我自己幻觉中的艳丽。我知道，文字的讲述创造出来的世界，跟我看见的世界之间的差距，其实全是我自己的想象。所以，我要的奇迹，不过是个“无”。我犯的最大的错误，就是想在生活里把“无”变成“有”。现在我开始写作了，我自己开始尝试着用文字来重现我一直想要的奇迹，也就是说，让属于上帝的归上帝，属于恺撒的归恺撒。既然奇迹是“无”，那我就让它归于“无”。

二十四岁的我和我现在的男人过着平静的日子，就像宁夏和金龙那样。生活已经完全杜绝了出现传奇的可能。不过我依然可以在厨房里发现生死轮回，在阳台的花盆里发现众生平等，在浴缸的水的漩涡里发现自然尊严的秘密。

当我离开家的时候，火车带着我穿越我们伤痕累累的高原。那一天，在龟裂的千里赤地之上，在北方明媚大胆的蓝天之下，我看见了一株浓艳得就像是道伤口的桃花。一片荒凉之中，桃花千娇百媚，声嘶力竭地盛开着。

那株桃花就是奇迹，就是宁夏，就是我。

就像每一只海螺都会在自己的深处保留海浪的声音，我的耳朵里永远封存着龙城至情至性的长风。晚上，总是在晚上，无论我走到哪里，在我快要睡着的时候，我的耳边就听得见荡气回肠的风的呼啸声。在那样的风声里，黄尘漫天扑落，天地间有个静默的声音慢慢地提醒着我，那不是神启，那是我曾经的奢望：

我将颠倒众生。

塞纳河不结冰

那家跟我们合作，负责我们旅行团晚餐的中国馆子，名叫“天外天”，是家川菜馆子，其中也有几个非常著名的特色菜属于云南风味，离大名鼎鼎的“老佛爷”百货公司，仅有几步之遥。两三天的旅程通常是这么安排的：圣母院，先贤祠，罗浮宫，塞纳河游船；然后是埃菲尔铁塔，香榭丽舍大道，凯旋门；再然后，蒙玛特，还有圣心教堂。至于观光红磨坊与否要视情况而定。最后的一天，当然是把全团的人都拉到九区来购物，看到“老佛爷”的招牌的时候，车里面一片欢呼声此起彼伏，就像是看见了一个失散很久的朋友。

当他们满载而归，心满意足地坐在“天外天”里面的时候，我通常情况下会长长地舒一口气。因为我的工作马上就要结束了。明天，他们会上路继续往北或者往南，在每一个他们到达的国家都会有一个像我这样的导游在等着他们。

老板和我点一下头，非常有默契地吩咐伙计们照着规定的团餐上菜。店里面因着我们的到来而喧闹起来的人气或多或少让小伙计们兴奋了起来。狭窄的餐桌下面，座椅旁边，以及一切能够用来放东西的地方都堆上了 Gucci、CD、Prada、Chanel、LV……这些颇具名气的名字。角落里面有几个年轻的男女，看上去像是两对，年纪大概都不会超过二十五岁。他们也是来这里吃饭的，似乎对我们这群人突如其来的喧闹有一点不满，以一种冷冷的审视的眼光注视着我们。其中一个女孩子胸无城府地大声说："喂，这些人，是不是就是传说中的，国内的那些腐败分子？"她的三个同伴一边大笑一边制止她："小声一点大小姐，这群人可不是洋人，听得懂你说什么。"

我看得出来，他们是留学生。我也看得出来，他们暂时还是快乐的。我对那个出言不逊的女孩子微笑了一下。然后继续张罗着整个团的人坐定：这边的两张桌子最好拼一下，那边的几个"Gucci"的袋子是谁的赶快拿走，团里唯一的一个小孩子弄翻了茶杯，老板洗手间在哪里……当这一切都解决了以后，我不动声色地选择了一张离那几个年轻的孩子最近的桌子坐下。我喜欢他们，我想听听他们都说些什么。这是我的习惯，我是说，每一次，当我带着一个团的人走进一家中餐馆，我都会习惯性地寻找有没有留学生。若是有的话，就想办法坐得离他们近一点。

因为他们的谈话总是令我想起我自己曾经的生活。我曾经也和他们一样，在巴黎做留学生，利用周末的晚上跟朋友们一起出来打牙祭，一边喝啤酒一边吹牛。那似乎是当时沉闷的生活里最大的快乐。现在，那种曾经让我厌烦厌恶以及厌倦的留学生的生活竟也变成了我非常愿意回忆甚至是怀念的东西。我想，这是因为我已经老了。

没错，我还差一个星期满二十六岁，我已经老了。我是十九岁那年出国的，念了几年书，然后做导游，已经整整七年了。在留学生的圈子里，盛行一个说法，就是说在国外的人，过一年，老三岁。那么我呢，七年了，三七二十一，这下每个人都可以轻易地算出我的实际年龄。

我身后坐着的那两对男女似乎都还没有老。不过很难说，年轻、鲜艳，或者说时尚的外表下面，那颗心的年龄究竟是怎样的，没有人知道。我听着那两个女孩子叽叽喳喳地讨论香水——巴黎的确是这方面的圣地，那两个男孩子交流着在油价飞涨的今天养车的困难。在留学生中，他们应该算是条件比较好的。能看得出，他们身上还没有沾染太多因为困顿所以萎靡的气息。

他们的话题自然而然地绕到了一些认识的人身上。正好是在水煮鱼这道菜上来的时候，身后的一个男孩子说："听说了吗？有个中国女孩子跳了塞纳河。"刚刚那个说话莽撞的小姑娘说："嗯。是不是那个在18区一间爱尔兰酒吧当侍应的？我有个朋友的朋友认识她过去的男朋友。我听说她捞出来的时候肚子大得像个气球。"另一个说话声音听上去沉稳些的女孩子说："她过去的男朋友不是'重金属'吗？'重金属'最近在 BBS 上红得很呢。"

我终于忍不住了，转过头去对他们说："不好意思，你们说的跳河的女孩，是不是叫苏美扬？"

他们四个人不约而同地一愣。

"我是无意中听见你们说话的。"我不知道自己的解释究竟有没有必要，但我终究还是解释了，"我跟你们说的重金属以前很熟，跟苏美扬也是朋友，所以我特别关心……"

"我还真不大知道这个女孩是不是叫这么个名字。"莽撞的小姑娘无辜地看着我。

她身边的男生有些怀疑地把我从上到下扫了一眼："苏美扬，这个人好像在哪儿听说过，就是不知道……"

"没错，就是苏美扬。"另外一个女孩子接上了话，"我过去也认识她，不过这两年没什么联系了。也不知道她到底遇上了什么事。"

那个一直沉默着的男生惊讶地看她一眼："你们俩就住在同一条街上，两三年都没见过一次？"

他们在说什么我已经听不见了。我已经不关心。现在我终于确定了，那个塞纳河里的女孩，是我认识的苏美扬。我不知道为什么，在我听到他们说有个女孩跳了塞纳河的时候，我就已经想到了，说不定是苏美扬。

那一天，我把整个团的人送回了酒店，告诉他们次日清晨的集合时间。等明天早晨自会有一辆大巴来把他们像送货那样有条不紊地送到比利时。我这次的工作基本告一段落。下一个团要在下周三的时候到达戴高乐机场。所以说，我眼下拥有一个长达五天的周末。我决定去喝一杯，反正现在这个时候，如果回家的话，蓝缨是不会在家的。

蓝缨是我女朋友，我们已经同居了七年，目前正在冷战中。

七月的巴黎依然不是夏天。一直以来，我的印象中，巴黎一年大概有六个月都是冬季。然后剩下的六个月就很难说了，一周是初春，一周是晚秋，怪诞得很。刚刚到巴黎的时候，最头疼的就是这种天气，因为这让我们不得不把一年四季的衣服全都拿出来时刻准备着。当初我和蓝缨一起租一间只有十五平方米大的房子，我们不得不把整个屋子里可以想到的空间全部用来挂衣服。我们俩是在来巴黎的第一年闪电般地认识并且同居的。这在留学生里，一点都不稀奇。那时候我十九岁，我似乎说过了；蓝缨十八岁，在国内的学校里因为恋爱的关系闯了祸，因此被家里送出来。如果是在国内的某个城市里，我跟蓝缨的相遇以及相恋或者还能模仿一下那些拙劣的偶像剧的场景，顺便搞一些同样拙劣的悲欢离合出来。但是，在当时，我们是一起被命运抛到了一个搭错布景的舞台上。于是，就只能在懵懂中凭着本能演出一场没有剧本的、即兴发挥的戏码。

最后的结果或者尴尬到光怪陆离，但是那毕竟是我们自己的故事。

那个时候，刚刚抵达巴黎的蓝缨被她的中介公司安插到了一间十八世纪的老旧的石头房子里面。阴冷、潮湿，壁炉里面还总是传出来不知道是不是老鼠的可疑声响。偏偏同屋是几个同样不怎么通法语的孟加拉还是巴基斯坦的留学生。也不知道最初是因为什么，总之后来他们几个联合起来，不准蓝缨用公共厨房里的微波炉，不准蓝缨把自己的名字贴在楼下的信箱上，等等，等等。然后蓝缨一个人，不声不响地收拾好了她的两个大箱子，倒了好几趟地铁，在深夜的时候来投奔她的表姐。当时我们三个人合租一套公寓，我，蓝缨的表姐，还有表姐的男朋友，外号叫重金属。我和蓝缨就是在这样一个狼狈不堪的夜晚认识的。

有一天，表姐和重金属彻夜未归。那一天，蓝缨睡在了我的房间里。午夜，我们脸红心跳地经历了彼此的初夜，凌晨两点的时候，已经像是生活了很久的夫妻一样讨论着如果从表姐这里搬出去的话，我们俩应该找一间什么价位什么地段的房子。我觉得我们变成了古时候的人，先经历了洞房花烛夜，然后再慢慢地开始相敬如宾。次日清晨，我们俩走到了塞纳河边上。这个城市一切如常，没有人对我们投来好奇的目光。或者在他们眼中，一对黄皮肤黑眼睛的东方人，一对都是花样年华的东方人，手牵着手出现在这个城市本来就没有什么可奇怪的。可是我清晰地感觉到，我十九岁的身体里有种什么东西，已经熄灭了。于是，我就顺利地、无声无息地开始变老。

七年下来，我和蓝缨似乎已经没有什么充足的理由分开。我们经历过了世间的饮食男女经历过的所有考验。比方说天长日久之后的厌倦，比方说因为柴米油盐而拌嘴乃至纷争，比方说短暂的见异思迁之后再于某个凌晨抱头痛哭。总之，什么都经历过了，除了热烈似火凛冽如冰的、疼痛的眷恋。现在的蓝缨已经不是当初那个可怜兮兮的被孟加拉人欺负的小女孩，她烫着很妖娆的卷发，涂兰蔻唇膏，一举一动都透出一种走过江湖的女人才有的干练。在她打工的那家温州人开的化妆品免税店里，那些初来乍到的小女孩都叫她“蓝缨姐”。她以一种温暖、热情、非常有分寸的口吻接她们的电话，解答她们的所有问题，比方说移民局办居留的手续，比方说哪一家银行的手续费比较低，比方说怎么找医生打胎。或者在某些人的眼中，她已经变成了一个巴黎人。

只不过，她现在已经不会再用那种温暖的语气跟我讲话。我心里清楚得很，她已经逐渐地，逐渐地瞧不起我。我来巴黎七年，先后换过很多所学校，都没能读下来。我本来也就不是什么会念书的人。最终，我好不容易拿到一所私立学校的学士文凭。学校的名字我就不想再提了，说出来会让人笑话。我的老爸在国内是经营旅行社的。所以，毕业以后我的工作就变成了替他的旅行社接待来欧洲，尤其是来法国旅游的团。这两年因为这个关系，我也算是跑过了欧洲大大小小的二十多个国家。可能在未来的数年内，还将这样毫无指望地在景点与景点之间穿梭下去。一句话，终其一生，我恐怕都会是个仰仗老爸吃饭的人。蓝缨和我不一样，她可以凭自己的力量取悦所有的人。几乎每一个初次见面的法国人都会夸奖她的一口法语。她马上就要在一所名校拿到她的硕士学位了。她的洋人导师要她毕业后暂时留在实验室里帮上半年的忙，并且慷慨地告诉她找工作的时候一定会帮她写措辞美好的推荐信。就连她只是打工赚零花钱的化妆品店的老板娘都喜欢她，总是指着她告诉那些难缠的顾客说："她是我们店的经理，有事情跟她说是一样的。"

所以说，就连我自己都觉得，蓝缨有的是理由离开我。我知道，她之所以还没有开口说分手是因为心里还有那么一点点的不舍。或许她不知道，我对她，其实也只是剩下了那么一点点的不舍而已。我总是会想起，那年她才十八岁。她裹着被子坐在昏暗的斗室里跟我一点点地算房租还有电费。她在十八岁的时候经历了贫贱夫妻百事哀，在十九岁的时候懂得了什么叫作相濡以沫，在二十岁的时候就已经没有了任何梦想。现在她二十五岁了，世故、坚强、性感，无论是经济还是精神都很独立，对这个世界已然胸有成竹。可是只有我一个人知道，她从来没有享受过青春。这就是我心里总是怜惜她的原因。

我坐在地铁上慢慢地回想。有好几次，我都想把手机拿出来给蓝缨打个电话，可是后来想想还是算了。回过神来的时候，发现自己坐在二号线往北走的方向上。既然如此，我只好选择在十八区下车，然后在那里找个酒吧了。姑且就去蒙玛特附近的那间爱尔兰人的酒吧好了，那是刚刚离开这个世界不久的苏美扬曾经工作的地方。

我和蓝缨是在来巴黎的第三年认识苏美扬的。那时候我们的生活已经有了变化。两个人都在念书的同时找到不错的地方打工，因此有足够的钱供我们周末的时候跟朋友们吃喝玩乐。巴黎这座城市是非常适合醉生梦死的。我记得当时，蓝缨的表姐嫁了洋人，落单的重金属找到了新欢，就是苏美扬。当时我们四个人连同其他一些狐朋狗党，常常在巴黎狂欢到凌晨。如果理智尚存的话，就一大群人在午夜的街道上狂奔着去赶最后一班地铁回家；如果理智已经没有了，就玩通宵。看着曙光一点点地染白天空，惊讶地发现巴黎的黎明跟家乡那座城市的黎明一样，萧条、寂寥，找不到一点点繁华的痕迹。

就是在那段时间，那段常常度过一个又一个狂欢的通宵达旦的时间，我才觉得岁月其实是悠长的，哪怕是巴黎的岁月。

那间爱尔兰人的酒吧在一道狭长的巷子里面。十八区的某些地方还保留着非常古老的巴黎的面貌。雨果小说里面记载过的，一八四八年革命的巷战怕是发生在这样狭小的街道里面。有些地方的甬道用非常细小的石头一个一个圆圆地铺成。这样的道路对于穿高跟鞋的女人来说是非常大的刑罚。可是印象中，美扬从来都穿着七厘米的高跟鞋在这种路面上健步如飞。功夫的确了得。那些年，我们几个人总是走在后面，看着她一个人非常轻盈地把我们甩得很远。她纤丽的背影跟这条古旧的街道浑然一体。然后她就会转过脸，对我们清脆地微笑着："你们快一点啊，我上班要迟到了。"

美扬算不上是漂亮女人，跟蓝缨比，没有蓝缨漂亮。可是在她的脸上，自有一种能够让人过目不忘的东西。曾经，在那些今朝有酒今朝醉的日子里，我无数次地想要研究出美扬身上到底有什么能够让人如此印象深刻。终究没有得出什么有说服力的结论，只好沮丧地归结为"气质"。如今我旧地重游，来到了我们曾经用来挥霍时间的酒吧，可是，美扬已经不见了。我甚至要从一些陌生人的嘴里得知她的死讯。我不知道在她轻盈地把自己交给塞纳河的时候，她有没有想起我们，有没有想过要给我们拨个电话，虽然这两年我们已经没有见面，可以说已经形同陌路，但是看在曾经亲密无间地一起狂奔着追赶最后一班地铁的分儿上，总该告个别吧。

不过我确定，美扬不是个薄情的人。更进一步说，我一直都觉得，美扬是我们曾经的那个圈子里面，最情深义重的一个。可是现在，美扬死了，不肯给我们这群人留下只言片语。

晚上十点，是任何一间酒吧刚刚开始嘈杂的时刻。烟雾缭绕，一股沉坠的气息。不过这种沉坠令人感觉很舒服，因为不伴随着发霉的味道。我挤到吧台前边去，跟酒保要了一杯小小的苏格兰威士忌，有些犹豫到底是该一饮而尽来表示对美扬的祭奠，还是应该一点一点慢慢喝完以示怀念。我知道这很虚伪，可是我实在没有别的方式来表达如下的想法：美扬，虽然我不知道为什么，但是我知道你死了。我会想念你。不敢保证常常想念，但是偶尔的想念是一定会做到的。当初那个圈子里的其他人怎么样我不管，我一直都觉得，你不是一个平凡的女人，虽然你已经没有了向世人证明这一点的机会。

那一年，不知道为什么，我们四个人在某个星期天的早上到了一座监狱去。严格地说，是由曾经的监狱改造成的博物馆。我们四个：美扬、重金属、蓝缨，还有我，我们糊里糊涂地就闯了进去。进去之后才知道，那座监狱可以说大名鼎鼎，关押过玛丽王后，也关押过罗伯斯庇尔或者是丹东——我记不清楚了，反正就是这两个如雷贯耳的名字中的一个。我们兴致勃勃，走马观花地看完了牢房的遗址，还有陈列在牢房里面的蜡像，不失时机地对任何一样可以开玩笑的东西开些不那么高级的玩笑。重金属一本正经地说：玛丽王后的胸真有这个蜡像这么大吗？然后，不知不觉间，我们就来到了后院，是一个类似天井的小小的院落，地板上全部都是青苔。角落里有一个石雕的水池，一个长满铜锈的水龙头不怒而威地滴着水珠。一个跟我们一样的游客漫不经心地走上去，拧开这个水龙头，灌满他自己的矿泉水瓶子。我们四个人不知为什么，看到这个人如此随便地拧开这个水龙头灌水的情景，不约而同地沉寂了几秒钟。然后蓝缨迟疑地把手伸出去接这个龙头滴出来的水珠，像是被烫到了似的惊呼着："好凉啊。简直要冻着骨头了。"就在这个时候我突然想起来，说不定玛丽王后在临上刑场前，也如这个游人一般，喝过这个水龙头里的水。几个小时以后，她走上了断头台，这个傲慢、挥霍无度的女人在断头台上不小心踩了一下刽子手的脚，然后她依然风度翩翩地说了一句："对不起。"

我们准备离开的时候才发现，美扬不见了。几个人沿着来时的路返回去寻她。再一次看到玛丽王后的蜡像时，我简直都想用我中国口音十足的法语问她一句：请问陛下有没有看到我们的同伴。原来美扬一直都待在那个小院落里面。我们看到，她弯下身子，把她白皙的手伸到那个水龙头下面，就维持着这个姿势，一动不动，似乎也已经凝固成了蜡像。那些在蓝缨口中，凉得会冻着骨头的水一点一滴地在她的手心里聚集着，那只手显然已经变成了冰雕。

听见我们叫她，她转过脸来，嫣然一笑。她眼睛里有什么东西非常强烈地转瞬即逝。我们几个人都有点惧怕这种灿烂得没有道理的微笑，然后她说："我刚才看见了玛丽王后，真的玛丽王后。"

"神经病啊。"蓝缨骂了一句，随即大家都开始嘻嘻哈哈地开玩笑了。她毫不在意，只是有些不好意思地摇了摇头。只有我一个人觉得，她说的恐怕是真话。也就是在那个瞬间里，我才突如其来地有了一个念头：美扬怕是一个不可能活得很久的人。我自己也马上开始嘲笑自己这种荒唐而又迷信的念头了。不过我的确是在这个时候，隐隐约约地明白了，美扬身上那种令人难忘的东西是什么。她如此年轻，可是她眉宇间却拥有一副非常沧桑甚至是萧条的神情。尤其是，当她粲然一笑的时候。

威士忌喝完的时候，我又要了一大杯啤酒。冰凉的啤酒才能唤起一点身在夏天的感觉。就在我百无聊赖地端着啤酒离开吧台的时候，听见身后一片嘈杂声中，一句非常纯粹，非常清楚的中国话："郑韬，真的是你。好久没见！"

苏美扬端着一杯跟我一模一样的啤酒，笑盈盈地站在我的身后。

那一瞬间我觉得自己简直像个蠢货。回想起几分钟前我还在一本正经地考虑着到底用怎样的方式喝完眼前的威士忌才能适度地表达我对死者的怀念，这个美丽的死者就笑意盈盈地出现在了我的眼前，仿佛是上天敬我的一记响亮的耳光。我怎么会愚蠢到去听信几个陌生人茶余饭后的闲聊？

于是我非常尴尬地微笑着：“嗨，美扬，真的是……好久不见。”

“两年半没有见面了。”美扬精确地说，“总是想着，这个周末一定要给郑韬和蓝缨打个电话。可是每个周末快过去的时候才跟自己说，还是等着下一个周末吧。”她轻松地微笑，表情一如既往。

“谁说不是，”我点头，“我们也是一样。”

“我看呀，”美扬狠狠地喝了一大口啤酒，“咱们都是被这个没有效率的国家变懒了。总觉得日子还长得很，什么事情都不用着急。好像一天有四十八个小时。”

“没错，”我苦笑，“你最近还好吗？”

“老样子。去年年底的时候跟一个画廊签了约。时不时地给他们画几幅，这间酒吧的工作是两个月前才辞掉的。你呢？”

我细细地端详着她，她似乎是有了一些改变，牛仔裤和垂着网状流苏的黑色上衣上缀满了亮亮的珠子。唇膏也变成了闪着珠光的颜色。她曾经从来不做这种亮闪闪的打扮，但是我不得不承认，这很适合她，让她身上沾了些非常适度的风尘气。我笑着说："我已经不念书了。做导游，其实是在给我爸打工。无非是为了混口饭吃。什么都不大在乎了，就连蓝缨看我越来越不顺眼，好像也可以不怎么在乎。估计是活到另外一种境界去了。"

"你和蓝缨这么多年也不容易。"她摆出一副老朋友的样子劝我，"你看我和重金属，过去觉得根本没什么可能分手，最后还不是连两年都没有撑过去。所以说，你们俩都七年了，是特别难得的。能挽回的话还是尽量挽回的好啊。"

"你呢？"我赶紧转移了话题，"这两年，身边有男人吗？"

"男人那种东西，"她淘气地拖长了音调，"要多少都有啊——"然后我们俩一起非常开心地大笑了起来，不约而同地举起了手中的杯子，清脆地碰了一下。

"来，喝一个，美扬，"我诚恳地说，"庆祝重逢。"

"没错，庆祝久别重逢。"她专注地盯着我，眼睛里漫上来一股黑暗的水汽，那是一种令我特别感动的神情。

然后，事情就有些混乱，但其实是按照意料之中的那样有条不紊地发展着。我们不断地碰杯，不断地庆祝重逢，酒意上来的时候，人们都很容易地就肝胆相照了。我也不知道那天我们到底喝了多少，就连是什么人付的账也搞不清。再然后，我头昏脑涨地拉着同样晕乎乎的美扬走到了地铁里。再再然后，当我突然清醒的时候，已经站在美扬的公寓门口了。

“我是今年一月才搬到这儿来的。”她握着一把老式的钥匙，笑吟吟地打开了门。

我不是小学生，我当然知道下面会发生什么。既然都到这一步了，那就让它继续发生下去好了。在这一刻装模作样地道别显然更不地道。美扬走进了浴室里面，然后我听到了淋浴喷头的声音。我一个人歪在沙发上天旋地转地躺了一会儿，一阵恶心就突然间涌了上来。来不及多想什么，我就立刻冲进了浴室里，抱着马桶一阵狂吐。耳边，淋浴喷头的水声生机勃勃地回响着，似乎淋湿了我的脑膜。

吐完了，把马桶冲干净，清醒了，再打开水龙头洗脸漱口。这个时候才想起来，应该跟正在洗澡的女士道个歉。所以我抬起头，冷不防地，发现美扬不知什么时候已经把浴帘拉开了。

我细细地凝视着她的身体。我本来想说：“好漂亮的文身。”但话到嘴边的时候，发现那根本不是文身。她的腿上，脊背上，腰上，长着一层银色的闪着蓝色光泽的鳞片，是非常微妙的一种银色，灵动而寂静。再仔细看，她的脚趾缝里，已经长出了同样是银色的蹼。她一览无余地站在我的面前，忧伤地看着我，在一个本来是最普通的都市男女偷情的晚上，向我暴露了她最珍贵、最绝密的隐私。

我这才知道，她原来如此信任我。

“郑韬，”她悲戚地说，“我现在的样子是不是很难看？”

我摇头，慢慢地说：“美扬，塞纳河的水很凉吧？”

“你全都知道了？”她惊异地瞪大了眼睛。

“我是今天刚刚知道的。”我伸出双臂，紧紧地拥抱她，果不其然，她的身体冰凉。就像多年前，关押玛丽王后的监狱里的青苔。

“郑韬，你不怕我？我现在是鬼。”她安静地含着眼泪。

“我一点都不怕，美扬。只不过，我不明白你为什么要那么做？”我说。

她摇摇头：“我不知道，郑韬。我只是寂寞。可是当我发现就算是死也消除不了寂寞的时候，鳞片已经慢慢地长出来了。所以我偶尔会溜出来，到我原先常去的地方逛逛。幸亏塞纳河是不结冰的，所以我怎么样也不会被封在冰层下面。不论是什么时候，只要我想，我就可以出来看看。今天遇上你，我真的很高兴。”

我慢慢地亲吻她的鳞片，我们疼痛地痴缠。那个夜晚似乎是一个时光的伤口，所有的欲望和柔情都源源不断地，像新鲜的血液那样涌出来。“天哪，郑韬。”她陶醉地叹息着，“我真是嫉妒死蓝缨了。”

我捧起她的脸，非常庄严地说："你记得，我会经常带着团里的游客在塞纳河上坐游船，如果你看见了我，一定要想办法跟我打个招呼。明白了吗？要经常地跟我打招呼，不然我会挂念你。"

"好。"她点头，甜蜜地微笑，"这是个秘密，咱们俩的。"

图书在版编目（CIP）数据

威廉姆斯之墓 / 笛安著 .—厦门：鹭江出版社，2018.8
ISBN 978-7-5459-1514-3

Ⅰ. ①威… Ⅱ. ①笛… Ⅲ. ①中篇小说—小说集—中国—当代 ②短篇小说—小说集—中国—当代 Ⅳ. ① I247.7

中国版本图书馆 CIP 数据核字（2018）第 157246 号

WEILIANMUSI ZHI MU
威廉姆斯之墓
笛安 著

出版发行：鹭江出版社
地　　址：厦门市湖明路 22 号　　**邮政编码**：361004
印　　刷：三河市兴博印务有限公司
地　　址：河北省廊坊市三河市杨庄镇
大窝头村西　　**邮政编码**：065200
开　　本：840mm × 1092mm　1/32
插　　页：2
印　　张：11.5
字　　数：202 千字
版　　次：2018 年 8 月第 1 版　　2018 年 8 月第 1 次印刷
书　　号：ISBN 978-7-5459-1514-3
定　　价：49.80 元